あれは子どものための歌

明神しじま

因縁のある旅人と　会した料理人、飢餓に苦しむ国を救った謎の商人、不思議なナイフで自らの“影”を切り離した男——並行して語られる３人の話が終盤でひとつになり、驚愕の真相が浮かび上がる第七回ミステリーズ！新人賞佳作「商人《あきんど》の空誓文《からせいもん》」。どんな賭けにも負けない力を得た少女をめぐる表題作。その他、あらゆる傷を跡形なく消し去る名医の秘密を暴く「対岸の火事」など全5編を収録。“この世の理《ことわり》に背く力”と契約した者たちが起こす事件や陰謀に、人間が知恵と推理で立ち向かう！　架空の異国を舞台に贈る、傑作連作ミステリ。

あれは子どものための歌

明神しじま

創元推理文庫

LULLABY OF MEMORIES

by

Shijima Myojin

2022

目次

あれは子どものための歌

商人《あきんど》の空誓文《からせいもん》

登場人物

キドウ……………………………………料理人
フェイ……………………………………八年前、ノドを訪れた異国の商人
カルマ……………………………………商人

黒い外套《がいとう》の男が、宵闇《よいやみ》に沈む街を歩いていた。

空を仰ぐ。新月だ。

ヒルーでは冬の陽が沈むのは早い。だが、まだ夜と呼ぶには時間がある。

広場は人の足音であふれていた。等間隔で並ぶ古びた街灯は、枝のない木のようだ。その透《す》きっ歯《ぱ》の林を、子どもたちの笑い声が巡る中、十三、四歳ほどの少女が、男に走り寄った。

少女はアーモンド形の瞳で男を見上げて、りんごをひとつ差し出した。

「おひとついかが？　異国のお客さま」

少女の抱える籠《かご》には、熟したりんごが詰まっている。

男は少女を見て驚いたような顔をしたが、りんごを受け取った。長身を屈め、膝《ひざ》を折る。同じ高さになった少女の目を見て、静かに問う。

「異国の旅人のほうが、金払いがいいのか？」

「そんなことないわ」

少女は頬を赤く染め、はにかんだ。

「あたし、気に入らない人には売りやしないもの。あなたのことは、気に入ったのよ」

「そいつはありがたいね」

さらに二言三言話し、銀貨を男が渡すと、少女は嬉しそうに去っていった。

彼女の後ろ姿を見送り、りんごを懐《ふところ》に入れてから、男は歩き出した。細く入り組んだ路地を進む。いくつもの角を曲がる。その後を、追ってくる足音が重なる。

男は酒場に入った。看板にぶらさがった鐘が、高い音を立てて揺れる。

薄暗い店の奥へ行き、隅の席を選ぶ。

酒を注文し、りんごを懐から出してテーブルに置く。そして、腰に差したナイフを鞘《さや》から抜いた。明らかに果物用ではない、黒曜石《こくようせき》のような刃を持つ、大振りのナイフだ。

向かいの席に人が座った。赤毛の青年だ。

男は相席の客に構わず、鞄《かばん》から出した小さな紙袋を破く。その上でりんごを剝《む》き始める。皮は途中で切れることもなく、するすると剝けた。

青年は束の間ためらった後、思い切ったように口を開いた。

「ぼくを覚えてるかい？」

男は顔を上げた。剝き終わった皮が、紙袋の上にはらりと落ちる。

青年が安堵《あんど》したように笑った。

「やっぱりそうだ。ほら、ぼく、キドウだよ。ノド城の料理長の息子」

男は眉《まゆ》をひそめる。思い出せないというよりは、年月を隔《へだ》てた古い記憶と目の前の人物のずれを埋めるのに、しばしの沈黙を要した、といった風情《ふぜい》だ。

「わからないかな。だいぶ背が伸びて、声変わりもしたからね。それに引き換え、あれから八年も経ったのに、おたくはちっとも変わらないな。白髪《しらが》の一筋、皺《しわ》の一本も増えていないようだ。ええと……」

「カルマ」

「うん、そう、カルマだったね。良かった、人違いじゃなくて」

「俺の後をつけていたな？」

カルマは、キドウを指差す代わりにナイフの刃先を向けた。

「声を掛ける機会がつかめなくてさ。いやあ、久しぶりだもの、自信がなくてね」

「あの戦《いくさ》で死に損なったのか。悪運の強い奴だ」

「再会を喜べとは言わないけどさ、もうちょっと、ましな言い方があるだろうに」

キドウは咎《とが》めるように言った。

「過去を知る奴らは厄介《やっかい》だ。少ないに限る」

カルマはりんごをかじりながら、空《あ》いた右手でナイフをもてあそんでいる。目で追わなくても、黒く透き通った刃が指を傷つけることはない。ナイフは掌《てのひら》で回り、宙に浮いたかと思うと、ランプの明かりを受けて鈍く輝き、また手に収まる。

キドウが店員を呼び止め、酒を注文した。

酒場の中央の席で、四人の男たちが賭けをしている。三つのカップを伏せて、どれに銅貨が入っているか当てるというものだろう。

真ん中のカップに銅貨が入れられる。カップが伏せられ、素早く動かされる。銅貨の入ったカップは、左に動いたように見えた。

キドウは少し考えてから「真ん中かな」と呟《つぶや》いた。カルマは「右」と答えた。賭けの席では、自信たっぷりに「左」と言う声が上がった。

左のカップの中に銅貨はなかった。右のカップが開いた。

ひゅう、とキドウが短く口笛を吹いた。

「さすがだね、カルマ」

「素直に見たまま、左と答えないところが、お前らしい」

「酒場の賭けにいかさまはつきものだからさ」

いかさまだ、という怒鳴り声と共に、椅子を蹴倒す音がした。

カルマは冷ややかな笑みを浮かべた。

「この国では、これだけいかさま賭博《とばく》がはびこっている一方で、贋金《にせがね》を作ると終身刑になる。人を騙《だま》して金を巻き上げるのは構わないが、払う金が贋物だと罰せられるのさ」

「おかしな決まりだね。今の賭け、あの策士のフェイなら、何と答えたかな？」

「あいつなら、いかさまの手口をあっさり見抜いて、『もっと巧《うま》いやり方がありますよ』とでも抜かすだろうよ」

「……ところで、今度はこの国で一稼ぎするつもりなのかい？」

カルマはキドウの問いを無視して、ナイフを天井近くまで投げた。

キドウがふと、気がついたようにりんごを指差す。

「それ、広場でかわいい女の子が売ってたやつだろ」

ナイフが落ちて、床に響く音がした。カルマが手の甲で弾《はじ》いたらしい。テーブルの下に入ってしまったようだ。

カルマは空《から》になった自分の右手を見て、自嘲《じちょう》した。

「悪ふざけもほどほどにするべきだったな」

店員がキドウの酒を運んできた。ついでに床に落ちたナイフも、拾ってもらおうとしたとき、わっと喚声が上がった。賭けの席でつかみ合いが始まったのだ。

店員は慌てて、喧嘩《けんか》の仲裁に飛んでいった。

いっそう騒がしくなる酒場の片隅で、再びキドウが口を開く。

「先日、街角で語り部が、とある北国を救った男の話をしていた」

「そうか」

「真実の半分も語られていなかったよ。今となっては、ノドの国であのとき何が起きたのか、真実を知っているのは、ぼくら三人だけなんだろうな」

「三人、ねえ」

カルマがキドウに問いかける。

「お前の知っていることが、どうして真実であると言える？」

◇ノドの国にて、語られなかった本当の話　Ⅰ

八年前。

春が来たばかりの、まだ肌寒い季節だった。

北の果ての小さな国を、ある商人が訪れた。

まだ少年とすら呼べそうな面差しの若者だ。輝く金髪を肩まで伸ばし、雪のように白い肌と、夏空よりも青く澄んだ瞳をしていた。襟《えり》や袖口《そでぐち》に色鮮《いろあざ》やかな縫い取りのある、丈の長い衣服をまとい、喋《しゃべ》る言葉にはかすかに訛《なま》りがあった。

商人は手押し車に品物を積んでおり、朝早くから街角で露店《ろてん》を出した。品物は、この国ではとても珍しいものばかり。細工の施された手鏡、虹色に光る玉、二重底になっている鍵つきの小箱、宝石がちりばめられた時計、三つで一そろいの香水壜などを、まるで宝箱を開けたかのように並べてみせた。

しかし、品物は売れなかった。

冷やかしの客がため息と共に、その理由を明かした。

この国の土地は痩《や》せている。風が乾いた砂を運んでくるため、作物がうまく育たない。耕しても土は硬いまま。漁港はあるが、冬になると海は凍りつき、船を出せなくなってしまう。交易国の凶作も重なって、この冬、人々は飢えに苦しんでいる。贅沢品《ぜいたくひん》を買える者などいなかったのだ。

商人は国じゅう歩いて、城下町にやってきた。宿屋に泊まらず、川辺で野営していた。冬が去ったとはいえ、陽が落ちてからはひどく冷えこむ時期だ。凍てつく雨の降る夜に、ある老夫婦が、外で過ごすのは寒かろうと気の毒がり、商人を家に連れて行った。

商人は宿賃の代わりに、手押し車に積んだ品物をどれでもひとつ、老夫婦に贈ると申し出た。そして、選ばれた品物がどんな数奇な運命を辿《たど》ってきたかを、饒舌《じょうぜつ》に語った。

商人の語りは、束の間、空腹を忘れさせるほど素晴らしかった。

感動した老夫婦に勧められて、商人は露店でも、売り口上を披露するようになった。次第に、足を止める客の数は増えていった。

商人の噂《うわさ》は王の耳にまで届いた。

使いの者に導かれ、商人は王宮へ向かった。

王は大臣や兵士たちに囲まれ、大理石の広間で待っていた。

「よく舌が回る行商人だと、巷《ちまた》で噂になっているようだな。もっとも、良い評判ばかりではないがね。色男に誑《たぶら》かされて、妻や娘がつまらぬ露店に通い詰め、家事をなおざりにしている、という苦情も耳にした」

かしこまって頭《こうべ》を垂れていた商人が、驚いたように顔を上げた。

美貌の持ち主には違いなかった。下世話な風聞に戸惑って、色白の頬に血をのぼせるさまは、思わず見惚《みと》れるほどの色気がある。

王が笑いながら、試すように訊ねた。

「さて、お前の評判は弁舌の巧みさゆえか、それとも美しい金髪と青い目のためか。ひとつ、お前の売り口上を私に聞かせてくれぬか」

「身に余る光栄です、陛下《へいか》」

商人は手押し車の積み荷から、かわいらしい指貫《ゆびぬき》を取り出した。そして、指貫の持ち主だった少女の、淡い初恋を彩《いろど》る不思議な物語を披露した。商人が語り終えると、王は他の品物の売り口上も聞かせるよう命じた。商人が語り、王はまた次の話を求めた。

やがて、全ての品物の売り口上を聞き終えた王は、満足げに笑った。

「見事であったぞ。ときにお前は、どうしてこの国を訪れたのだ」

「故郷へ向かう船に乗るためです」

「船だと？」

「はい。僕は叔父の、行商の旅の伴をしていました。秋の終わりに訪れた他国で、僕たちは運悪く流行病《はやりやまい》に罹《かか》ってしまったんです。叔父は亡くなり、僕も長く患《わずら》っていて、ずいぶんと旅費を減らしてしまいました。さらに旅立ちが遅くなったため、冬に港が封鎖される前に、この国へ辿り着けませんでした。手持ちの金も底を尽きかけていたのですが」

ずらりと並べた品物を見て、商人は恥ずかしそうに目を伏せた。

「ご覧の通り、ちっとも売れなくて途方に暮れていたところです」

王がさらに訊ねる。

「お前の売り口上のうち、嘘偽りのない話はいくつあったのかね」

「あれらは全て絵空事。飾らない言葉では、商《あきな》いなどできません」

大臣や兵士たちがざわめいた。一介の商人風情が、王に嘘を吐《つ》いたことを、平然と認めたからである。

商人は穏やかに微笑《ほほえ》んだ。

「陛下は売り口上を聞きたいと仰《おお》せでした。真実をお求めなら、お聞かせいたしますが」

「いや、それには及ばぬ。私がお前を呼んだのは、我が国の民には買えぬ品物を商っているにもかかわらず、人々を惹《ひ》きつけるその才知に興味を持ったからだ。お前はきっと、自分の品物が売れん理由もわかっておろう」

「先の収穫期は、凶作に見舞われたそうですね」

「ああ、そうだ。かつて我が国は貧しい漁村であった。獲れた魚を売って稼ぎ、あるいは干魚にして冬の備えとし、どうにか暮らしていた。しかし、村は町になり、やがて都を築き上げ、喰わせなくてはならない口が増えた。今や交易で得た金は全て、冬に異国の食料を買うのに充《あ》てられておる。この数年はそれでも足りぬ。王宮の黄金は目減りするばかりだ」

王は深いため息を吐いた。

「知恵ある者を募り、助言を求めたこともある。しかし、我こそはと名乗り出た奴らは、託した金を浪費した挙句《あげく》、逃げ出すような役立たずばかりだった。学者も政治家も占い師も、当てにならん。このままでは、また凶作に襲われようものなら、我が国は持ちこたえられんだろう」

「この土地を離れようとは考えないのですか」

「考えておらぬ。移住するにも元手が掛かる。行く当てもないのだよ」

しばしの沈黙の後、商人が口を開いた。

「陛下にお見せしたいものがございます」

商人は、手押し車の底から古びた麻袋を取り、口を開けた。

取り出したのは、ごつごつした茶色いものだった。木の根が丸々と膨れたような、不恰好な球形をしている。床に少し土くれが落ちた。

王は眉をひそめた。

「何だ、それは。木の根かね」

「いいえ、これはじゃがいもという、痩せた土地でも育つ、南国の作物です。皮を剝いて焼いたり、茹《ゆ》でたりして食べます。主食にしている国もあります。育て方も難しくありません。この作物そのものを小さく切り分けて植えれば、土の中で成長して、再び収穫できるようになります。陛下、これを国じゅうに植えてはいかがでしょうか」

「植えたとして、育つのにどれだけかかる」

「収穫までに約四か月かかります。夏じゅうに広められれば、次の冬に間に合います」

王は渋い顔をした。

じゃがいもを国じゅうに広めるなら、南国からまとまった量を取り寄せる必要がある。さらに結果が出るまで、約四か月も待たなくてはならないという。金と時間を投資して、失敗したでは済まされないのだ。

商人は、ためらう王を説得して、料理長にじゃがいもを調理させた。効果は覿面《てきめん》だった。

「何せ初めての食材ですから、うまく調理できる保証はございませんが」と調理前は及び腰だった料理長も、毒見役を従えて、笑顔で皿を運んできた。試食した王が驚きの表情を浮かべるさまを、商人は嬉しそうに見守った。

「この作物は大変美味だ。ぜひとも広めることにしよう」

王は、助言者としてこの国に留まるよう、商人に命じた。

「お前が必要なだけの金は出してやる。国が豊かになったあかつきには、たくさん褒美《ほうび》を取らせようぞ」

「ありがとうございます」

それから数か月後、王は国じゅうにお触れを出し、じゃがいもを育てるよう薦めた。人々にじゃがいもを配り、育て方を教えた。

しかし、じゃがいもは広まらなかった。

その理由はいくつかある。

大量のじゃがいもを南国から取り寄せるには、船で運ばなくてはならない。王が準備を整えったとき、季節は初夏を迎えていた。お触れを出した頃はちょうど、最も漁が盛んになる時期だった。

活きのいい魚が市場に並ぶさまを見て、楽天家たちは冬の厳しさを忘れた。見た目が悪いというだけで、彼らはじゃがいもを呆気なく捨ててしまった。木の根を食べさせるなんて、と王を批判する者も少なくなかった。

一方で、堅実な者たちもまた、じゃがいもを育てようとしなかった。彼らは冬の訪れを恐れるあまり、ろくに作物の育たない畑を耕すよりも、昔ながらの漁や干し魚作りで、少しでも多くの蓄えを作ることを選んだ。そして、過去に王が助言を求めた〝知恵ある者たち〟の失敗例を並べ立て、どうせ今度もうまくいかないだろうと、試す前に諦《あきら》めた。

商人は、王に相談を持ちかけられた。

「大臣たちは、じゃがいもを育てない者は厳罰に処す、という法を定めるべきだと申しておる。この案、お前はどう思う」

「それは最後の手立てにいたしましょう、陛下。僕に良い案がございます」

商人は微笑んだ。

「まず、お触れを書き換えて、じゃがいもを育てることを禁じてください。まだじゃがいもを持っている人には、返納するように命じます。それから、王宮の城壁に近いところに小さな畑を作り、囲いで覆って隠し、その中でじゃがいもを育てるのです。陽のあるうちは見張りを立てて、誰も近づけないようにし、夜は見張りがいなくなるようにしてください。そうすれば、万事うまく運びます」

翌日、新しいお触れを出した。王は商人の助言するままに畑を作らせ、見張りを立てた。野次馬は見張りが追い返した。

じゃがいもを育て始めるとすぐに、人々の間で噂が立った。

王宮の畑で、あの作物を育てているらしい。覗《のぞ》きに行くと、見張りに追い返される。取り上げようとするからには、何か素晴らしいものに違いない。

納屋に放りこんだまま忘れていたのが残っている。試しに育ててみよう。

捨ててしまったが、俺たちも欲しい。

どうやったら手に入るだろう。

人々は注意深く観察し、夜は畑に見張りがいないことを知った。

ある夜、命知らずの農民が覚悟を決め、忍びこみ、じゃがいもを盗んで帰ってきた。そして人目を避けて、こっそりと育て始めた。しばらく様子を窺《うかが》っていたが、役人が盗人《ぬすびと》を捜しに来ることはなかった。

誰かがきっかけを作ってしまえば、後は簡単だった。次から次へとじゃがいもは盗まれた。王宮の倉庫に積み残していたじゃがいもがすっかりなくなる頃には、育て方も食べ方も、国じゅうにあまねく知れ渡っていた。

王は喜んで、商人を呼んだ。

「でかしたぞ。これで餓死者も減るだろう。しかしながら、よく考えたものだな」

商人は短く答えた。

「人は禁止されればされるほど、欲しくなるものです」

王は名目だけ、じゃがいもを盗んだ犯人を捜し始めた。人々は何食わぬ顔で白《しら》を切った。事情を知らされている兵士たちも、気づかないふりをした。

犯人は見つからないという建前のまま、収める手筈《てはず》になっていた。夏が過ぎ、秋も半ばになった頃には、もう捜索を打ち切ろうとした。

ところが、不測の事態が発生した。ある青年が、盗んだと自首してきてしまったのだ。

青年はカルマと名乗った。

◇

「ぼくが本当の話を知らないとでも言うのかい?」

キドウは不服そうな顔をした。

カルマがりんごをかじり、手の甲で口元を拭く。

「さあな。それよりお前、今は何の仕事をしているんだ」

「近くの食堂で見習いをやってるよ」

「お前のほうが雇い主よりも、美味《うま》い料理を作れるだろ」

「当然さ。でも、見習いから始めなきゃならないんだ。そういう決まりだからね」

「さぞや退屈な毎日なんだろうな」

カルマが同情の色を示し、続けた。

「ところで、お前、俺がこれから語る話を買う気はないか？ 俺が旅の途中で聞いた、影男とナイフの話だ。寓話《ぐうわ》みたいなものだが、つまらなければ買わなくてもいい。むしろ、時間を取らせた代わりに、俺がお前の分までこの店の支払いを済ませてやるよ。悪くない話だろ」

キドウは少し考えてから、うなずいた。

「話を聞こう。ぼくに損になることはなさそうだ」

運ばれてきた酒で、喉を湿らせる。自然と笑みがこぼれた。

「ただし、言っておくけど、ぼくはそう簡単には騙されないよ」

カルマはりんごの芯《しん》を紙袋の上に置いた。袋ごと丸めて、テーブルの隅に寄せながら、言う。

「騙されるかどうかは、お前次第だ」

■影男とナイフの話　I

昔むかしと始めるのが決まり文句なんだろうが、あいにく人から聞いた話だからな。ひょっとしたら、つい最近のことかもしれないし、そっくりでたらめなんてこともあるかもしれないが、許してくれよ。

ある豊かな国があった。異国から来た男は、そこで印刷工として働いていた。

男はその国へ来たときから、祭で見かけた女が気に掛かっていた。胡桃《くるみ》色の長い髪の、美しい女で、微笑むと花が咲いたように辺りが明るくなった。

女は、大きな窓に色とりどりの花が咲いた植木鉢を並べた家で、独り暮らしをしていた。その家は、男の借りている部屋の窓からも見えた。通りを挟んだ向かい同士だったそうだ。

男は女を想って日々を過ごした。

ところがある日、女には親の決めた婚約者がいると知ってしまった。独り暮らしも、婚約者と一緒に住むまでの、短い間らしい。しかも、婚約者は金持ちの貿易商だという。

貧しい生活をしている男は、やりきれなくなって呑みに出掛けた。ろくに遊びも知らない、生真面目《きまじめ》な男だったが、勢いで酒を流しこんだ。

久々の酒はよく回る。財布も軽くなった。

すっかり酔った帰り道、男はふと、おかしなことに気づいた。

月光に照らされて伸びる自分の影が、少し遅れてついてくる。

初めは酔いのせいかと思ったが、見れば見るほど、動きがずれているのがわかった。

男は影に向かって叱りつけた。

「おい、俺の影のくせに、俺と同じように動かないとは、生意気な奴だ」

「すみません。でも、いつも同じように動くのも、疲れるんですよ。それをあなた、慣れない酒なんか呑んで、あっちへふらふら、こっちにふらふら、真似《まね》するのも無理ってもんです。勘弁してくださいよ」

影は申し訳なさそうに、返事をした。

男は酔いが醒《さ》めるほど驚いた。そして、影をまじまじと見た。影は慌てて動いたが、一度ずれてしまうと、持ち主の動きに合わせるのに手間がかかるようだった。頭から爪先までぴったりそろえられたときには、もはや疑いようがなくなっていた。

「にわかには信じられないな。影も話せるし、ものを考えられるのか」

「はあ、ものを考える影というのは、どうやら珍しいようですな。他の影と会話できたためしがないですから。みんな、人を真似るのが当たり前になって、自分の頭で考えることを忘れてしまったんですかね」

「お前だって、今までずっと、俺の真似をしていたんだろ。口を利いたことなんてなかったじゃないか」

「それはもう、影は影らしく黙っていようと思ったもので」

「つまりお前は、俺のしてきたことを全部見ていたわけだ」

「全部じゃありません。あなたが本を読んでいるとき、こっちは真っ黒くて文字なんかありはしない本の影を開いてなきゃならない。手触りや重さもわからない」

影は黒く細長い指で、本をめくる仕草を真似てみせた。

「自分の足はあなたの足にぴったりくっついているから、あなたが飛び跳ねたりしない限り、離れやしません。自由に動ける場所と言ったら、もっと大きな影の中だけです。でも、自分と周りの境目すらわからないところでできることなんて、たかが知れています」

男は影に同情した。

「ずいぶんと不便な生活だな」

「ええ、代わり映えのしない退屈な生活です」

「俺だって、毎日退屈な仕事をしては安い賃金をもらって、家へ帰れば手の届かないあの女を想う日々さ」

「その仕事だって、羨《うらや》ましい限りですよ。インクや紙の匂いを嗅ぎながら、本の装丁や図版を眺め、印刷機を動かせるんでしょう？　ああ、あの女って、向かいの家の女性のことですね。かわいらしい方です。お祭での踊りは、素敵でした」

「女の好みまで真似するなよ。だが仕事なら、喜んで代わってやるぜ」

「いいですね。お互い幸せになれるじゃないですか」

人目を忍んで語り合い、男は影と親しくなった。故郷を離れて異国へ渡ってきたものの、うまく人付き合いができず、友人は少なかったのだ。

影は正直だった。男ならば肚《はら》の内に隠し、他人には話さないような本音を、あけすけに喋った。今まで嘘を吐く必要に迫られたことがなく、誰かに騙されたこともないのだから、影がそういう口を利くのも不自然ではなかった。

男が影と話し始めて一か月後、女の家に婚約者が越してきた。すぐに結婚式が行われた。窓越しに見える女は、幸せそうに笑っていた。その微笑みはいつも夫に向けられていた。

男はまた酒場に行った。呑みながら影に愚痴《ぐち》をこぼした。初めこそ声を潜めていたが、酒が進むにつれて、いつしか周りにも聞こえるような大声で話していた。

気づけば隣の席に、見慣れない客が座っていた。黒い外套を着た、陰気な男だった。ひどく痩せて、乾いた肌は黒ずんで鱗《うろこ》のようにひび割れており、どことなく蛇を連想させた。

「お兄さん、影と話せるのかい」

蛇は男に話しかけてきた。影は慌てて口を噤《つぐ》み、男はとっさに否定した。

「別に隠さなくたっていいだろう。悪いことをしているわけじゃあるまいし。それでどうかな、影と話してみて、何か面白いことでもあったかい」

男はごまかそうとしたが、蛇の舌に丸めこまれて、今までの出来事を洗いざらい話してしまった。

話を聞き終えた蛇は、酒を啜《すす》り、目を糸のように細めて笑った。

「影にはお兄さんと別の人格があるようだね。姿が同じというだけ。しかも、影は光の世界に憧れているときた。いいねえ。あんたたちに見せたい品物があるよ」

蛇は荷物を探り、一振りのナイフを取り出した。黒革の鞘をはらうと、黒く透き通った刃が鈍く輝いた。

「夜の涙を集めて作った刃だ。俺はこの世の理《ことわり》に背く品物を売りさばく、闇商人でね。こいつは影と人とを切り離せるのさ」

蛇はそう言って、まず、明かりに照らされている床を、ナイフの刃で軽く叩いた。床は少し削れて、粉を散らした。それから蛇は、ナイフを自分の影に落とした。すると、木の床であるはずの場所に、ナイフが柄《え》まで深々と刺さった。

影を床に縫いとめたようだった。

男は息を呑んで、まじまじとナイフを見た。

「影を自由にしてやったらどうだい」

蛇は満足げに笑い、ナイフを拾って、男の耳元で囁《ささや》いた。

「面倒な仕事は全て影に任せればいい。いつもあんたに従ってきた奴さ、便利だろうよ」

男は気を落ち着かせるために、水を一口飲んだ。影は微動だにせず、床に凍りついていた。

蛇は影を横目で見て、さらに言葉を重ねた。

「心配することはない。影は形を真似るものだ。人間の影は、人間を正確に模倣しようとする。外見は双子以上に似ているし、あんたが生きている限りは、同じように年を取るさ」

「だが、影がないと不便じゃないか」

「理性のない者や夢のない者、正義のない者や心のない者が町じゅうにあふれるこのご時世、影がないなんて大したことではないと思うがね」

「それもそうだな。お前が正しいのかもしれない。そのナイフ、いくらで譲ってくれるのか」

「この世にたったひとつの珍品だからな。途方もない売値になるが、あんたの影を切り離してやるだけなら、銀貨三十枚でいいぜ」

男は代金を支払い、家で蛇に自分と影を切り離してもらった。真っ黒い影は、男から離れるなり立ち上がって、色がつき、男と全く同じ姿になった。光のある世界に来られた影男は喜び、何度も男に礼を言った。

男には影がなくなった。影男にはもちろん影がなかった。

最初は苦労した。思いの外《ほか》、影がないのは目立ったからだ。影の伸びる時間の外出は極力避けた。他人の足下にちゃんと影があるか、と確認する者はそういない。周囲の他人への無関心さに助けられ、男は生活していた。

影男は子どものように、どんなことにも興味を持った。初めて読めた本に感動し、夢中になって文字を覚えた。市場へ散歩に行った日には、露店に並ぶ果物の色鮮やかさや、毛織物の柔らかさ、香水のかぐわしさなどについて、男に向かって息もつかずにまくしたてた。色と香りと味と歯触りを同時に楽しめるという理由で、食事を好んだ。

ある程度の常識が備わった頃に、男は影男を代わりに仕事へ行かせることにした。

影男は楽しそうに仕事へ出掛けていった。その間、男は窓に厚いカーテンを引き、のんびりと家で過ごした。読む暇がなく積み上げていた本を読み、料理をし、朝遅くまで寝る、自由気ままな時間を過ごした。これこそ自分の求めていたものだと思っていた。

しかし、そんな生活も、ずっと続けば飽きてくるものだ。

ある日、男は影男に、今日は自分が仕事へ行くと言った。影男は素直に従った。

男は仕事場に着くと、久しぶりに会う同僚に挨拶《あいさつ》をした。誰も、影男との入れ替わりに気づかなかった。影男はうまく演じていたらしい、と男は満足した。

自分の席に向かい、仕事を始めようとしたところで、不意に呼び止められた。

「襟が折れてるぜ。珍しいな」

今まで話したことすらない同僚だった。

曲がった襟を直しながら、男は違和感を覚えた。

それ以降も、幾人もの同僚から声を掛けられた。

「今日は口数が少ないな。疲れているのかい」

「そんなことで怒るなんて、君らしくもない」

「その作業は前とは変わったんだ。効率の悪い方法でやってたんじゃ、らちが明かねえものな。そういえば、こいつはお前さんが発案したんじゃなかったのか」

男は何度も冷や汗を流し、すっかり疲れて家路に就いた。

ふと気づいた。

人に従うのが当然だった影男のことだ、人当たりはいい。友人が増え、評判も上がったに違いない。ずっと持ち主の真似をし続けてきた影男のことだ、仕事の呑みこみだって早かったろう。しかも好奇心旺盛で、向上心がある。慣習にとらわれず、改善案を思いつけば、試してみるだけの行動力もあるようだ。

男は眩暈《めまい》がした。

影男のほうが、俺より優れているのか。

認めたくなかった。

本心をおくびにも出さず、男はまた明日から仕事を代わってくれるよう頼んだ。

影男は快諾したが、ひとつだけ条件をつけた。

「自分も買い物をしたいので、賃金の半分は好きに使わせてくれませんか」

男は答えた。というより、怒鳴るように言い捨てた。

「お前には銅貨一枚だってくれてやるものか。お前は俺の影にすぎない。それを忘れるな」

■

「話の腰を折るようで悪いけど、火を貸してくれないかな」

酒場の喧騒《けんそう》に掻き消されないよう、少し大きな声で、キドウはカルマに問いかけた。

カルマは外套の懐から、火打箱を出して渡した。

「料理人がパイプなんて喫《す》っていいのか。舌が鈍くなるぞ」

「いいんだよ。もう、繊細な舌を必要とする厨房で、働くことはないだろうからね」

火《ほ》口《くち》は湿気《しけ》ているのか、すぐには火がつかなかった。

「お前はくだくだと年寄り染みた愚痴をこぼすために、俺を呼び止めたのか」

「まさか。でも、あの戦で三十は老けた気がするよ。見た目じゃなくて、心がね。カルマ、永遠の若さを手に入れる方法を知ってるかい？」

カルマは器用に片眉だけを上げてみせた。

「お前は知っているのか?」

「早死にすることさ。死んだ人は年を取らないからね」

キドウは半ば捨て鉢に、半ばカルマを責めるように言い、パイプを燻《くゆ》らせた。

白い煙は流れて、酒場の淀《よど》んだ空気に溶けた。

「ノドの国はおたくにとっても生まれ故郷だろ。思い出だって、腐るほどたくさんあったんじゃないのか?」

◇ノドの国にて、語られなかった本当の話 Ⅱ

王は予想外のことに困って、商人を頼った。

「じゃがいもを盗んだと自首してきた者がいるのだ。罰するわけにもいかんだろう。どうすべきか」

商人は、少し時間が欲しいと答えた。

そして、自首した青年の身元を調べた。

青年は町の小さな工場の跡取り息子だった。幸い、工場は王宮の近くにあった。商人が訪ねると、工場長と呼ばれる初老の男が出てきた。

工場長によると、青年は家業を継ぐのを拒んでこの国を出たが、一年前にふらりと戻ってきたらしい。そして、どう心変わりしたものか、突然家業を継ぐと言い出した。青年の父親は喜び、未熟な息子を支えるために、部下の中から事情に通じた補佐役を選んだ。それが今の工場長だ。青年の母親は既に亡くなっており、父親も半年前に他界した。

　青年はいきなり人を雇い、機械の数を増やした。さらに異国で学んだ新しい技術を独断で取り入れ、古参の部下たちの反発を買った。

「二代目の理想は高くてね。小さな町工場には荷が重すぎる」と工場長は苦笑した。

　青年が盗みを働き、しかも自首したことは、寝耳に水だったという。

「先代には世話になったからな。まあ、二代目が戻るまで、おれがどうにか工場を保《も》たせなきゃなるまいなあ」

　話を聞かせてくれた礼を言い、商人は王宮へ戻った。

　王は早速、商人を広間に通した。

「僕は、春に植えるじゃがいもがうまく育つか確認するため、来年の初夏までこの国に留まります。僕がこの国を発つ日まで半年あまり、あの青年を王宮の牢に入れたままにしてください」

「やはり、投獄を続けるのか」

「仕方ありません。それと、少し罪をかぶってもらいましょう」

「何だと?」

「自首をしてきた青年は、じゃがいもを盗んだと告白した。しかし、盗人の持ち物にじゃがいもは見当たらない。ひょっとすると、国じゅうにばらまいたかもしれない。それで育ってしまったものはやむを得ないので、そのまま収穫しても良い、としてはいかがでしょう。人々はもっと堂々とじゃがいもを育てられるようになります」

「なるほど、名案だな」

王は商人の提案通りにした。青年を投獄したものの、事実以上に罪を大きくしたので、待遇は良くした。

さらに、青年が借金を抱えていたことを知るや、委細構わずに返済してやり、帰る家を失わないよう取り計らった。それらは全て秘密裏に処理され、関わった者は皆、沈黙を守った。人々は裏庭だけでなく、表の畑でもじゃがいもを育てられるようになった。

寒いこの国でも、初夏の日射しと共に、じゃがいもの白い花が国じゅうで咲いた。

約束の日、商人は王宮へ挨拶に訪れ、ノドの国を発つと報告した。

王はたくさんの褒美を与えようとした。

「これはいただけません」

「そう言うな。遠慮はいらぬ」

「どうしてもとおっしゃるのなら、国民に分けてあげてください。今の彼らなら、使い途《みち》もあるでしょう」

「この宝はお前が受け取るべきだ。我が民にはいずれ、多くの宝が齎《もたら》されるのだから」

王は満面に笑みを湛《たた》えた。

「私は、我が国をもっと豊かにしていきたいと考えておる。山向こうの国ザンダールのようにな。さしあたっては領土を広げ、もっと豊かな土地を手に入れることから始めたいのだが、どう思うかね」

商人は一転して、険しい顔になった。

「他国を侵略するおつもりですか」

「まだ思案を巡らしているところだ。決めたわけではない」

王はあいまいに返事をした。

商人は王に詰め寄り、兵士に取り押さえられながら、血相を変えて叫んだ。

「僕は人々の命を救うためにこの作物を差し上げたのです。殺すためではありません。戦が起これば、飢えていた人の数よりもっとたくさんの人が死にます。家族を失う人もいるでしょう。彼らの幸せを奪う権利が、あなたにはあるとでも言うのですか。陛下、あなたが戦を起こすおつもりなら、僕はじゃがいもが全て枯れてしまうよう、疫病をまいて帰ります。……いや、お願いします。どんな褒美もいりません。ただ人々を、救った数よりもっと殺す、戦に踏み切るのだけは、おやめください」

言い終えると、商人は我に返ったように、王に非礼を詫《わ》びた。

王はいたく感動し、商人に顔を上げさせた。

「よくわかった。私は間違っていたのだな」

「どうか戦だけは、なさらないでください」

「ああ、無論だ。約束しよう」

商人はやっと笑顔になった。そして、王が渡そうとする褒美を、再び丁重に断った。

王はふと思い出して、商人に訊ねた。

「お前の名を聞くのを、すっかり忘れていた。いや、聞いたかもしれんが、忘れてしまった。もう一度、教えてくれ」

「フェイです。商人のフェイ」

「覚えておこう。二度と忘れることのないように」

別れの挨拶が済むと、流れるような金髪が扉の向こうに消えていった。

それと入れ替わりに、自首をしてきた青年が連れてこられた。黒髪は癖毛で、右目の下に泣きぼくろがあった。ひざまずき、頭を垂れた。

王が釈放を伝えようと口を開くと、大臣が玉座の傍《かたわ》らに進み出て、そっと耳打ちした。

そして、青年を連行していた兵士が、王におかしな話を伝えた。青年の家の畑には、何か植えられたような痕跡はなかった。念のため、掘り返してみたが、何も出てこなかった。

王は驚いて訊ねた。

「じゃがいもを盗んだと嘘を吐いたのか」

「はい」

広間にざわめきが満ちる。静まれ、と王が命じた。

静けさが戻るのを待って、王は問いかけた。

「何故《なぜ》そんなことをしたのだ」

青年は顔を上げた。

「うちの家業は元々下り坂だったんだが、親父が死んだのを機に、後ろ盾の資産家が手を引きやがってね。取引先にも逃げられた。借金で工場は取られる寸前だった。そんなときに、王宮の畑で異国の作物を育て始めたという噂を耳にした。夜には見張りがいないなんて、都合が良すぎる。疑いの目で見れば、からくりを見抜くのは容易《たやす》かった」

無礼な物言いに、大臣が眉をひそめたが、王は先を続けるよう促《うなが》した。

青年は胸に手を当てて語る。

「そこで考えた。金も食べ物もない、売れない品物しか持たない身で、冬を越せるはずがない。じゃがいもを盗んで育てるより、もっと確実な方法を思いついた。自首をすればいい。牢には屋根も食べ物もある」

「だが、一歩間違えば、お前は処刑されかねなかったのだぞ」

「殺されるはずがないと踏んでいた。自首した男が処刑されたと噂になれば、人々は罰を恐れるあまり、じゃがいもを育てるのをやめてしまうかもしれない。せっかくの計画が台無しだ」

青年の言い分にも一理ある。しかし、それだけ頭が切れるなら、他に飢えをしのぐ方法を編み出せたのではないか。王は半ば感心し、半ば呆れて、ろくに見てもいなかった青年の身元調書をぱらぱらとめくった。職業の項に目を留める。

「お前は武器商人なのか」

「ああ、そうだ。俺は工場で武器を造って売っていた。だが、誰もが自分の生活を守るのに必死で、ちっとも売れやしなかった」

青年は立ち上がり、よく通る低い声で言った。

「しかし、これからこの国は変わる。交易で得た金はもう、冬に異国の食料を買うのに充てなくてもいい。人々の生活にもゆとりが生まれるはずだ。だが、満足するのはまだ早い。もっと豊かさを望むべきだ。俺も、この国を豊かにする手伝いをしたい。民や領土を守り、あるいは、より豊かな土地や労働力を得るための力を貸そう」

広間は静まりかえっていた。

咳払《せきばら》いをしてから、王が口を開いた。

「何が言いたい」

「後ろ盾が欲しいんですよ、陛下。ご出資いただけるなら、誠心誠意お仕えいたします」

青年は野心に燃えるまなざしで、王をまっすぐ見つめていた。

自首をした青年は釈放された。出資の話を、王は保留すると返した。

青年が城門に向かう間、彼を案内する兵士たちは、まともに目を合わせようとしなかった。

全ての罪を青年一人が負ったのだ。兵士たちは事情を知っているだけに、気まずく感じたのだろう。

馬車を拾ってくれないか、という青年の頼みは、すぐに聞き入れられた。

青年は馬車で工場に戻った。釈放されたと工員たちに報告し、近いうちに王の依頼が来て忙しくなると告げ、呆気にとられる彼らを残して、そのまま家に向かった。

家の前には四頭立ての黒い馬車が停まっていた。

その傍《そば》を通り過ぎたとき、客車の窓が開いて、名を呼ばれた。

車内にはザンダール国営軍の将校が乗っていた。身元を隠すために軍服を着ていなかったが、人目がないのを確かめてから、青年に敬礼した。その隣に座ると、馬車が動き出した。

「釈放の日がよくわかったな。王宮にも、既に間者が潜んでいるのか」

将校はうなずいた。

「我が国は山に囲まれていて港がない。だから、この国のような海沿いの土地が欲しい。しかし、他国との外交上、侵略という手段は好ましくない。相手国の権力者を籠絡《ろうらく》して、こちらに先に攻めこませれば、国防という戦の理由ができる。巧い戦略ですな」

将校はパイプをふかし、空気を白く濁《にご》らせながら、面白そうに笑った。

青年は目を閉じ、山向こうの国に建てられた、ノドの国のそれとは比べものにならないほど大きな工場を、まぶたの裏に思い描く。

将校が言う。

「しかし、この国は本当に攻めてきますかね」

「保証してやるよ。安心しな」

青年は窓を開け、王宮のほうを振り返って呟いた。

「人は禁止されればされるほど、欲しくなるものだからな」

◇

生まれ故郷の思い出ねえ、と鸚鵡《おうむ》返しに答えて、カルマは肩をすくめた。

キドウは杯《さかずき》の酒をあおった。酒瓶を振って、空になっていることに驚く。

追加の酒を注文し、テーブルの灰をはらった。

「おたくがあの頃と変わらないのは、見た目ばかりじゃないようだね。聞かれてもいないことはよく喋るくせに、こちらの質問にはまともに答えない」

「お前、底なしの大酒呑みだな」

「強い酒に身体が慣れてるんだ。いっそ酔い潰れたいのに酔えない」

「あの生意気な子どもが、そんな台詞《せりふ》を吐けるようになるとは。時が経つのは早いものだ」

カルマが笑って、すっかり氷の溶けた酒を舐《な》めた。

「あれからもう八年も経つんだよ。人は変わる」

キドウはパイプを片手に言う。

「さっきの話を続けて」

■影男とナイフの話　Ⅱ

影男は、時が経つにつれて人間らしく振る舞うのに慣れてきた。影らしいひっそりとした印象の薄さは、すっかりなくなった。仕事の成績も良いらしく、男に渡す賃金は増えていったが、全額を渡しているのかは調べる術《すべ》がなかった。

一方、男は無口になり、不愉快になることが多くなった。たまに仕事へ行くときは、影男から仕事の内容や新しい作業を教えてもらわなくてはいけなかった。

影男と男は、しばしば蛇に会いに行った。周りの目を気にして、二人連れ立って出掛けはしなかったが、何を話したのかは互いに教え合うようにしていた。

蛇は毎晩酒場に来て、いつも店の奥の席で一人、酒を呑んでいた。向かいの家の女に関する愚痴もよく聞いてくれた。しかし、ナイフで影を切り離した夜については、決して話さなかった。

いつしか、影男は男と対等に口を利くようになっていた。

言い争いは日に日に増えていった。

男は、影男を自由にしたことを後悔し始めた。取り返しのつかないことをした、と影のない足下を見ては恐怖した。

しばらくすると、影男と男は蛇に会いに行っても、互いの話を伝えなくなった。蛇は気づいたはずだが、何も言わなかった。ことの成り行きを楽しんでいるようでさえあった。

秋が訪れ、木々の枝に実が生《な》り始めた。

影男と男は相変わらず、奇妙な共同生活を続けていた。

ある夜、夕食中に、外から女の悲鳴が聞こえてきた。影男がカーテンを開けると、向かいの家の窓に、部屋の明かりに照らされて、夫にひどく殴られる女の影が映っていた。

「カーテンを閉めろ。同じ顔が二つもあるのを近所の連中に見られたら、厄介だ」

男が億劫《おっくう》そうに言った。

影男は耳を貸さずに、窓の外を見つめている。

「どういうことだ。あの男は、何故、彼女を殴っているんだ。彼女を愛していないのか」

「所有する貿易船が、先日の嵐で沈んだらしい。それ以来、酒浸りになって荒れているのさ」

「彼女は何も悪くない」

「そうだ。ただの腹いせなんだろう」

「冗談じゃない。彼女がかわいそうだ。ひどい男だ」

男は舌打ちして、カーテンを引き、窓辺から影男を引き剝《は》がした。

それから毎晩のように、夫の暴力は続いた。

窓越しに繰り返される様子は、影絵芝居にも似ていた。近所の住民は皆、気づいているはずだった。しかし、誰もが貝のように口を閉ざしていた。とばっちりを受けるのを恐れていたのだろう。あるいは女が美しかったから、妬《ねた》んでいたのかもしれない。

ある日、意を決して影男は男に訴えた。

「お前は彼女が殴られているのを見て、何も感じないのか」

「それぞれの夫婦に事情があるんだ。口出しするべきじゃない」

「ごまかすのもいい加減にしろ！　お前も俺も、彼女をずっと見ていたじゃないか。助けてやりたいと思わないなら、お前は最低だ」

男は肩をすくめ、台所の戸棚から酒瓶を出した。琥珀《こはく》色の液体を杯に注ぐ。

「勘違いするのはよしてくれ。お前は俺の影だからな。俺の彼女への好意を、自分のものと誤解しているのさ」

「違う、俺は」

「影が人間に惚れるなんて、身の程知らずもいいところだ」

影男は口を噤み、怒りで頬を赤く染めた。

翌日の昼下がり、影男は仮病を使って早引けし、女の家を訪れた。

女は一人で、突然の訪問者に驚いたようだった。門の格子越しに影男は話しかけた。

「悲鳴が聞こえて心配していた。夫に暴力を振るわれているんじゃないのか」

すると、女は両手で顔を覆い、堰《せき》を切ったように泣き出した。

戸惑ったが、女を近所の視線に晒《さら》すわけにはいかない。影男は門を開けて庭に入り、女の手を引いて、家の中に入るよう促した。

影男は女を居間の長椅子に座らせた。女はしゃくりあげながら、夫がいかにつらく当たるかを打ち明けた。影男は知っている限りの優しい言葉を尽くして、女を慰《なぐさ》めた。

しばらくして女は落ち着くと、取り乱してごめんなさい、とはにかんだ。

「気付けに少しお酒をいただこうかしら。あなたも一杯いかが」

「酒は苦手なんだ。構わず呑んでくれ」

「あら、だったらお茶にしましょうね」

茶を淹れるのを待つ間、影男は居間の大きな窓から、外の景色を眺めていた。庭の垣根越しに、影男と男が暮らす部屋の窓が見える。人目を避けるため、滅多なことではカーテンを開けないから、室内の様子はわからない。

台所から戻ってきた女が、お盆をテーブルに置いた音がした。

「りんごの木よ。実がないと、わからないかしら。まだ植えたばかりなの」

庭先に目を向けると、華奢《きゃしゃ》な若木が風にあおられ、心細げに揺れていた。

「早く実が生るといいな」

「ええ。でも、わたし、枝が風にそよぐのを見るのも好きよ」

髪を掻き上げ、女は笑う。そんな仕草すら愛おしく、影男は想いをいっそう募らせた。

影男と女はすっかり話しこんでしまった。いつの間にか、日はとっぷりと暮れており、夫が仕事から帰ってきた。

夫は、留守の間に女が男を家に入れたことを知って、怒り狂った。あらぬ疑いをかけ、女を罵《ののし》った。影男には手当たり次第、ものを投げつけた。

女は夫に殴られ、逃げまどいながら、悲鳴を上げた。長く大きく響く悲鳴。毎晩見ていた光景そのままだった。

影男はとっさに、窓際の植木鉢を手に取り、夫の頭に振り下ろした。

夫は殴打されて足を滑らせ、戸棚の角で強く頭を打った。植木鉢は勢いあまって投げ出され、床に落下し、けたたましい音を立てて割れた。倒れた夫は目を見開いたまま、しばらく痙攣《けいれん》していたが、やがて動かなくなった。

取り返しがつかないことをした、と影男は気づいた。

ふと、植木鉢のあった大きな窓を見た。薄いレースのカーテンしか引いていなかった。誰かに見られてしまったかもしれない。

向かいの部屋の窓は閉ざされたままだった。その光景が、影男を我に返らせた。

束ねられた厚いカーテンがある。

光を通さないような、しっかりした厚地のカーテンが。

「どうして、このカーテンを引いていなかったんだ」

影男の問いに、女は平然と答えた。

「だって、カーテンを引いてしまったら、あなたに見せられないじゃないの。毎晩、夫に殴られている、わたしの姿を」

女は言った。お祭のとき、わたしを見つめていたでしょう。窓辺で花に水やりをしていて、視線を感じたこともあった。あなたは判で押したような生活をしていて、恋人がいる気配はなかったし、わたしを一途に慕ってくれているのなら、いつか黙っていられなくなると思ったの。

立ちすくむ影男に向かって、甘く微笑む。

「ごめんなさい。わたし、愛よりもお金が欲しいの」

女が後ろ手に隠していたのは、使う必要のなくなった、細身のナイフだった。

影男は何も言えなかった。

騙されたことへの、怒りが込み上げてきた。しかし、影男は女を殴れなかった。まだ心のどこかで女に惹かれていて、その気持ちは決して誤解などではないと、今こそはっきりわかったからだ。たとえ、影が人間に惚れるのは、身の程知らずであろうとも。

女は読み違えていた。もし、影男がいなかったら、女の策は失敗に終わっていたはずだ。あのことなかれ主義の印刷工なら、自分に都合のいい言い訳を考え出し、早々に諦めてしまっただろうから。

影男は女の家を出た。隠れるつもりはなかった。その必要もなかった。

仕事から戻ってきたかのように、いつも通り家に帰った。

夜、男が眠った後、影男は行方を晦《くら》ませた。

翌朝早く、事情を知らない男は、役人に叩き起こされた。

「向かいの家の主人が、昨夜殺された。目撃者もいるんだ。お前を逮捕する」

寝耳に水だ。しかも影男は消えている。男は必死に訴えた。

「俺じゃない。俺は殺していない。違うんだ、話を聞いてくれ」

役人は話を聞いてなどいなかった。玄関に屈みこんで何かを拾っている。土のついた焼き物の欠片《かけら》だ。植木鉢のような色をした破片。

男は、自分にとって都合の悪いものだろう、とすぐにわかった。男に罪を着せるために、影男がわざわざ残していったに違いなかった。

役人は男を怒鳴りつけた。

「嘘を吐くな。凶器の欠片があっても、まだ白を切るつもりか。かわいそうに、女は気丈に涙を堪《こら》えて、お前を告訴したぞ。夫の仕事仲間を騙《かた》る男が、しつこく言い寄ってきた挙句、止めようとした夫を殴り殺したとな。お前が彼女の家から出てくるのを見た者もいる。たいそう落ち着きはらっていたらしいじゃないか。それに、夫の倒れる影を窓越しに見た、と隣のご婦人が証言している」

「影」と男は呟いた。

「そういえば、お前は向かいの家の主人を殺すとき、植木鉢を投げつけたのか？」

役人が思い出したように訊ねた。

男は眉をひそめた。質問の意味がわからない。

「隣のご婦人が、倒れる夫にぶつかった植木鉢の影は見たが、犯人の影は映っていなかったから、お前かどうか自信が持てないと言うのだよ。まあ、ひとりでに飛んでいくはずもない。見間違いだろうが、気になったものでな」

それを聞いて、男は狂ったように笑い出した。連行されている間もずっと笑い続け、傍目《はため》には訳のわからないことを口走っていた。

「映るはずがない、俺にも奴にも影はないんだから、ははは……畜生、俺は無実だ！　あの男を呼べ、酒場にいる蛇、あいつが証人だ！　俺はやってない、影がやったんだ！」

念のため、役人は酒場に張りこんだが、黒い外套の男など現れなかった。町じゅうを捜そうにも手掛かりに乏しく、旅人であればなおのこと、足取りをつかむのは難しかった。そんな男が実在したかどうかすら定かではない、と役人は判断した。

男は殺人罪で死刑にされた。最後まで、男は自分の罪を認めなかったという。

■

カルマは目を閉じた。

「これでこの話はおしまいだ」

向こうの席の賭けは、いつの間にか終わっていた。

キドウはパイプの火を消して、勝ち誇った笑みを浮かべた。

「まだ話は終わってやしないだろ？」

◇ノドの国にて、語られなかった本当の話　Ⅲ

王宮の畑で育てていたじゃがいもを盗んだ犯人が自首した。地下牢へ入れられたらしい。これで自分たちは見逃してもらえるかもしれない。

その年の秋、国じゅうはこの噂で持ち切りだった。

しかし、王が農民たちにわざとじゃがいもを盗ませたなどと、大っぴらには語れない。王宮でもことの成り行きを詳しく知っているのは、限られた数人だけだった。彼らは沈黙を守るよう命じられていた。

王宮で噂の飛び交うところと言えば、貴婦人の衣装部屋と、厨房だ。

特に、じゃがいもを調理した料理長は、皆の注目の的だった。

「そりゃあもう、おれの目は確かですからね」

料理長は派手な身振り手振りを交えて、幾度となく語った。

「ひと目見て、この作物は素晴らしい料理になるって、閃《ひらめ》いたもんですよ。陛下もお喜びになるだろうってね」

盛り上がっている料理人たちを尻目に、首を傾げる少年がいた。

料理長の息子で、名をキドウと言った。長く伸ばした赤毛を三つ編みにして一本にまとめ、尾のように垂らしている。すばしっこく、性格は気まぐれで、「猫」と渾名《あだな》されるような少年だ。

子どもながらに料理の腕は良く、手伝いもしていた。いずれは父の跡を継ぐに違いないとの評判で、自由に厨房に出入りすることを許されていた。

キドウは今回の事件に納得がいかなかった。

人々が王宮のじゃがいもを盗んだのは、暗黙の了解だ。この期に及んで、一人の青年を連行しただけで済ませてしまうなんておかしい。

その青年はどうして、わざわざ自首したのだろうか。

キドウは噂話を聞いて回ったが、疑問の答えは見つからなかった。

ある日の夕方、キドウは厨房を抜け出した。あらかじめ貯蔵庫に隠しておいた愛用の肩掛け鞄を引っかけて、足取りも軽く、地下牢に向かう。運のいいことに、看守とは以前から知り合いで、ちょっとした貸しがあった。

じゃがいもを盗んだ青年に会いたいと頼むと、看守は渋々許可してくれた。

囚人の名はカルマ。一番奥の独房にいるという。

牢は薄暗く、淀んだ空気に満ちていた。石畳の長い通路の両側に、鉄格子の嵌《は》まった房室がずらりと並んでいる。昼夜を問わず、通路の壁に掛けられた小さな松明《たいまつ》が、唯一の明かりらしい。

静かだった。キドウと看守の話し声や足音が響く。

「この先だ。くれぐれも内密に頼むぞ」

看守が曲がり角の手前で立ち止まった。そして、そそくさと今来た道を引き返していく。

キドウは角を曲がり、独房の前に立つ。

囚人は、鉄格子から離れた壁際にある寝台に腰掛けていた。うつむいて、何をしているのかと思えば、本を読んでいる。

頬にかすかな風を感じた。見ると、独房の天井近くに小さな通風孔があった。目の細かい金網越しに、沈みかけの夕陽が射している。

他の房室には明かり取り窓なんてなかった。間取りも倍は広いようだ。寝台の傍には作りつけの低い棚がある。ここは身分の高い人を投獄するときに使う独房なんじゃないか、とキドウは考えた。お触れに逆らった青年が特別な待遇を受けるとは、やはり妙だ。

寝台は、せっかく通風孔があるのに、陽の当たらない場所に置かれている。

キドウは房室を照らすように、カンテラを高く掲げた。

「おたくが、じゃがいもを盗んだと自首したっていう噂の人かい?」

カルマが本から顔を上げた。

「易々《やすやす》と子どもが入れるほど、警備が甘い地下牢とはね。この国は平和だな」

役者のように、よく通る低い声で応えた。キドウはかちんと来て、言い返す。

「ただの子どもじゃない。父さんがここの料理長なんだ」

「料理長の息子なら、何もかも許されるとでも言うのか。説明になっていないぜ、キドウ」

「どうしてぼくの名前を？」

「先に質問したのは、俺だ」

カルマは再び本に視線を落とした。ぱらり、と紙をめくる音がする。

「仕方ないな。教えてあげるけど、内緒にしてね」

キドウは声を潜め、肩掛け鞄から、濃い青色の封筒を取り出す。

「ここの看守にはかわいい許婚《いいなずけ》がいるんだ。でも、この仕事に任じられて二年間、ずっと彼女と会えずにいる。看守は牢を離れられないからね。いつ次に会えるかはわからないし、せめて手紙だけでも、と頼まれたら断れなくて」

「看守の恋文か、面白い。この冬は厳しい寒さで囚人が七名死にました、喰わせる口が減って助かります、なんて書くのかね」

「まさか、そんなこと書きやしないよ！　十八歳の誕生日おめでとう、きみはいっそうきれいになったろうね、とか何とか、どこにでもいる恋人同士のやりとりさ」

キドウは封筒の角を折らないよう気をつけてしまいこんだ。

カルマが鼻で笑う。

「ずいぶんと詳しいな」

「ええと、紙ってさ、光に透かして目を凝らすと、書いてある文字が読めるだろ」

「盗み読みが楽しくて、恋文を運ぶ手伝いをしているわけだ」

「違うったら！　看守は、許嫁に手紙を届けると銅貨を三枚、返事を持ってくると銀貨を一枚くれるんだ」

そうかい、とカルマが気のない相槌《あいづち》を打つ。どんな表情をしているのかは、陰になってよく見えない。ただ、先刻までの刺々《とげとげ》しい雰囲気はなくなっている。

キドウは頃合いを見計らって、本題に入った。

「そうだ、そんなことを話しに来たんじゃないよ。聞きに来たんだった」

牢の前にぺたりと座って、カンテラを傍らに置いた。カルマを見据えて問う。

「どうして自首なんかしたのさ。知ってるだろ、みんなしてじゃがいもを盗んでるんだよ。おたくだけ牢に入れられるなんておかしいじゃないか」

「聞く相手を間違えているぜ。俺を投獄すると決めたのは、俺ではない」

正論とも詭弁《きべん》ともつかない皮肉を言い、カルマはぱたりと本を閉じた。

「まあ、いいさ。どうせ退屈していたところだ。例の行商人について、知っていることを教えてくれないか。お前が本当に料理長の息子なら、話が早い」

「本当にって、何さ。信じていないみたいだな」

「俺には確かめようがないからな」

カルマが肩をすくめた。

キドウは知っていることを全て話した。商人はどんな男だったか。露店で何を売っていたか。王宮に招かれ、王と何を話したか。じゃがいもを広めるためにどのような助言をしたか。

商人が王宮に持ってきたじゃがいもを初めて調理したときも、キドウは厨房にいた。あの日のことは、昨日の出来事のようによく覚えている。料理長の息子の特権で、ちょっぴり味見だってさせてもらえたのだ。語れることは山ほどあった。

一通り話し終えてから、キドウは再び問いかけた。

「これでもまだ疑うのかい」

「いや、料理長の息子という話は、あながち嘘でもなさそうだ」

「当然さ！　ぼくだって、いずれ料理長になるんだもの。でも、あの行商人もすごいよ。ぼくと大して変わらない年恰好なのに、世界じゅうを旅して暮らしているんだからね」

「お前は約束された将来を誇る一方で、城の外の広い世界にも憧れているようだな」

不意に図星を指されて、キドウは赤面した。

カルマは器用に片眉だけ上げて、にやりと笑う。

「長旅に出たらどうだ。料理の修業とでも言えば、理由はこじつけられるはずだ」

「おたくは簡単に言うけどさ。思い立って一日や二日で、準備できやしないだろ」

「できるさ。一晩あれば充分だ」

「本当に？」

「一番手っ取り早いのは、既に旅をしている奴の荷物を全部かっぱらうことだな。手間も金もかからない」

キドウは声を立てて笑った。

カルマが続ける。

「羨むことはない。どうせ、そいつも、世界じゅうを旅してはいないからな」

キドウは瞬《まばた》きして、笑うのをやめた。

カルマはそれ以上、何も語ろうとしない。

キドウは肩掛け鞄から、酒の瓶を出した。上等な蒸留酒だ。囚人に喜ばれるものくらい、想像がつく。こんなときのために、酒蔵から一本くすねてきたのだ。

立ち上がり、瓶を突き出して、取引を持ちかける。

「どういう意味か、教えてよ。ただでとは言わないからさ」

「話がわかるじゃないか」

カルマが寝台から降り、鉄格子の傍まで歩いてくる。

キドウは瓶の栓を抜いた。

骨ばった大きな手が瓶を受け取る。鉄格子の隙間を通るくらい、細い手首をしていた。

カルマは寝台に座り直す。

「その行商人は、とんだ食わせ者ってことさ」

瓶の首を握って口をつけ、さも美味そうに喉を鳴らしてから、続ける。

「俺に言わせりゃ、ただの茶番だね。そもそも行商人は、冬の間は暖かい国へ移動して商売をするのが普通だろ。わざわざ寒い冬に北上し、路銀がないと抜かすとは、あまりにも不自然だ。どう考えても、そいつは行商人なんかじゃあないぜ」

「じゃあ、何だって言うのさ」

「では聞くが、小間物屋があの作物を後生大事に抱えこんでいた理由は何だ?」

キドウは、記憶を頼りに答える。

「旅の途中で手に入れたんだって。故郷に植えてみようと思っていたらしいよ」

「小間物屋は、秋の終わりに流行病を患い、旅立ちが遅れたと話したそうだな。結局、冬に港が封鎖される前には、この国に到着できなかったが、病み上がりの彼は旅路を急いでいたはずだ。じゃがいもは重くてかさばる。手押し車を軽くするため、真っ先に処分すべき代物じゃないか。自分で喰うのもひとつの手だが、路銀に困っていたのなら、どうして売ろうとしなかった? さらに付け足すなら、彼がこの国に来たのは、まだ春になったばかりの頃だった。いくら見てくれが悪かろうと、腹の足しになるのなら、買い手はついたと思うがね」

「偽者と決めつけるのはまだ早いよ」

とっさにキドウは言い返し、喋りながら理屈をひねり出した。

「例えば、じゃがいもを荷物にしまいこんだきり、忘れていたってこともありうるだろ。路銀に困っているのに、お土産《みやげ》なんか買うはずがないもの。あれを仕入れたのは、彼が流行病にかかる前だったんじゃないかな」

「道理だな。だが、お前の推測が正しいと仮定すると、王宮の料理長ともあろうお方が、冬の間ずっと手押し車の底に放置されていた食材を、畏《おそ》れ多くも国王陛下の口に入れたということになる。初めて見る作物だったとはいえ、傷《いた》んでいればわかるだろうに」

キドウは目を瞠《みは》った。

初めて料理したとき、じゃがいもが傷んでいたという記憶はない。泥まみれではあったけれど、芽も出ていなかったし、しなびてもいなかったのは確かだ。その証拠に、後に王宮の畑で穫《と》れたじゃがいもと変わらない味がした。

去年の収穫期は、近隣の交易国も不作に見舞われていた。

小間物屋はいつ、どうやって、じゃがいもを手に入れたのだろう？

「色白で金髪なんだろ。その外見なら、山向こうの国の民じゃないかね。ことさら港から船で帰ると言ったのは、地続きの隣国から目を逸らさせるためだろう。南隣のザンダールなら、ノドの国との交易はないが、すぐに帰れる距離にある」

キドウの胸の内を見透かすように、カルマが指摘した。

考えても、反論は思い浮かばなかった。キドウは苦し紛れに返した。

「ただの推測じゃないか」

「聞きたいと言ったのはお前だろ」

陽が沈み、独房の天窓から覗く空には、星が瞬《また》いていた。

暗がりでカルマは笑っているらしかった。

キドウは口を尖《とが》らせた。疑問を解消するために来たはずなのに、さらに疑問が増えてしまった。

ふと気づいた。まだ、カルマは最初の質問に答えていない。

キドウはカンテラを高く掲げて房室を照らし、空いた手で牢の鉄格子を握って、大きな声で問い質《ただ》した。

「答えてよ。結局、カルマはどうして自首なんかしたんだ」

「いい加減わからないのか。偽の行商人と同じさ」

「行商人のふりをするのと、自首をして投獄されるのが、同じだとは思えないけど」

「馬鹿だな」

カルマは酒瓶を提《さ》げて、鉄格子の傍まで来た。そして、出し抜けにキドウの手首をつかんで引き寄せると、耳元で囁いた。

「──まさかお前、この俺が、あんなつまらないものを本当に盗んだと思っているんじゃないだろうな？」

がしゃん、と派手な音が鳴り響いて、キドウは飛び上がった。

強い酒の香りが鼻をついた。見ると、足下に粉々になった硝子《ガラス》の破片が散っている。カルマが酒瓶を床に落として割ったのだ。

「失礼。手が滑った」

カルマは悪びれない口調で告げると、キドウの手を放し、また独房の奥に戻っていく。

どうした、と呼びかける声がした。看守だ。地下牢の入口の、錆《さ》びついた鉄の蝶番《ちょうつがい》が軋《きし》む音もする。

看守の足音が近づいてくる。キドウは、入口に向かって、何でもないと返事をした。

つかまれた腕が震えていた。胸の奥で心臓の音が激しく鳴っている。

さっき、カルマは息がかかるほど傍に立っていた。だが、酒臭さは感じなかった。呑んだふりをしただけで、一滴も呑んでいないのかもしれない。酔わせれば口も軽くなり、洗いざらい聞き出せるかと思っていたが、相手のほうが数段上手《うわて》だったようだ。

「看守の許婚に手紙を届けているというのは、嘘だろう」

カルマの声が牢に響いた。

「そんなに濃い色の封筒を光に透かしても、中身が見えるはずはない。お前は恋人同士のやりとりとして、十八歳の誕生日を例に挙げたよな。人生花ざかりの十六歳の娘が、看守に任じられた恋人を二年間、待っていられるものかね。しかも、任期の終わりは知れないと来てる。仮に彼女は一途に慕い続けようと、両親や親戚が良くは思わないだろう。お前は、最初の一通を届けに行ったときに知ったんだ。看守の許婚は——」

「黙れ！」

慄然《りつぜん》としてキドウは叫んだ。

しかし、口を塞《ふさ》ぎたくても、囚人は鉄の檻《おり》に守られている。

怒鳴り声など聞こえなかったかのように、カルマは続けた。

「いや、看守の許婚だった娘は、と言うべきか。……彼女は、他の男と結婚していた」

カンテラの灯《ひ》が風に揺らいだ。

「闇に生きる孤独な看守の、希望の光。そいつを消すのが忍びなくて、お前は贋の手紙を書き続けている。違うか、キドウ？」

駆けつけた看守の足音が、キドウのすぐ後ろで止まる。

数日後の昼下がり、キドウは商人の泊まっている宿を訪ねた。

宿は丘の上に建てられていた。キドウが通された部屋は明るく、小窓から城下町を一望することができた。商人はフェイと名乗った。

キドウは、地下牢でのカルマの推測をそのまま伝えた。

フェイは黙って話を聞いていたが、やがて口を開いた。

「そうだね、キドウはこう考えてはみなかったのかな。確かに、行商人の叔父と旅していたというのは嘘だ。僕は父と口論した挙句に家を出た。後先考えずに飛び出したから、北国の冬だろうがお構いなしだ。とはいえ、陛下の前で身内の恥を晒すのも気が引ける。だから、とっさにでまかせを言った」

「本当らしく聞こえるけど、面白くないや」

フェイが微笑んだ。

「君は正直だね。ところで、カルマが君の名を知っていた理由だけど、僕にはわかったよ」

「え？」

「ノド城の地下牢は静かだった。君は、カルマの独房に向かう途中も、知り合いの看守と話していた。そうだね、キドウ？」

「うん」

「今のが答えさ」

キドウは怪訝《けげん》な顔をした。フェイの言葉を反芻《はんすう》し、あっと声を上げる。

会話の中で何気なく、看守がキドウの名を呼んでいた。それをカルマは聞いていた、というわけだ。わかってみれば、呆れるほど単純な種明かしだった。

「どうして気づかなかったんだろう、という顔をしているね。頭の切れる商人は、舌先でごまかすのが巧いものさ。カルマもきっと騙りの名手なんだろう。しかし参ったな。何もかも、彼の見立て通りだよ」

キドウが拍子抜けするほどあっさりと、フェイは自分の嘘を認めた。

「認めるんだね。全部嘘だって、ぼくが言い触らすかもしれないのに」

「そうだね。でも、僕は君を信じるよ」

キドウは返事に困った。疑われれば腹が立つ。でも、初めて会った相手にいきなり信用されるのも、何だか調子が狂ってしまう。

「おたくはどうして嘘を吐いたのさ?」

「僕が今、ここで何をしているか、故郷に知られると厄介なんだ。僕の家族や、ひょっとしたらこの国の人々にも、迷惑が掛かるかもしれない」

「ふうん。行商人のふりをしたのは何故?」

「南国の作物を持っていても、おかしくない職業だからね」

フェイは短く答えてから、それでは充分でないと考えたのか、言葉を補った。

「春先にこの国を訪れたのは、じゃがいもを広めるべきだと陛下を説得するのに、ぴったりの時期だと思ったからだ。だって、そうだろう。国じゅうが飢えに苦しむ冬の真っ盛りでは、収穫するのに約四か月もかかる作物なんて役に立たない。夏は、人々の危機感が薄れている頃合いだ。秋から準備を始めても、冬には間に合わない」

キドウは納得してうなずく。

フェイの嘘にも準備がいる。行商人のふりをするには、身なりを整え、立ち居振る舞いを覚え、遠い異国の品物をそろえ、旅費を工面しなくてはならない。

それだけの手間をかけることができ、惜しみなく金を使えるのは、そもそもフェイが裕福な生活を送っていたからに違いない。

「どうして、わざわざ隣国まで出向いて、じゃがいもを広めようと思ったの？」

「当時、ノドの国王陛下の最も深刻な悩みは、民の飢えだったろう」

「うん」

「それを解決することが、陛下の信頼を得るには、最良の方法だと考えたんだ」

予想外の答えだった。キドウはフェイをまじまじと見た。

フェイの表情は真剣そのものだ。

「……飢えに苦しむ人々を救うことが目的じゃなかったんだ」

キドウは、ぽつりと呟いた。

フェイが小窓に目を向ける。黄金で紡いだ糸のような髪が、午後の日射しに照り映えていた。

小窓の下には、町が、家々が、畑が、海が広がっている。

「陛下は、僕が旅をしている根無し草だと思ったからだろう、率直に話してくださってね。相談を聞くうちによくわかったよ。陛下は平和を愛していらっしゃるし、民の幸せを一番に考えておられる。僕の心配は、どうやら杞憂《きゆう》に終わりそうだ」

フェイは景色を眺めながら、眩《まぶ》しそうに目を細めた。

「……この国は美しい。僕の住んでいた国もまた、美しい。それぞれに魅力があるし、それぞれの民の生活もある。無理にひとつにすることはない」

丘にある時計台の鐘が鳴った。

フェイは、お茶にしようか、と提案した。

キドウは、宿の近くにあるお気に入りの店を紹介した。昼には香草茶と焼菓子を、夜は酒と肴《さかな》を出す、小ぢんまりとした店で、城下町の若者の間で人気がある。

店に入ると、キドウの顔馴染《かおなじ》みである女主人のユンナが、厨房から出迎えてくれた。

「やあ、キドウ。今日はまだ、種入りの焼菓子は残ってるよ。……おや、見ない顔だね」

「フェイって言うんだ。異国から来た商人だよ」

キドウが紹介すると、女主人は目を丸くした。

「こいつは驚いた。あんた、春先にこの国に来た坊やだろう。話が巧いんだってね。とんと噂を聞かなくなったけど、店を畳んじまったのかい？」

「ええ、売り口上が評判になったものですから。今は、語り部の真似事を」

フェイはさらりとごまかした。

女主人は、それはいいねと陽気な相槌を打ち、注文を取ると厨房に戻っていった。

二人は運ばれてきた香草茶を飲み、種入りの焼菓子をかじりながら、たわいのない話に興じた。帰り際、次に会う約束をした。フェイもこの店を気に入ったらしく、それ以降、何度となく待ち合わせの場所に使った。

やがて冬が訪れ、春が過ぎ、初夏を迎えて、フェイがこの国を発つ日が来た。

店の女主人は餞別《せんべつ》代わりに焼菓子の詰め合わせを持たせてくれた。フェイは喜んで受け取った。そして、またこの国を訪れることがあれば、必ずここには立ち寄ります、と約束した。

キドウは港の船着場まで、フェイを見送りに行った。

船出を間近に控え、浮き足立つ人々の喧騒に紛れて、二人は別れの挨拶を済ませた。

「おたくはノドの国を飢えから救った英雄なのに、城の外の人たちはみんな、それを知らないままなんだね」

「僕は英雄じゃない。国じゅうの人々に掟破りと盗みの罪を負わせた、大嘘吐きさ」

フェイは微笑んで、北の果ての地から去って行った。

◇

窓の外は夜の帳《とばり》が下りていた。酒場もだいぶ人が増え、いっそう騒がしくなってきた。

「哀れな印刷工は処刑された。死んだ男の人生に続きはない」

ひと呼吸の間を置いて、カルマは続けた。

「俺の話がつまらなかったのなら、約束通り、酒代は払うぜ」

「いや、充分楽しめたよ。でも、買う気にはならないな。おたくが旅の途中で聞いたというのは嘘だろう。その影男とナイフの話は、決して絵空事なんかじゃない」

キドウは杯を干した。二本目の酒瓶も空になっていた。

立ち上がり、カルマを見据えたまま、言い放つ。

「そろそろ帰らなくちゃ。ところで、いつになったら、ぼくの影を放してくれるんだい。このままでは帰れないじゃないか」

カルマが床に目を向ける。

黒い刃のナイフが、キドウの影に深々と突き刺さっている。ナイフは影と床を縫いとめていた。カルマが落として、放っておいたナイフだ。

「ああ、これか。悪いな。気づかなかった」

カルマは屈みこんでナイフを抜いた。刃の腹を無造作に指でなぞる。黒曜石のような刃が、鈍く光を放った。

キドウは獲物を捕らえて満足した猫のように、目を細めた。

「八年前と同じようにはいかないよ。今回は、ぼくの勝ちだ。……ぼくの影を取り損ねたね？　蛇――闇商人さん」

黒い外套を着た男が、ナイフを黒革の鞘に収め、腰に差す。

カルマの口元にはうっすらと笑みが浮かんでいた。

「忘れたのか、キドウ。八年前に教えてやっただろ」

「え？」

「一晩で長旅の準備をするには、どうすればいいか」

キドウは思い出せなかった。ただ、頭のどこかに引っかかるものがあった。

カルマは銀貨をテーブルに置いた。荷物を肩にかけて席を立つ。

すれ違いざまに、囁いた。

「蛇は死んだ。影男に殺されたのさ」

カルマは酒場の入口へ向かう。勘定《かんじょう》はお済みですか、と店員に呼び止められて、キドウのいるテーブルを手で示した。そして、店を出て行った。

看板にぶらさがった小さな鐘が、高い音を立てて揺れる。

キドウはカルマの残した銀貨を手に取ろうとして、動きを止めた。

八年前、独房の囚人と交わした会話が脳裏に蘇《よみがえ》った。

目を瞠って、カルマの後を追う。

――一番手っ取り早いのは、既に旅をしている奴の荷物を全部かっぱらうことだな。手間も金もかからない。

キドウは店から数歩出たところで立ち止まった。

月明かりのない町の片隅、迷宮のように入り組んだ路地で。

カルマが笑って、街灯の照らす光の下に足を踏み入れる。役者が舞台に上がるように、厳《おごそ》かに。


その足下には影がなかった。

蛇の着ていた黒い外套、影を切れるナイフ。役人が捜しても、蛇は見つからなかったという。影男に殺されたからだ。そして、影男は、蛇の持ち物を全て持ち去って――。

地下牢の光景を思い出す。カルマの独房の寝台は、房室の奥の暗がりに置かれていた。あれは、天井の通風孔から射す陽の光を避けるためだったに違いない。あまり鉄格子の傍に来なかったのは、キドウが持つカンテラの灯を気にしていたのだろう。

またしても、とキドウは歯噛みする。騙されないつもりでいたのに、カルマの思惑通りに導かれ、見抜いた気になっていた。八年前と何も変わらない。

カルマが闇に溶けこむように、路地に姿を消す。

キドウは深くため息を吐いた。

ぼんやりと自分の影に目を落として――ある仮説を思いつき、総毛立つ。

違和感の理由は何だったか。キドウはカルマに何と言ったか。

あれから八年も経ったのに、おたくはちっとも変わらないな。

カルマ、永遠の若さを手に入れる方法を知ってるかい?

死んだ人は年を取らない。

影は持ち主を真似て、姿形を変えていく。影男は自分の身代わりに、男を死刑台に立たせた。持ち主を失った時点で、影の時間もまた、止まったのではないだろうか。真似る相手を失くした影は年を取らない、いや、年の取り方がわからないのではないか。

カルマは、人として生き続けるために、過去を消さなくてはならなかった。

だから、生まれ故郷であるノドの国を滅ぼした。

人として、人の世で生きていくには、親しくなった知人や記録を消し続けなくてはならない。

これは、持ち主を殺した影の背負った、業だ。

だとしたら、何故、キドウに自分の過去を話したのか。

ふと、カルマの言葉が頭をよぎる。

――この国では、これだけいかさま賭博がはびこっている一方で……。

気づいた瞬間、キドウは全力で走り出していた。あの酒場からできるだけ早く離れなくてはならない。

後ろで店員の叫ぶ声がした。とにかく闇雲に走って逃げた。

話にうつつを抜かして確認すらしなかったが、間違いなく。

カルマが支払った銀貨は贋金のはずだ。

キドウは走り続けて広場まで来た。ひどく息苦しく、酒のせいか脚がふらついた。立ち止まって、建物の壁に手をつく。追いかけてくる声は聞こえない。

人の気配に顔を上げると、傍にアーモンド形の瞳をした少女が立っていた。

キドウは手招きした。

「水、持ってない？」

少女は首を横に振る。

「りんごしかないわ。だってあたし、水売りじゃないもの。誰か呼んできましょうか」

「いや、りんごでいいや」

人を呼ばれるのは厄介だ。りんごなんてどうせ銅貨数枚で買える。それで少女の気が済むのなら、ひとつぐらい買っても構わない。

少女がりんごを差し出した。

「はい、どうぞ」

「ありがとう。おたく、ずいぶんと遅くまで働かされて、大変だね」

「違うよ、遊びなの。家にはお金がいっぱいあるから、あたしは働かなくったっていいんだけど、りんご売りを一度やってみたかったの。これ、庭のりんご」

少女が抱える籠には、りんごではないものが何か入っていた。

「何を入れているんだい」

キドウが訊ねると、少女は見せてくれた。取り出したのは、小さな植木鉢だった。

「さっき、異国のお客さまに『植木鉢を買って帰ってくれないか』と頼まれたの。お母さんの友達だったみたい。『俺は、お前の家の植木鉢をひとつ、壊してしまったことがあるから』って。いいわ、と答えてあげたら、たくさんお金をくれたわ」

少女は楽しげに話し続ける。あたし、お母さんにそっくりって、よく言われるのよ。そのお客さまも、ひと目見てわかったらしいの。お前の母親に会いに来たんだが、用が済んだ、気が変わったって。家に来てくれても良かったのに、名前すら教えてくれなくて。きっと恥ずかしがり屋だったのね。

「だって、言われたもの。『どんな男がお前に金を渡して、新しい植木鉢を買わせたかを、お前の母親には、絶対に話してはいけないよ』って」

少女が抱える籠の中では、よく熟《う》れた赤いりんごが輝いている。

あれは子どものための歌

登場人物

エミリア……………………歌手
フェイ………………………旅人
ワジ…………………………この世の理《ことわり》に背く願いを叶える者
イリュード（イル）、ベイン……いかさま師たち
タシット……………………町長の息子
ライヤ………………………町長の妻。タシットの母

エミリアは腰骨まで川に浸かり、水面《みなも》に映る月をぼんやりと眺めていた。

この川は岸から離れると、川底が抜けたかのように、いきなり深くなる。浅瀬と淵《ふち》の落差が大きいのだ。そうとは知らない余所者《よそもの》が、馬で対岸に渡ろうとして、溺れ死ぬことも珍しくないという。

エミリアはまた一歩、川の深みへと足を進めた。

穏やかな声が響く。

「こんな夜更けに水浴びですか?」

不意を突かれたように、エミリアが振り返る。

声の主《ぬし》は、すぐに見つかった。川岸に旅装束の男が立ち、カンテラを高く掲げている。

「すみません、驚かせてしまって。でも、お節介を承知で言わせてもらいますと、陽が出るのを待ったほうがいいと思うんです。月明かりの冷たさでは、濡れた服が乾かないでしょう?」

男が川に足を踏み入れる。

ぱしゃり、と音がして、エミリアは身を強《こわ》ばらせる。

男はエミリアの返事を待たず、一方的に話し続けた。

「深い川は静かに流れるものです。流れに身を任せることはできない。背が届かないほどの深みまで歩き、重石《おもし》も抱かずに沈むのは、容易ではありませんよ」

エミリアがためらいながら歩いた距離は、あっという間に縮められてしまう。

男が白い手を差しのべる。

「一緒に、川岸へ戻りませんか？」

カンテラの灯《ひ》が、男の顔を照らす。肩まで伸ばした長い髪が、金《きん》で紡いだ糸のように輝く。恐らく十代半ばの、少年の面差しを残した若い男は、青い瞳に笑みを湛《たた》えている。

エミリアはうなずいた。


川岸で、男は荷物から火打箱を取り出し、慣れた手つきで火を起こした。

エミリアは焚火《たきび》の傍《そば》に座る。靴《くつ》を脱いで逆さにし、溜まった水を捨てる。膝下《ひざした》まである臙脂《えんじ》色のスカートを絞ると、雫《しずく》がぽたぽたと滴《した》り落ちた。

男はエミリアの斜向《はすむ》かいに腰を下ろした。革袋に詰めた酒を、木の器に注ぐ。

「葡萄酒《ぶどうしゅ》はお好きですか？」

エミリアはうなずき、器を受け取った。空《あ》いた手で小枝を拾い、足下の砂利《じゃり》を避けて、地面に文字を書く。

『ありがとう』

男が文字を読む。エミリアはさらに小枝を走らせた。

『わたしは口が利けないの』

「ああ、そうでしたか」

エミリアは顔を上げ、意外そうに瞬《まばた》きする。男の口調には、底の浅い同情の色も、蔑《さげす》みも混じってはいないようだった。

「君は、生まれつき口が利けないのですか?」

男に訊ねられ、エミリアは首を横に振る。

『いいえ。わたし、歌手だったのよ。町の広場の片隅で、一曲歌い終えるごとに銅貨を一枚、お客さんに投げてもらうの。それで帽子がいっぱいになったこともある』

「では、素晴らしい歌声の持ち主だったのですね」

『そんなことないわ』

「ご謙遜《けんそん》を」

『本当よ。でも、歌うのは好き。自分の声で歌うことに勝る喜びはないわ』

男は地面の文字を読み終えると、先を促《うなが》すように、エミリアを見つめた。

エミリアはふと周囲を見渡し、書いた言葉を全て消してしまった。

——今の問答が契約に違反していたのではないか、という疑念を抱いたのだろう。

契約が有効であるかは、簡単に確かめられる。エミリアは賭けをすればいい。それも、自分に勝ち目のない賭けを。

『そういえば、あなたの名前を聞き忘れていたわ』

「すみません、僕は……」

名乗ろうとする男を、エミリアは手で制する。

『わたしがあなたの名前を当てられるか、賭けてみない？』

「賭け、ですか？」

エミリアは作り笑いをして、男が腰のベルトに差している短剣を指差す。

『ええ。賭けに勝ったら、その短剣をもらうわ』

男が困ったように眉《まゆ》を寄せる。

「あまり、賭け事の類《たぐい》は好きではないのですが」

この手の反応にはエミリアも慣れている。そもそも、賭博《とばく》好きを公言してはばからない者は少数派だ。即座に断られないこと自体、相手が賭けに興味を示した証《あかし》だと見ていい。

予想に違《たが》わず、男はやがて賭けに応じる。

「せっかくのお誘いを断るのも野暮《やぼ》ですね。賭けましょう」

『そう来なくちゃ。銀貨一枚でどうかしら？』

「僕が勝ったら、君は二度と、自ら命を絶つような真似《まね》はしない、と約束してくれますか？」

エミリアは目を丸くした。金貨や銀貨、宝石に鏡、食べ物や服に一夜の宿など、手に届く範囲のものなら全て賭けてきたはずのエミリアだが——自分が何ひとつ損をしない条件で賭けをするのは初めてだ。

『いいわ。では、誓いの握手を』

二人は握手を交わした。これで賭けは成立だ。

エミリアは目を伏せ、地面に文字を書いていく。

『あなたの名前は、フェイ・クロア』

エミリアは地面から顔を上げる。

男――フェイは微笑《ほほえ》みながら、首を縦に振った。

短剣がエミリアの前に置かれる。

「君の名前は？」

『エミリア』

「素敵な名前ですね、エミリア」

エミリアは頬を染めた。エミリアの恋人は口下手《くちべた》で、気障《きざ》な言い回しに縁がなかったのだ。

フェイが、葡萄酒の革袋を掲げてみせた。乾杯の仕草をすると、じかに口をつけてぐっと呑む。酔いが回って鈍るどころか、目つきはいっそう冴えていく。

フェイは、名前を当てられても驚かなかった――まるで、エミリアが正解を書くとわかっていたかのように。

恐らく、フェイは耳にしていたのだろう。この近くの町に、どんな賭けにも負けない女がいるらしい、という噂《うわさ》を。

そこからが問題だ。この男は何を企んでいる？

ぱちり、と音を立てて焚火が爆《は》ぜる。

＊

物心つく前から、エミリアは父と二人で暮らしていた。

エミリアの父は大酒呑みで賭博好きだった。

懐《ふところ》に入る金は、全て賭け事に消えた。父は酒を呑むと気が大きくなり、財布の中身が乏しくても、前後の見境なく勝負を挑んだ。

結果はいつも散々だった。住んでいる家まで巻き上げられ、着の身着のまま道に放り出されたこともある。

それでも、エミリアは父を慕っていた。父もまた、エミリアをかわいがってくれていた。

エミリアは母について何も知らない。

母のことを訊ねると、父はいつも話をはぐらかした。

ただ一度だけ、何気なく歌を口ずさんでいたエミリアに、父がぽつりと漏らしたことがある。

「よくもまあ、覚えているもんだ。そいつは昔、おまえの母さんが、おまえのために作った子守歌じゃないか」

それ以来、エミリアは、何よりも歌うことが好きになった。

歌を聴くのも好きだった。一回聴いた歌は忘れなかった。聴いた歌を正確に繰り返せるだけでなく、節回《ふしまわ》しを変えるのも得意だった。エミリアは、働き者の女たちが井戸端で歌う民謡や、酒場の酔客が口ずさむ故郷の歌、吟遊詩人《ぎんゆうしじん》の歌物語も分け隔《へだ》てなく、頭の中にしまいこんだ。

七歳のときから、街角や酒場で歌声を披露し、日銭を稼ぐようになった。

幼い少女の澄んだ歌声は、聴衆の心を震わせた。曲目の多さも喜ばれた。父と二人、当てもなく渡り歩いた日々が、歌手としてのエミリアを支えていた。

エミリアの稼ぎは少しずつ増えていった。しかし、父に渡した金の大半は、翌朝を迎えることなく、酒場の賭博に消えた。わずかに残った金で、二人は細々と食いつないだ。

エミリアが十五になった春、父は、大きな賭けに負けた。

その日は気前の良い客が多く、歌えば歌うほど、たくさんの銅貨を投げてもらえた。重たくなった帽子を抱きかかえ、父がいる酒場に向かったエミリアは、父の賭けの中身を聞かされて愕然《がくぜん》とした。

有り金を使い果たし、荷物も取られた父が最後に賭けたのは、父自身だったのだ。

たかが帽子いっぱいの銅貨で、買い戻せるようなものではない。

父の勝負の相手は、血走った目でエミリアをひとしきり眺めると、にたりと笑った。

「おまえさんが自分自身を賭けたということは、当然、この娘もおれのものだろうな」

うなだれていた父は、男の台詞《せりふ》を聞くと、叫びながら席を立った。

「冗談じゃない！　おれは娘まで賭けた覚えはないぞ！」

男もテーブルを拳《こぶし》で叩き、椅子を蹴って立ち上がる。

「何だと？　偉そうな口を利きやがって」

「ああ、申し訳ない。気を悪くしないでくれ。いや、しかし、エミリアは関係ない」

「おまえさんが支払いを済ませたら、すぐに娘は返してやるさ」

父と男は口論を始めた。エミリアは怖くなり、その場から逃げ出した。

途方に暮れたエミリアは、酒場の裏に座りこみ、声を押し殺して泣いた。

狭い路地裏の空にも月は浮かんでいた。

まるで金貨のように輝いている。

あの満月が金貨なら、ひょいと空からもぎ取って、父を取り返しに行けるのに。たとえ、そのせいで夜の闇がさらに暗くなるとしても。

ふと、すぐ近くに人の気配を感じた。

いつ現れたのか、腰の曲がった皺《しわ》だらけの老女が、訝《いぶか》しげにエミリアを見ている。

どうして泣いているんだね、と老女は訊ねた。

エミリアは濡れた目をこすり、老女に一部始終を語った。不幸な身の上話を、誰かに話さずにはいられなかったのだ。いったん話し始めると、胸の内に収めていた言葉は、次から次へとあふれ出て止まらなくなった。

すっかり打ち明けてしまうと、いくらか気持ちが落ち着いた。エミリアは立ち上がり、老女に向かって頭を下げた。

「話を聞いてくれてありがとう。わたし、店の中に戻るわ。父が心配だもの」

「まあ、そう急ぐんじゃない。ひょっとしたら、あんたを助けてあげられるかもしれないよ」

エミリアは老女をまじまじと見た。老女はみすぼらしい身なりをしている。とてもじゃないが、父を買い戻せるだけの金があるようには見えない。

老女は鳶《とび》色の瞳で、エミリアを見つめ返す。

「賭けで取られたものは、お嬢さん、あんたが賭けで取り戻せばいい」

「取り返したいけど、できないわ」

「できるさ。もし、あんたが望むのなら」

老女は骨ばった指でエミリアの喉を指し示した。

「――その美しい声と引き換えに、どんな賭けにも負けない力をやろう」

エミリアは目を瞠《みは》った。

真っ当な取引ではない。頭の中で警鐘《けいしょう》が鳴り響いている。しかし、その力があれば、窮地を脱することができるかもしれない。金輪際《こんりんざい》、父の賭博に悩まされることもなくなる。父が失った金は全て、エミリアが取り返せばいいのだから。

老女がため息を吐《つ》いた。

「厭《いや》なら厭でいいんだよ。邪魔したね」

「待って！」

エミリアは老女を呼び止めた。老女が振り返って、ひっそりと笑う。

「条件は何？」

「いいかい、よくお聞き」

老女は声を潜めて話し始めた。

「契約が成立したら、あんたは一言も口が利けなくなる。その代わりに、どんな賭けにも負けない力を手に入れるのさ。断っておくがね、さいころ賭博でどの目が出るか正解がわかる、なんてつまらない代物じゃあないからね。しみったれた小遣い稼ぎなんざ、いかさま師にでも任せときゃいいんだ。あんたが得るのは、本当の力だよ。賭けの宣誓をしたら、あんたの書いた言葉は、全て真実になる。わかるかい、お嬢さん？」

「わかるわ。でも、信じられない」

「本当さ。万が一、あんたが賭けに負けたときは、あたしはあんたの声を返し、両手いっぱいの金貨をやろう。ただし、同時に力も消えてなくなるからね。あと、この契約については、絶対に、他の誰にも教えちゃいけない。もし、あんたが秘密を守れなかったら、あんたの声は二度と戻らなくなるし、どんな賭けにも負けない力も消えちまうよ」

「もし、あなたが秘密を守らなかったら？」

「あんたは力を手放すことなく、自分の声を取り戻すことができる。どうだね、悪くない話だとは思わないかい？」

エミリアは考えた。

口が利けない生活の不便さは、想像を絶する。歌えなくなるのはつらい。だが、何も声が永久に失われてしまうわけではないらしい。

父と二人、穏やかに暮らしていけるだけの金を稼いだら、勝ち目のない賭けに挑み、首尾良く負けて声を取り戻せばいい。それまでの辛抱《しんぼう》だ。

「いいわ。取引させて」

老女は満面に笑みを浮かべた。

「あんたが広場で歌っているのを見たときから、きれいな声だと思っていたんだよ！　きれいなものには価値がある。あたしは、それを知っている。お嬢さん、あんたの名前は？」

「エミリア。ねえ、お婆さんの名前は何と言うの？」

老女は肩をすくめた。上着の懐に手を突っこんでごそごそやりながら、「あたしの本当の名前ときたら、全部を言い終わる頃には、夜が明けちまうほど長いからねえ。……じゃあ、ワジと呼ぶがいいさ」と言い、エミリアに手を突き出す。

老女の掌《てのひら》には、黒く透き通った小石が載っていた。

小石は美しかったが、どこか不吉な印象を与えた。

「こいつをあんたの舌の上に載せて、あたしと握手するんだ」

エミリアは冷たい小石を恐る恐るつまみ上げ、舌の上に載せた。ワジが囁《ささや》く。

「あんたの美しい声と引き換えに、どんな賭けにも負けない力をやろう。あんたはそれを望むかい、エミリア？」

エミリアはうなずいた。

ワジが目を細め、エミリアの手を強く握る。その直後、エミリアは喉に鋭い痛みを感じ、気を失って倒れた。

エミリアが目を覚ましたとき、舌の上の小石はなくなっていた。

路地裏を照らす満月は、まだ空の高いところにある。エミリアは、夢を見ていたのかもしれない、と思って口を開いた。声が出ない。

――夢ではなかった。

エミリアは立ち上がって深呼吸をし、酒場に戻った。

父と男は罵《のの》り合っていた。不思議なことに、時計の針はちっとも進んでいない。まるで、エミリアが酒場を出てから、ずっと時間が止まっていたかのようだった。

エミリアは父の荷物の中から、賭博の点数計算に使う帳面を取り出した。木炭で書きつけたものを、父に見せる。

『お願い、言い争うのはやめてちょうだい』

父は帳面を見て、訝しげに問う。

「どうしたんだね、急に」

『喉が痛いの。歌いすぎたみたい』

父が心配そうに眉を下げる。その顔を見て、エミリアは、何としても父を取り返さなくてはならない、と誓った。

エミリアは帳面に走り書きをして、男の鼻先に突きつける。

『わたしと勝負をしてくれない？』

「おまえさんが持っている程度の端金《はしたがね》じゃ、今夜の酒代にもならねえ」

『さっき父がしたように、わたし自身を賭けるわ。それならいいでしょう？』

父が後ろから覗《のぞ》きこむより早く、エミリアは帳面を伏せた。

男は、わざとらしく大きなため息を吐き、エミリアに席を勧めた。

エミリアは賭けた。

どんな賭けにも負けない力を得たエミリアは、本当に一度も負けなかった。

負けが込んでくると、男は焦《あせ》り始めた。賭け方が悪いと文句を言い、やり直しを求め、酒場の給仕にまで八つ当たりをするようになった。

エミリアは、男がちらちらと脇見をしているのに気づいた。その視線の先で、青い上着の少年が、困ったように肩をすくめる。

いかさまだ、とエミリアは悟った。途端に怒りが込み上げてきた。

父が奪われた金額は倍にして取り返した。空《から》っぽの財布は、ずっしりと重くなった。男はやがて、暴力に訴えるわけでもなく、悄然《しょうぜん》と酒場を後にした。

父は、エミリアが勝ち取った金で呑み直しながら、上機嫌で訊ねた。

「おまえ、いつの間に賭け方を覚えたんだね？」

『父さんの真似をしただけよ。今日はついていたみたい』

酔った父は、エミリアの筋が通らない言い訳と、心からの笑顔で、充分に納得したようだった。

その晩、エミリアと父は安宿に泊まった。

隣のベッドでは、父が鼾《いびき》をかいて眠っている。中身の詰まった財布は、部屋の戸棚にしまいこんでおいた。

明日の朝は市場へ行って、美味《おい》しいものをいっぱい買おう。汚れた服は取り替えて、くたびれた靴もお払い箱にしよう。伸びた髪を切ったら、さっぱりするに違いない。整えた髪に似合う、きれいな髪飾りも欲しい。エミリアにはやりたいことがたくさんあった。そして、それらを実現できるだけの金を、今のエミリアは手にしていた。

幸せな気持ちで、エミリアは眠りに就いた。

目覚めたとき、隣のベッドに父の姿はなかった。

荷物は部屋に置かれたままだったが、戸棚からは財布がなくなっていた。

父は買い物に出ているに違いない、とエミリアは無理に自分を納得させ、父の帰りを待った。

だが、昼になっても父は戻らなかった。空腹が心細さに拍車をかけた。

父を捜しに行こうと決めたとき、戸を叩く音がした。宿屋の主人だった。

薄暗い路地裏で、父は殺されていた。頭に硬いもので殴られたような痕があり、財布の金は抜き取られていたそうだ、と宿屋の主人は素《そ》っ気《け》なく告げた。

エミリアは現場に駆けつけ、父の遺体を確かめた。役人は物取りの犯行と決めつけ、気のない様子で取り調べをしていた。事件の目撃者はおらず、犯人を示す手掛かりも全く見つからなかったという。

恐らく、父はエミリアが寝入った後に目覚め、もう一勝負するために、夜の町へと繰り出したのだろう。

勝負に熱中するあまり、自分自身すら賭けてしまった父――そんな賭博好きの父が、大金を手に入れて、我慢していられるはずがなかったのだ。

エミリアは後悔した。

もし、父と、父の持ち物を取り返した時点で、昨晩の賭けをやめていたら、父は殺されなかったのではないか。

父の遺体が運ばれていくと、路地裏の野次馬もいなくなった。役人も現場から去り、後にはエミリアだけが残された。

誰が父を殺したのだろう?

エミリアの無言の問いに答える者はない。

それからは、エミリアは生きるために力を使った。賭場から賭場を渡り歩き、手に入れた金で、暮らしを立てるようになったのだ。

*

フェイは、地面に書かれた自分の名前を指差す。

「どんな賭けにも負けない女とは、君のことですね?」

エミリアは目の前の男に、怯えの混じったまなざしを向けた。

『噂を聞いたのなら、知っているでしょう。わたしが町で、何と呼ばれているか』

フェイが浅いため息を吐く。

「……魔女」

『あなたはわたしが怖くないの？』

「噂には尾鰭《おひれ》がつくものです。それに、人並み外れた才を持つ者が、妬《ねた》まれて陰口を叩かれることは、珍しくありませんから。ところで、君は生まれてこの方、一度も賭けに負けたことがないのですか？」

『まさか！』

「では、最後に負けたのはいつですか？」

小枝が止まる。

契約については、他の誰にも教えてはならない。もし、秘密を漏らしたら、エミリアの声は永遠に失われ、おまけに力も消えてなくなるのだ。

フェイは穏やかな口調で話す。

「確かに、名の知れた勝負師の中には、驚くべき強運の持ち主がいるそうです。でも、彼らだって負けることはある。だから、どんな賭けにも負けない女の噂を聞いたとき、僕は違和感を覚えました」

『どうして？』

「もし、君が腕の立ついかさま師であるのなら、わざと負ける術《すべ》も身につけているはずです。絶対に負けない勝負師を相手に回して、一体誰が賭けをしたがりますか？　むしろ君は、負けることができないのでは？」

勝負は時の運。そんな言葉が通用しない相手に賭けを挑むのは、よほどの物好きだけだ。エミリアも、それは身を以《もっ》て知っている。

フェイはさらに先を続ける。

「君が魔女ではなく、生まれつき、どんな賭けにも勝つことができる力を持っていたわけでもないのであれば、君の強運は他の誰かから、あるいは、何かから得たと考えるのが妥当でしょう。例えば、魔力が籠《こ》められた品から強運を得たのだとしたら、よほど後ろ暗い来歴がない限り、頑《かたく》なに沈黙を守る理由がわかりません。他の誰かから、という場合はどうでしょう？　君の強運は、使い方さえ弁《わきま》えていれば、測り知れない価値があります。無償で得られるとは思えない。手に入れるためには、何らかの代価を支払ったはずです。……君はかつて、歌手として生活していたほど、美しい声の持ち主だったそうですね」

エミリアは蒼ざめた。手の中の小枝が、今にも折れそうに震える。

「もし、答えたくなければ、答えなくてもかまいませんが――」

美しい金髪を掻き上げてから、フェイは訊ねる。

「エミリア、君が声を失くした時期と、どんな賭けにも勝つことができる力を得た時期とは、極めて近いのではありませんか？」

その言葉を聞いて、ワジは樺の木から降りることにした。このまま木の上で高みの見物を決めこむなんて、勿体《もったい》ないにも程がある。

ワジは、かつて星々の知識と引き換えに、若さを手放したある娘の姿に己を変えた。ふと考えて、目も澄んだ鳶色のものに取り替える。樺《かば》の木から降りると、カンテラの灯と空耳の足音を呼び寄せた。

草の茂みからワジが出て行くと、火を囲んでいた二人は振り向いた。

「ああ、エミリア！　無事で良かったわ。間に合ったのね」

エミリアの表情が凍りつく。

それもそのはずだ。現在、ワジが発している声は、元はエミリアの声なのだから。

ワジは偽りの笑みを浮かべて、手を差しのべる。

「一緒に、町へ帰りましょう。タシットも心配しているわ」

すっかり蒼ざめたエミリアが、震える脚で立とうとする。ワジに逆らえば、声を取り戻せなくなると思ったのだろう。

フェイが立ち上がり、ワジとエミリアの間に割って入る。

「こんばんは、怖いもの知らずのお嬢さん。こんな夜更けに一人で森を歩くなんて——それも、町で魔女と呼ばれる女性を捜しに来るとはね」

フェイは怯えるエミリアを横目で見て、わずかに眉をひそめた。

「……まあ、彼女と面識はあるようですから、心無い人たちがつけた渾名《あだな》などには惑わされなかったとしても」

ひとつ瞬きした後、ワジに向かって微笑む。

「あいにく親しい間柄のようには見えません」

「では、何だと思って？」

「さあ、何でしょうね。その美しい声で一曲歌ってくれれば、わかるかもしれませんが」

こいつはなかなか面白そうだ。

ワジは演技をやめ、フェイに賞賛の微笑みを返す。

「あんたのほうこそ、怖いもの知らずじゃないか」

「そうかな。あなたはいつから僕たちの話を聴いていたのですか？」

フェイが興味深そうに訊ねる。ワジは正直に答えてやることにした。

「あんたが大嘘を吐いていた辺りからさ」

「大嘘とは？」

「川の流れが穏やかすぎて自殺には向かない、と言ったろ？　冗談じゃない。あの川では何人も身投げに成功してる。あれだけ川幅が広くて、背丈以上の深さがある川だったら、流れの速さなんて、大した問題にはならないさ」

「そうですね。逆に、川の流れが速ければ、膝より浅くても溺れかねない、とも聞いたことがありますが――」

エミリアの視線を感じたのか、フェイは咳払《せきばら》いをする。

「さっきはうっかり忘れていたんです」

ワジはフェイの返答に満足した。やはり、無知から出た言葉ではなかったようだ。目的を遂げるためなら、この男はきっと、笑顔で嘘を吐くことができる。

ワジはフェイに近づいて、耳元で囁く。

「エミリアは賭ける相手さえいれば、国や金銀財宝も手に入れられるし、誰かさんのちっぽけな人生だって、意のままに操ることができる。この娘は気づいていないようだが、あんたにはこの力の価値がわかるだろう、フェイ？」

「ええ。わかります」

「それでも今、あんたがしようとしていることを──思い留まる気はないのかい？」

「やめますよ。あなたがエミリアに、声を返してくれるなら」

エミリアが身じろぎをした。

その黒い瞳がワジを捉える。そこには深い絶望と、かすかな希望の光があった。

「声だって？　一体、何を言っているんだね？」

「ああ、なるほど。あなたもエミリアと同じく、秘密を守らなくてはならないのですね。では、仕方ない。これ以上、エミリアを怖がらせるのも忍びないので、申し訳ありませんが、お引き取り願えませんか？」

「まあ、何て失礼な男だろう！」

ワジは非難がましく言ってから、赤い唇をほころばせた。

「あたしを追い返すということは、もう既に答えは出ているんだね」

フェイの髪を一筋、無造作につまみ上げて、ワジは口づける。

フェイが驚いたように身を引いた。

ワジがぱちんと指を鳴らすと、焚火とカンテラの灯が消える。

闇に乗じて姿を消し、そっと樺の木の上に戻る。

脚の長い蜘蛛《くも》がワジに気づき、作りかけの巣から降りてきて、恭《うやうや》しく頭を下げた。


火打石を叩く音がする。フェイがカンテラを灯し、再び火を起こす。

エミリアは地面に文字を書いてから、フェイの袖《そで》を引いた。

『大丈夫？』

「ええ、ご心配なく」

『彼女の言っていた「答え」って何のこと？』

フェイはエミリアの問いに答える。

「君が失くしたものを、取り戻す方法のことですよ」

*

父を亡くしたエミリアは、数日のうちに、どんな賭けにも負けない力を使うことの難しさを思い知らされた。

まず、十五歳の少女が連れもなく、夜の賭場に出入りするのは目立ちすぎた。これは酒場でも同じことが言えた。痩《や》せて薄汚れていたせいで、年よりも幼く見えたのだろう。

店に入れても、賭博に参加できるかは、全く別の問題だった。ほとんどの場合はちっとも相手にされなかった。人買いに攫《さら》われそうになり、慌てて逃げたこともある。

エミリアは焦った。使えない力に価値はない。

窮地のエミリアを救ったのは、二人組のいかさま師だった。

小柄で童顔、愛想の良いイルは最初、不安そうに佇《たたず》むエミリアに目を留め、気さくに声を掛けてきた。恐らく、イルの目にエミリアは恰好の獲物と映ったのだろう。

やがて、手持ちの金をすっかり巻き上げられそうになったイルは、いったん席を外し、相棒のベインに泣きついた。

「ベインさん、まずいです。金がありません」

「金がないのはいつものことだろ？　いちいち報告しなくていい。気が滅入《めい》る」

長身で鷲鼻《わしばな》、女好きのベインはそのとき、酒場の止まり木で、酔った女を口説《くど》くのに忙しかった。冴えない報告など女に聞かれたくない。だが、イルは話すのをやめなかった。

「大負けしたんですよ。餓鬼《がき》だと思って油断しました。どうしましょう」

「どうしましょう、じゃねえだろ。酔ってるのか、イリュード？　ちっとは指先の運動をしたらどうだ」

「指先の運動なら、毎日してますよ。当たり前でしょ。でも、あれ、おかしいな」

イルが不思議そうに首を傾げる。

「……おれ、一度も勝ってないかもしれない」

「あ？　馬鹿言うな。そりゃあ、間違いなく」

ベインは舌打ちをし、目の前の女を諦《あきら》めてイルに向き直った。

相棒の腕前に、ベインは一目置いていた。イルが指先の曲芸を披露したにもかかわらず、賭博で一度も勝てないとすれば、考えられる理由はひとつだ。

回りくどいことが嫌いなベインは、エミリアのところに向かうと、いきなり本題を切り出した。

「おまえもいかさま師か？」

少女は首を横に振ると、手元の帳面に書きつけたものをベインに見せた。

『でも、真っ当な勝負師でないという意味なら、同じかもしれないわ。ひとつだけ魔法が使えるの。どんな賭けにも負けない魔法をね』

二人組のいかさま師は「こいつは口が利けないのか」「そうらしいですね」というやりとりを交わした後、額を寄せ集めて相談を始めた。

いつだって、ベインにとって重要なのは、原因よりも結果だ。それが魔法であるかはさておき、この娘は賭けに必ず勝つらしい——その事実だけを、ベインは純粋に受け入れた。

二人組のいかさま師は、おれたちと組まないか、とエミリアに持ちかけてきた。

エミリアは迷わず承諾した。

玄人《くろうと》だけのことはあって、イルとベインは状況の呑みこみが早かった。

エミリアの力は、賭けの宣誓をして初めて、効果を発揮する。つまり、競馬や籤《くじ》のような、宣誓のできない賭博では全く使い物にならないのだ。しかし、相手と対峙《たいじ》して賭けるには、大きな問題がある。エミリアは絶対に負けることができない。回数を重ねれば、ほぼ確実に、いかさまを疑われてしまう。

試行錯誤を重ねた結果、妙案が浮かんできた。

ベインが客と賭けをする。

別のテーブルで、エミリアとイルも賭けをする。

エミリアはベインの勝ちに賭けるのだ。

ベインは時々、エミリアたちに合図を送り、わざと負けて相手を油断させ、勝ち星の数を調整する。そうすることで、誰にも疑われずに、力を利用して勝つことができる。

この手口で三人は荒稼ぎをした。

成功の理由を隠すためには、常に注意を怠《おこた》らなかった。派手に散財するのは避けた。顔を覚えられないよう、いくら居心地が良くても、同じ酒場や町には長く留まらなかった。

そうやって、町から町へと渡り歩き、夜の酒場でいかさま賭博をする暮らしが、三年あまり続いたある晩のこと。

いつものように、ベインは酒場の客と、差しでカード賭博をしていた。

ベインは賭博を始める前、エミリアに頼るまでもなさそうだ、と呟《つぶや》いた。そして、「エミリアの力を借りるときは合図をする」とイルに告げてから、客に声を掛けに行った。

近くの席で合図を待ちながら、確かに今夜は自分の出る幕はないかもしれない、とエミリアは考えていた。傍《はた》から見ても、ベインと相手の力量差は明らかだった。

暇をもてあまし、皿の縁《ふち》に煮込み料理の鶉豆《うずらまめ》を塔のように高く積み上げていたイルが、ふと口を開いた。

「おまえの身内って今、どうしてるのさ？」

エミリアは帳面に、短く返事を書いた。

『いないわ。死んだの』

「そうか。いや、悪いな。つまらないことを聞いちゃった」

『気にしないで。でも、どうして？』

イルが肩をすくめ、揚げた魚をつまんでから、指の油を舐《な》め取る。

「実はおれ、おまえぐらいの年恰好の妹がいるんだよね。餓鬼の頃、どこかに売られちまったから、どうなったか知らないけどさ。だから……あ、合図が来た」

エミリアは反射的に顔を上げた。

ちょうどそのとき、ベインのテーブルから、銀貨が数枚転がり落ちてしまった。

ベインの相手が、銀貨を拾おうとして身体をひねった。

横顔が見えた。若い男だ。洒落《しゃれ》た服を着ているが、借り物らしく身の丈よりも一回り大きく、裾《すそ》や袖が余っている。夜の街で遊び慣れていないのか、どことなく仕草がぎこちない。表情が豊かすぎて、駆け引きには不向きであるようだ。

エミリアは若い男から目を逸らせなかった。

「おれはベインさんが負けるほうに銅貨を一枚賭ける。ほら、エミリア」

イルに急《せ》かされて、エミリアは我に返る。ベインの合図をすっかり忘れていた。

『ベインが負――』

慌てたエミリアは、『勝つ』という単語を書き損じてしまった。とっさに、先に続ける言葉を変えてごまかす。

『ベインが負けないほうに銅貨を一枚賭けるわ』

二枚の銅貨を並べて、賭けが成立した証に、エミリアとイルは握手を交わす。

次の瞬間、――がしゃん、と大きな音が鳴り響いた。

ほんの束の間、夜の酒場は静まりかえり、そして、悲鳴と怒号に包まれた。

エミリアは目を疑った。

ベインたちのテーブルの中央に、船の錨《いかり》にも似た鉄の塊《かたまり》が突き刺さっている。周囲には硝子《ガラ》《ス》の破片が散乱し、器は割れ、杯《さかずき》も倒れて、盛大に中身をぶちまけていた。

ぱらぱらと埃《ほこり》が舞い、ふと見上げると、天井から吊り下げられた金具が、振り子のように揺れている。金具の先端は錆《さ》びていた。どうやら、古くなった照明器具が落ちたらしい。

危うく直撃を免《まぬか》れた二人は、呆然と床に座りこんでいた。

はっとして、エミリアは帳面を見た。

ベインは賭けに負けなかったが、かといって勝ってもいない——賭け自体が御破算《ごはさん》になってしまったのだから。まさしく、エミリアが書いた言葉通りになったのではないか？

ベインさん、とイルが叫んで、相棒の元に駆け寄る。動揺のあまり、ベインの連れであることを隠そうともしていない。つられてエミリアも立ち上がり、ベインと賭けをしていた若い男を助け起こした。

「ああ、すみません。おれは大丈夫だから。それにしても驚いたなあ」

彼は顔を上げ、不意に口を噤《つぐ》んだ。

目が合った途端、初めて会ったとは思えないほどの親しみを覚えた。しげしげと見つめられて、エミリアは頰を赤らめた。怪我《けが》がなくて良かったと伝えようにも、帳面をテーブルに置いてきてしまっている。

もどかしさが限界に達する頃、イルがエミリアに助け舟を出した。

「エミリア！　ベインさんに水を一杯……あ、失礼。その子は口が利けないんだ」

若い男はイルの説明にはっとして、慌てた様子でまくしたてる。

「あ、ええと、ごめん。おれの名前はタシット。きみはエミリアって言うんだね？　心配してくれてありがとう。おれ、こういう場所に来るの初めてでさ。いや、違う、順序が滅茶苦茶だ。ちょっと待って」

タシットは困り顔で眉を下げる。

「行くぞ、イリュード！」

謝罪する酒場の店主を振り切って、ベインが大声で怒鳴る。叩きつけるように、戸を閉める音が飛んできた。

エミリアはイルを捜した。イルはテーブルの上の銀貨を、硝子の欠片《かけら》ごと自分の帽子に掻き集めているところだった。

イルはエミリアの視線に気づくと、小さく手を振り、店を出て行った。

幸い、いかさま賭博のことは、誰にもばれずに済んだらしい。

「友達が待っているのなら、早く行かないと」

歯切れ悪く促したタシットは、その後すぐにぼそぼそと小声で付け足した。

「……もし良ければ、明日の晩、またここで会えないかな？」

エミリアは耳まで赤くなった後、こくりとうなずいた。

イルとベインに、明日の晩はいかさま賭博を休みたい、と頼もう。貯金は充分あるし、一日ぐらい休んでも問題ないはずだ。そう考えながら、借りた部屋に戻ったエミリアは、その必要がなくなったことを悟った。

いかさま師たちの荷物は、きれいさっぱり消えていた。

きっちりと三分の一だけ残された銀貨を前に、エミリアの膝から力が抜けた。

エミリアはまた独りぼっちになった。ベインたちと過ごしている間は、必要以上に町の住人とは打ち解けるな、と言い聞かされていたから、他に知り合いは一人もいなかった。

エミリアは自然と、唯一の知人であるタシットを頼るようになった。

タシットは町長の息子で、今年十六歳になったばかりだという。

あの日、タシットは父の服を無断で借用して、夜の街へと冒険に繰り出した。だが、カード賭博に誘われて、あっという間に金を巻き上げられたのだそうだ。

エミリアは十九歳だ。まさか自分より年下だとは思わなかった、と書くと、大人びて見られたのが嬉しいのか、タシットはまんざらでもない様子だった。

「エミリアはどうしてあの日、酒場にいたの？」

タシットは無邪気に訊ねた。

『いかさま賭博の手伝いをしていたの』

「いかさま賭博？」

『ええ。父を亡くして、日々の糧《かて》にも困っていたから』

エミリアはどんな賭けにも負けない力について、タシットには教えなかった。力を手に入れた経緯に疑問を抱かれ、説明を求められることを恐れたのだ。

タシットはエミリアを信じてくれた。信じただけではなく、身の上に同情するあまり、生活の援助をすると言い出した。

エミリアは慌てて申し出を断った。タシットは、その場は渋々引き下がったが、数日後、母のライヤのつてを辿《たど》って、真っ当な金を稼げる仕事を見つけてきた。

ライヤは盲目だった。生まれつきではなく、若い頃に熱病で失明したという。職を斡旋《あっせん》する相手が口の利けない娘だと知って、いっそう親身になってくれたようだ。

「女の子はおしゃべりでないほうが、かえって良いくらいだわ。噂話にうつつを抜かして、仕事の手を止めることがないものね」

ライヤは温かく微笑み、息子の友人を歓迎する、とエミリアを優しく抱きしめてくれた。

エミリアは感激して、喜びの言葉を書き連ねた。それをタシットが読み上げる。

優しい人たちに囲まれて、新しい生活が始まった。

エミリアの仕事は夕方に終わった。毎日必ず、タシットが迎えに来た。二人で買い物をしてから、エミリアが借りている部屋に向かうのが日課になった。

暗がりでも帳面が読めるよう、夜はいくつもの明かりを灯した。手が痛くなるのも厭《いと》わず、エミリアは夜更けまでタシットと語り合った。

エミリアは幸せだった。しかし時折、無性に寂しくなった。寂しさは日に日に募っていった。

寂しさの理由は明らかだった。

歌。

エミリアはワジと契約を交わしてから四年もの間、ずっと歌っていなかった。

父と二人、どんなに苦しい生活を送っていたときも、歌が心の支えになった。話すよりも歌うほうが、自分の胸の内をありのままに伝えられる気がしたものだ。

それに、今まで一度も、タシットの名を呼んだことがない——そう気づいた途端、何としても声を取り戻したい、とエミリアは心の底から願うようになった。

契約を終わらせる方法は二つある。ワジが契約の秘密を他人に漏らすこと。そして、もうひとつの方法は——。

エミリアが賭けに負けること。

真夜中、エミリアは借りた部屋をこっそりと抜け出し、酒場へ通った。

だが、力の効果は絶大だった。エミリアは賭けに勝ち続け、虚《むな》しく銀貨の山を築いた。

ある朝、窓辺で物思いに沈んでいると、数人で手をつなぎ、楽しそうに合唱しながら歩く子どもたちが目に留まった。

ふと、名案が閃《ひらめ》いた。

後日、エミリアは銀の横笛を買った。吹き方を練習し、きれいに音を出せるようになると、今度はたくさんの砂糖菓子を買った。

街角で笛を吹き、砂糖菓子を見せて手招きすると、子どもたちはわらわらと集まってきた。

エミリアは子どもたちに歌を教えた。

子どもたちは初め、音階さえろくに知らなかった。歌の調べを笛で奏で、歌詞は木の棒で地面に書いた。子どもたちはエミリアの代わりに、音と戯《たわむ》れ、歌声を響かせてくれた。

次第に、エミリアは歌を教えること自体を楽しむようになった。

子どもの数は徐々に増え、エミリアと彼らは歌を通じて、年の離れた友達になった。

エミリアは惜しみなく、知っている歌を全て教えた。

子どもたちは町のあちこちで、元気に遠い異国の歌を歌った。それを聴くだけで、エミリアの寂しさもいくらかは鎮《しず》まった。

タシットは、エミリアが歌を教えていることを知って、面白い遊びだと笑ってくれた。

「おれはきみの歌を、町じゅうで聴けるんだね」

『そうよ。あれはわたしの歌。わたしの声』

「たくさんの歌を知っているんだね」

『ええ、歌が好きだから。でも、幼い頃に病気に罹《かか》って、高熱を出して』

嘘を書くのがつらくなり、エミリアは文章の途中で手を止め、目を伏せた。

エミリアの手を、タシットが優しく握る。

「つらいことを話してくれてありがとう。あのさ」

タシットは頬を掻いて口籠《くちご》もったが、やがて思い切ったように告げた。

「暗い過去より、明るい未来のことを考えようよ。きみが良ければ、おれと……」

タシットの告白に、エミリアは涙ぐみながらうなずいた。

ワジの契約がなければ、タシットとの出会いもなかった。声の代わりに、新たな幸せを手に入れたのだ。エミリアは、そう自分を納得させることにした。

だが、何もかもうまく運び出したと思った矢先に、予想外の出来事が起こった。

ライヤが、エミリアとタシットの婚約に猛反対したのだ。

「タシットはわたくしの息子です。どこの馬の骨ともわからない娘と婚約するなんて、絶対に許さないわ」

『すみません。でも、ライヤさん、わたしたち』

「出て行きなさい、今すぐに！　もう二度と、タシットの前に姿を現さないで！」

ライヤは、今までとは別人のような剣幕でエミリアを追い返した。何度足を運んでも、とりつくしまがない。話し合いたかったが、目の悪いライヤは帳面を読めず、タシットに読み上げてもらわなければ、そもそも会話が成立しなかった。しかし、息子が代読しようとすると、ライヤは親不孝者と泣きわめき、余計に手に負えなくなる。

母の豹変《ひょうへん》ぶりには、タシットも首を傾げるばかりだった。

「おかしいなあ。一体、どうしちゃったんだろう」

『ことが婚約だもの。あなたは大事な一人息子なんだから、慎重になるのも当然だわ』

「時間をくれないかな。どうにか説得するよ」

しかし、タシットの説得も、結果は捗々《はかばか》しくなかった。

ライヤは息子に縁談を持ってくるようになった。次から次へと家柄の良い娘たちに引き合わされるのだ。困り果てたタシットは、父に助けを求めたが、町役場の多忙さを理由にまともに聞いてもらえず、徒労に終わった。

そのうち、夕方に仕事を終えたエミリアがいくら待っていても、タシットは迎えに来なくなった。ライヤが泣いて取りすがり、タシットを引き留めるのだという。

エミリアは悩み抜いた挙句《あげく》、ある決意を胸に秘め、夜の酒場に出向いた。いくつもの店を渡り歩き、四軒目でふと閃いて、手近にいた酔客を捕まえた。そして、ある賭けをした直後、捜していた人物を見つけることができた。

イルは驚いて、素《す》っ頓狂《とんきよう》な声を上げた。

「エミリア！　どうして？　町長の息子と、うまくいってたんじゃないの？」

酒場の裏口にイルを連れ出す。人通りの少ない裏通りの、壊れかけた街灯の下で、エミリアは帳面をめくった。

『彼の母親が、彼との婚約に反対しているの』

「……だから？」

『でも、諦めたくないわ。イル、お願い。賭けの相手になってくれない？』

イルはたじろいだ。

「駄目だよ、エミリア。そんな賭けはするべきじゃない」

『どうして？』

「もし、魔法だか何だかのおかげで町長の息子と結婚できたとしてもさ、ずっと後ろ暗い気持ちを引きずることになるんじゃないかな。それってきっと、不幸だろ」

『覚悟ならできているわ』

エミリアは必死だった。苦労を重ね、やっとのことで手に入れかけている幸せを、何としても逃したくなかったのだ。

ねずみがか細い鳴き声を上げながら、足下を走り抜け、壁の穴に潜りこんだ。

イルがエミリアから目を逸らし、前髪を弄《いじ》りながら、小声で訊ねる。

「あのさ、ベインさんとおれが、おまえと組むのをやめた理由に気づいてるか?」

『理由?』

「おまえを怒らせたら、どんな目に遭わされるか、わかったもんじゃないからさ」

イルがごくりと唾《つば》を飲んでから、早口で先を続ける。

「天井の明かりが落ちたときに気づいたんだ。おまえはベインさんが勝つことじゃなく、負けないことに賭けたよな? 確かに、ベインさんは負けなかった。あの騒動のせいで、全てがうやむやになったから。でも、危うく死ぬところだった。おれらが殺しかけたんだ。そうだよな?」

『あんなことが起こるなんて思わなかったのよ』

「わざとじゃない? 知ってるさ。でも、今後もそうとは限らない」

『わたしが、あなたたちを殺すとでも?』

「殺すまでもないさ。おれらとつるむのに飽きたら、そっと誰かに持ちかければいい。『あそこに二人組のいかさま師がいるわ。今すぐ役人が彼らを捕まえるかどうか、賭けてみない? 賭け金は銅貨十枚で』」

束の間、イルは悲しげに表情を歪《ゆが》めた。

「今夜だってそうさ。おまえはどうやっておれを見つけた? 偶然じゃないよな。誰かと賭けをしたんだろ？『尋ね人が見つかるほうに、銅貨を一枚賭ける』とか書いてさ！」

イルは声を荒らげた。その目に恐怖の色が浮かぶのを見て取り、エミリアは愕然とした。

父を亡くした直後は生きていくのに精一杯だったし、いかさま師たちと組んでからは、賭けの相手はほとんどイルで——力を使われた側の気持ちなど、考えたことがなかった。

風にあおられて、帳面がめくれた。タシットと交わした会話の断片が、目の端をよぎる。じんわりと視界が曇《くも》ったことに気づき、エミリアは慌てて、手の甲で目元を拭《ぬぐ》った。

ああもう、と呟いて、イルがため息を吐く。

「……おれがその賭けから降りても、おまえは次の相手を捜しに行くんだよな。だろ？」

『やめるわ』

「え？」

『わたし、どうかしていたみたい。さっきの話は忘れてくれる？』

これ以上、力に頼っていたら、きっと取り返しのつかないことになる。

イルが大きな目を、さらに大きく見開いて、心底嬉しそうにエミリアの肩を叩いた。

「そっか。わかってくれたんだな」

『ありがとう、イル。あなたへの恩は忘れないわ』

「おれらのことなんかさっさと忘れて、幸せになれよ。じゃ、さよなら、エミリア」

にっと歯を見せて笑うと、イルはエミリアに背を向け、夜の街に姿を消した。

エミリアは家路に就いた。

しばらくして、帳面が見当たらないことに気づいた。手先の器用ないかさま師に、去り際に掏《す》り取られたらしい。あんなもの、餞別《せんべつ》代わりになるのかしらとエミリアは首を傾げつつ、新しい帳面に手を伸ばした。

そして、翌日。

ライヤの死という恐ろしい知らせが、エミリアの元に届けられた。

昨晩、ライヤは森を流れる大きな川に身投げをしたという。

エミリアの部屋を訪れたタシットは、母さんに会ってきた、と虚《うつ》ろな表情で告げた。

ライヤは淡い桃色の寝間着姿で、長い髪を水面に漂わせ、下流で眠るように死んでいたそうだ。川岸には白い靴がそろえて置かれ、それが事故ではないことを物語っていた。

——何故《なぜ》、ライヤさんは自殺してしまったのだろう？

ライヤは自殺を図るほど、心を病んでいたのではないか。だから、エミリアを罵ったり、以前とは矛盾することを言ったりした。そう解釈できないこともない。

エミリアは内心の動揺を押し隠して、気落ちしているタシットを慰《なぐさ》めた。

まさにライヤが死んだ夜、イルに賭けの話を持ちかけたことは、決して誰にも話せなかった。

だが、ライヤの葬式が無事に済んだ頃から、町では奇妙な噂が囁かれるようになった。

この町には、どんな賭けにも負けない女がいるらしい。

エミリアと賭けをした、勝負師や酒呑みたちが、噂を裏づける証言をした。あの女には絶対に勝てなかった。いかさまを疑ったが、見破れなかった。

また、他の誰かが語る。

砂糖菓子で子どもたちを誘い、何やら怪しげな呪文を教えている女がいるそうだ。

子どもたちは素直に認めた。知らない国の歌をたくさん教えてもらったよ。上手に歌えると、美味しいお菓子をくれたんだ。

二つの噂は、一人の死によって結びつけられた。

川に身投げをしたライヤは、最近、どこか様子がおかしかった。いつも苛立《いらだ》ち、何かを恐れているようだった。

ライヤは、エミリアとタシットの婚約に反対していた。だから、エミリアの恨みを買った。

ライヤは呪い殺されたのではないか？――あの、口が利けない娘によって。

いつしか、エミリアは陰で「魔女」と呼ばれるようになった。

噂は野火のように広がった。

町の人たちは、エミリアと出会うと、露骨《ろこつ》に厭な顔をしたり、すれ違いざまに悪態をついたり、来た道を引き返すようになった。人混みに紛れて小石を投げる者もいた。エミリアが買い物をしようとしても、品物を売ってくれない店さえあった。

だが、歌を教えた子どもたちは、エミリアを慕い続けた。

子どもたちは、悪態をつく大人を睨《にら》みつけ、ついでだからと言って、エミリアの分まで買い物をした。親の目を盗んではエミリアの元を訪れ、幼い歌声を披露した。

母親に叩かれた少年が、痛々しく腫《は》れた顔で笑い、「新しい歌を教えて」とせがんだとき、エミリアはもう二度と子どもたちに会わないと決めた。

タシットもひどく憔悴《しょうすい》した様子だった。エミリアが気遣うと「魔女とは関わるべきじゃない、と親戚や友人から言われるんだ」と伏し目がちに応えた。ライヤが亡くなって以来、エミリアとの婚約を口にすることは一度もなかった。

ある日、仕事を終えたエミリアが部屋に帰ると、先に来ていたタシットは蒸留酒を舐めながら、ぼんやりと窓の外を眺めていた。

外に目を向けたまま、タシットが訊ねる。

「きみはおれと出会うまで、『いかさま賭博の手伝いをしていた』と言っていたね」

『ええ、そうよ』

「……本当に、きみはどんな賭けにも負けないのか？　だとしたら、どうしてずっと、おれにそれを隠していたんだ？」

エミリアは答えられなかった。

声と力を失う覚悟で、タシットに契約について打ち明けても、既に広まった噂まで消えてくれるわけではない。ライヤの自殺の理由も気にかかる。許されるものなら、耳を塞《ふさ》いで、ほとぼりが冷めるのを待っていたかった。

エミリアは窓の外を見た。人影はまばらだ。家々の窓には明かりが灯り、煙突から煙がたなびいている。ちょうど夕食時だ。どこからか、子どもの無邪気な笑い声が聞こえてきたような気がした。

「もし、きみが『ライヤは死んでいない』と賭ければ、母さんは生き返るのかな?」

エミリアは木炭を取り落とした。目を瞠り、恋人の顔色を窺《うかが》う。

恐らく、エミリアが賭ければ、その言葉は事実になるだろう。しかし、力は過去に起きた出来事を帳消しにするわけではない。一度は死んで、葬儀を経て、棺《ひつぎ》に入れられた過去を裏切ることなく、ライヤが蘇《よみがえ》るとすれば——。

蘇るのは一体何だ?

イルの声が脳裏に響く。駄目だよ、エミリア。そんな賭けはするべきじゃない——。

木炭を拾い上げ、震える手で、エミリアは帳面に文字を綴《つづ》る。

『ライヤさんは、川に身投げしたのでしょう。生き返ることを望むかしら?』

一瞬、タシットは怒りの表情を浮かべた。

タシットは、蒸留酒の瓶に手を伸ばした。瓶は空になっていた。

「父さんが言うんだ。わたしの跡を継ぐ気があるのなら、町の住人の反感を買うような真似はやめろ。おまえなら、どうするのが賢明かわかるはずだ、ってさ」

『あなたもわたしを疑っているの?』

「きみを疑いたくはない。でも、おれにすら言えないような隠し事を抱えてだんまりを続ける女を、どうやって信じたらいいんだ?」

『わたしは魔女じゃないわ。ライヤさんを殺してもいない』

「じゃあ、そう——言ってみろよ!」

タシットは叫ぶと、エミリアの帳面を叩き落とした。

「紙に書いた言葉なんか、信じられるか！」

部屋から全ての音が消えた。タシットが何か言っていたが、耳に入ってこなかった。

エミリアは家を出た。無音の世界を、当てもなく走った。

ふと気づけば、森の中に迷いこんでいた。空には星が瞬《またた》いている。月明かりを頼りに、エミリアは歩き続けた。

不意に、視界が開けた。

大きな川が目の前を横切っている。

重い身体を引きずるように、前へ前へと足を進める。川の水は冷たかった。濡れたスカートが脚にまとわりつく。悲しみは感じなかった。ライヤさんも川に身を投げた、と他人事《ひとごと》のように考えていた。

もう、戻る場所はないと思っていた。

「こんな夜更けに水浴びですか？」

見知らぬ男の声が、エミリアを音のある世界に連れ戻すまでは――。

＊

エミリアが瞬きをし、フェイを見つめる。木炭代わりの小枝が震えている。

『わたしが失くしたものを取り戻す方法――それがわかるの？』

「ええ、恐らく。ただひとつ、問題があるんです」

フェイは人差し指を立てる。

「君は、賭ける相手さえいれば、世界ですら手に入れられる力を持っています。僕の考えた方法では、その力をも、同時に失ってしまう可能性が高い。後悔しないか、じっくりと考えたほうがいいのでは……」

『自分の声で歌うことに勝る喜びはないわ。フェイ、お願い』

フェイが言い終えるのを待つ間も惜しんで、エミリアは返事を書いた。

「いいでしょう。君がそれを望むのなら」

風向きを調べるかのように、フェイは頭《こうべ》を巡らせる。

「では、今から僕が言うことの、逆に賭けてください」

エミリアが首肯する。

フェイは、懐から一枚の銅貨を取り出した。

「僕は、この勝負によって、君が失くした声を取り戻せないことに、銅貨を一枚賭けます」

『わたしは』

フェイの言葉を追って、地面に文字を刻む。

『この勝負によって、わたしが失くした自分の声を取り戻すことに、銅貨を一枚賭けるわ』

二人は握手を交わす。賭けは成立した。

不意に、エミリアが顔をしかめた。口元を押さえ、黒曜石《こくようせき》に似た小石の欠片を吐き出し、掌で受け止める。

小石は端から砂と化した。風に飛ばされ、跡形もなく消えていく。

続いて、頭上からばらばらと金貨が降ってきた。

エミリアは突然の出来事にうろたえ、落ちてくる金貨を避けようとして、悲鳴を上げ、そして――信じられない、という面持ちで呟く。

「……わたしの声が、聞こえる?」

「ええ。聞こえますよ、エミリア」

フェイが微笑んでうなずいた。

エミリアが賭けに勝てば、その時点で声を取り戻せる。もし、賭けに負けたとしても、力を失う代わりに、自分の声が戻ってくる。勝敗を問わず、エミリアの願いは叶えられたのだ。

点々と散った金貨を見て、フェイがエミリアに訊ねる。

「ところで、君が賭けに負けた場合は、自分の声を取り戻すだけでなく、金貨までもらえることになっていたんですか? まさか、この辺りの地域では、日常的に金貨の雨が降るわけではないですよね?」

声を取り戻したエミリアは、自分の過去について語った。

話し終える頃には、東の空が白んでいた。

「ずいぶんと長く話していたみたいね。退屈させてしまったかしら」

「いいえ。大変興味深いお話でした」

フェイは町の方角に目を向ける。

「ところで、ひとつ提案があります。君があの町に戻っても、良いことはなさそうだ。いっそのこと、新天地を求めてはいかがですか？　僕は旅の途中です。次に訪れる国まで同行して差し上げることもできますよ」

「でも、このままタシットと別れるわけにはいかないわ」

「君はもう、彼とは会わないほうがいい」

しばしの沈黙の後、エミリアは口を開く。

「……どうして？　教えて、フェイ」

「はい。全ての鍵となるのは、タシットの母親の言動です」

「ライヤさんの？」

「ライヤさんは何故、君とタシットの婚約に猛反対し、会うことすら禁じるようになったのか？　彼女の態度が豹変する前に起きた、特筆すべき出来事は——君が、町の子どもたちに歌を教えたことです」

フェイの青い双眸《そうぼう》が、まっすぐエミリアを見つめる。

「君は、自分が歌を好きになった理由について、こう語っていましたね。幼い頃、何気なく口ずさんでいた歌を聞いて、父が『昔、おまえの母さんが、おまえのために作った子守歌』だと言ったからだ、と。……いくら賭けに挑んでも、声を取り戻せないことに失望した君は、町の子どもたちに歌を託した。君が知る、全ての歌を。その中には、件《くだん》の子守歌も含まれていたのですよね？」

「ええ。あれはわたしの、一番大切な歌だから」

「君が教えた歌は、子どもたちによって、町じゅうで歌われた。恐らく、ライヤさんはそれを耳にしたんです。そして気づいた。その歌のひとつが、かつて自分が作った歌であることに」

エミリアは息を呑んだ。

「ライヤさんが、わたしの——じゃあ、タシットは！」

「町じゅうに響き渡る、無邪気な子どもたちの歌声。ライヤさんにはそれが、過去から自分を追ってきた呪いのように聞こえたかもしれません」

「でも、タシットは弟だと打ち明けてくれていれば、わたしだって」

「言わなかったのではなく、言えなかったのだと思います。君たちを苦しめることになるとわかっていたから。でも、自分が産んだ娘と息子を夫婦にさせるわけにはいかなかった」

エミリアは呆然としていたが、ふと気づいたように言う。

「ライヤさんにとってわたしは、本物の魔女みたいなものだったのね……」

「いいですか、エミリア。ライヤさんは君たちを守るために口を閉ざし、結婚に反対したんです。彼女は、遠い昔に娘のために作った子守歌を忘れてはいなかった。幼くして別れた君のことを、ずっと気にかけていたのではないでしょうか」

フェイはそう言って、穏やかに微笑んだ。

「……ライヤさんは、息子の友人を歓迎する、と言ってわたしを抱きしめてくれたわ。嬉しかった。自分に母親がいたら、きっとこんな感じだろう、と思って……」

お母さん、とエミリアが呟く。

その頬に涙がつたって落ちた。


顔を洗ってくると告げ、エミリアは浅瀬へと歩いて行った。

消えかけの焚火を前に、フェイはため息を吐いた。

「ワジ、聞こえますか？ 先程は失礼しました。話があるので、姿を見せてくれませんか？」

ワジはひょいと樺の木から飛び降り、フェイの耳元に口を寄せた。

「せっかくの契約が台無しだ。腹立ち紛れに、あんたを取って喰ってやろうか」

フェイは苦笑いを浮かべた。

「僕は、あまり美味しくないと思いますよ」

「食べてみないことには何とも言えないさ」

「困ったな。僕、これから北の果ての国で、ちょっと一芝居打ってこようと思っているんです。せめてそれが終わるまで、待ってもらえませんか」

「厭だと言ったら？」

「そもそも、契約を反故《ほご》にしたのは僕ではなく、あなた自身でしょう。さっきの賭けで、エミリアを勝たせれば良かったじゃないか」

ワジは肩をすくめた。正論である。だが、声も力も持って行かれては、面白くない。

「あんた、エミリアが負けても、ちっとも驚かなかったねえ」

「負けると予想していましたから」

「理由を聞こうか?」

「考えればわかることです。例えば、エミリアが絶望のあまり、怒りの矛先をあなたに向けたとしたら? 彼女が、あなたの死を賭けた勝負をしてもおかしくなかった。あの危険な力を、強制的に無効化する手段すら持たずに、自分に敵意を抱く相手に与えるなんて、ありえない。……エミリアだって、気づいても良かったんだ」

フェイはワジを指差した。

「あなたはエミリアと契約を結ぶとき、『万が一、あんたが賭けに負けたときは』と、きちんと説明したそうですね。あれが絶対不変の力ならば、そんな仮定を語ることに、一体何の意味があると言うんですか?」

ワジはけらけらと笑った。

「ところで、あたしに話があるんだろ」

「はい。確かめたいことがあります」

風が吹いた。焚火は消え、白い煙を上げる。

「ライヤさんには、エミリアに事実を打ち明ける機会がいくらでもありました。にもかかわらず、自分の過去について頑なに口を閉ざした。その最大の理由は、秘密を守らなければ全てを失うことがわかっていたからではないでしょうか。ライヤさんは病で目が不自由だったそうですね。しかし、それは――」

ワジは、十七年前、初めてライヤと出会ったときのことを思い出す。

賭博好きでろくな稼ぎのない夫。まだ幼く、手のかかる娘。先の見えない貧しい暮らし。

わたしは豊かな暮らしがしたい、とライヤはワジに訴えた。こんな人生は間違っている、やり直したいと。その願いを叶えるためなら、他の何を犠牲にしても構わない。

ワジは訊ねた。夫と娘を捨てるのか？

ライヤは即座にうなずいた。

口から出る身勝手な言葉とは裏腹に、ライヤは無垢《むく》な少女のように澄んだ瞳をしていた。遠くまで見通すことのできる、きれいな鳶色の目だ。

「ライヤさんの瞳は、あなたと結んだ契約の代価だったのではありませんか？」

ワジは皮肉な笑みを浮かべた。

フェイは眉を寄せ、つと目を逸らし、深いため息を吐いた。

「もうひとつ、確かめたいことがあります。……ライヤさんの白い靴は、川岸にそろえて置いてあったそうです。だから事故とは考えられない。しかし、彼女は自殺している場合ではなかったはずだ。自らの死を以て二人の結婚を阻止しようとした、とも解釈できますが、それでは結果を見届けられないし、あまりに不確実です」

「じゃあ、誰がライヤを殺したと言うんだね？」

「……殺意はなかったのだと思います」

ワジは無言で先を促す。

「激しい口論の果てに、ものの弾みで突き飛ばしてしまったとか。犯人は、それを自殺に見せかけようとしました。遺体を川に沈め、靴をそろえて置いたんです」

「計画的な犯行でないと、どうして断言できる？」

「ライヤさんが寝間着姿で亡くなっていたからです。よほど親しい友人か、あるいは家族が相手でなければ、ご婦人がそのような恰好で他人に会うとは考えにくい。計画的な犯行ならば、まず間違いなく、遺体を着替えさせたでしょう」

素晴らしい。ワジは満面に笑みを浮かべた。

「ライヤさんを殺したのは、タシットですね」

町に広まる噂のせいで、エミリアはひどく傷ついていた。タシットはそんな恋人に、追い打ちをかけるような台詞を言ってしまった。エミリアは出て行ったきり、家に帰らない。よもや、と思うこともあるはずだ。ライヤの入水も記憶に新しい――となれば、真っ先にエミリアを捜してこの川に来るだろう。

しかし、タシットは来なかった。来られなかったのだ。ここへ来たら、自分の手で母の遺体を川に沈めたときのことを、思い出さずにはいられないから。

朝日を浴びながら、声高く鳥が鳴いた。

フェイがワジに向き直る。

「あなたは、エミリアがライヤさんの娘だと知っていましたよね。何故、ずっと彼女たちに執心し、今日もエミリアの傍にいたのですか？」

「面白くなかったからさ」

「え？」

「あたしと契約して十七年間、ライヤは娘のことなんか忘れて、だらだらと平穏な暮らしを送っていた。捨てた娘に会わせてやれば、少しは面白くなるかと思ったが、全く以て期待外れさ。娘のほうがまだましだったよ」

ワジの答えは、フェイにとって想定外だったらしい。困惑した様子がおかしくて、ワジはけらけらと笑った。

かすかにエミリアの歌声が聞こえてくる。気を取り直したように、フェイが口を開く。

「お願いがあるんです。僕が話したことは、全て……」

「エミリアには黙っていてほしい、と言うんだろ？　構やしないよ。そんなことより、あんた、叶えたい望みはないのかい」

ワジは妖しく目を輝かせ、身を乗り出す。

フェイが苦笑する。

「僕の金髪と引き換えに、ですか？　そんなにこれが欲しいですか？」

「欲しいとも。だが、それ以上に——」

もし、ワジがフェイと契約を結び、何らかの圧倒的な力を与えたとしたら。

この男ならば、ライヤやエミリアのように、狭い世界に留まりはしないだろう。力を使って多くの人々に影響を与え、特別な存在と見做《みな》されるようになり、そして——。

きっと面白いことが起こるに違いない。

フェイが訊ねる。

「それ以上に、何です？」

「おや、エミリアが帰ってきたようだね」

ワジの視線の先を追って、フェイが振り返る。その隙にワジは姿を消す。

焦ることはない。また、会うこともあるだろうさ——と声を押し殺して笑った。

＊

「お帰りなさい、エミリア」

「さっぱりしたわ。お待たせしてごめんなさい」

「いえ。川の方角から、君の歌声が聞こえてきましたよ。あれは何の歌ですか？」

「あれは子どものための歌。……この歌と共に、一から出直そうと思うの。タシットには家族や友人がいるし、あの町での暮らしがあるわ。きっと、お母さんを亡くした悲しみから立ち直る日も、そう遠くないはずよ」

フェイはちらりと物憂《ものう》げな表情を浮かべたが、すぐに何事もなかったかのように、黙々と出発の準備を始めた。

心なしか頬を赤らめて、エミリアが続ける。

「あの、さっきは気が動転していて、うっかり言いそびれてしまったのだけれど……本当にありがとう、フェイ」

フェイは手を止めた。記憶を辿るように、斜め上に視線を向ける。

「彼、ある朝目覚めたら、知らない町にいたそうです。真夜中、酔い潰れて眠っているうちに、運び出されたんですね」

「え?」

「怒った彼が、澄まし顔の相棒を問い質《ただ》したところ──」

フェイは一度言葉を切り、咳払いをして、作り声を出してみせる。

「『本当にあの女が噂通りの魔女なのか、おれにはわからない。ただ、おまえの最近の荒れようを見ている限り、これ以上、あの女とは関わらないほうがいいと思った。だから、あの町を出た。過去を悔やむのは時間の無駄だ。早く次の女を探せ』と窘《たしな》められたそうです」

エミリアが、あ、と声を上げる。

「それ、ひょっとして」

「彼はずっと思い詰めていたようです。見かねた相棒が、強引に君から遠ざけたというわけです。彼からの預かりものをお渡ししますね」

フェイが荷物の中から一冊の帳面を出し、エミリアに手渡した。

エミリアが息を呑む。イルと最後に会った夜、彼が持ち去った帳面だ。

中身を確かめて、エミリアは訊ねる。

「イルと会ったの？　でも、どうして？」

「僕はイリュードの話を聞いて、あの町に向かっているところだったんです。何しろ、どんな賭けにも負けない力を持つ女、ですからね。真実なのか確かめてみたかった。好奇心の赴くまま、君を捜したというわけで。……つまり、お気持ちは嬉しいのですが、お礼でしたら僕ではなく、彼に言うのが筋なんです」

エミリアは、帳面の最後の頁《ページ》に見覚えのある筆跡で、真新しい書き込みがあると気づいた。

──幸せになれよ、エミリア。

フェイが微笑む。

「君は幸せになるべきです。君の幸せを望む人がいるのだから」

ふわり、と風が吹いた。

川の水面にできた波紋は、ぶつかりあって形を崩す。穏やかな流れが砂を運ぶ。浅瀬の水は澄んでいる。

深い川の水底は、見えない。

対岸の火事

登場人物

ヘジオラ……………………宿なしの少年
ワジ…………………………この世の理《ことわり》に背く願いを叶える者
スキピオ（コルネリウス）……医者
シムズ………………………スキピオの助手
ヒューゴ……………………ヘジオラの弟分
カルマ………………………ある依頼を受けてヒルーに来た男

（1）咎《とが》人《びと》の杖

真夜中の病室で、ワジは施術台に腰掛けていた。

壁の本棚には古今東西の医学書がずらりと並んでいた。この本の持ち主の名はスキピオ。どんな難病でも正確に診断を下すことができ、治療法や薬について語らせたら、右に出る者がいなかった。彼の故郷の町では、万能の名医として知られていた。

その評判は、本当は間違っていたのだが。

戸が開き、背中を丸めた中年男が現れる。暗がりのワジに気づいて、息を呑んだ。

「やあ、スキピオ。ずいぶんと落ちぶれたもんだねえ」

ワジは一枚の紙をつまんで、ひらひらと見せびらかす。スキピオの、貸家の賃料の請求書だ。滞納し続けたせいで、大家には最後通牒《つうちょう》を突きつけられている。

後ろ暗い過去のある医者は、用心深く問いかけてくる。

「……貴様、何を知っている？」

「何もかもさ。あんたの欠点は、手先の不器用さだろ」

スキピオの顔が引きつった。

「あんた、施術の腕前は見習い以下だものね。だからこそ、手先の器用な医者を捜して、手を組んだ。実家が金持ちだったから、開業資金はあんたが全て負担したんだって？　狙いは当たって、あんたは欠点を隠せたし、あんたたちの病院は繁盛《はんじょう》した」

ワジはスキピオの故郷にあった病院も知っている。大きな病院ではなかったが、患者を安心させるような、落ち着いた佇《たたず》まいがあった。

「だが、三十歳のとき、相棒とは袂《たもと》を分かった。理由は金だ。まあ、報酬を折半《せっぱん》するよりも、助手を雇ってあれこれと口先で指図するほうが、安上がりだからね」

「あいつと組むのをやめたのは、正しい選択だった」

自分に言い聞かせるように、スキピオが呟《つぶや》いた。目がどこか虚《うつ》ろだ。しかも、暑くもないのに額に玉のような汗を浮かべている。

「そうかい」

「ああ。あれから十二年間、私の人生は順風満帆《じゅんぷうまんぱん》だった。あの日、雇った助手が急病で休みを取るまでは――」

一年前のある日、スキピオが病院に「本日休業」の看板を出していたとき、若い男が声を掛けてきた。初診の患者だった。断っても、患者を追い返すのかと憤《いきどお》るばかりで譲らない。用件を聞くと、瀉血《しゃけつ》しに来たという。

瀉血なんて剃刀《かみそり》だけで処置できる、初歩的な治療法だ。まさかできないと言えるはずもなく、また、瀉血ぐらいならできるだろうと侮《あなど》ったのが、災いした。

て の 権威は失墜する。

瀉血の失敗で患者は死んだ。

患者の家族から非難を浴びるだろう。法廷では己の罪を暴かれ、罰金を科される。医者としての権威は失墜する。

それらを恐れたスキピオは、患者の遺体を放置して、鞄《かばん》ひとつで逃げ出した。故郷と過去を棄《す》て、移り住んだ新しい町で偽名を使い、どうにか開業まで漕《こ》ぎつけた。

だが、かつてほどの富と名声は取り戻せなかった。

誰だって無名の医者にいきなり難病を診《み》せようとは思わない。病院を訪れる患者の多くは、切り傷、刺し傷、擦《す》り傷、骨折、打ち身、火傷《やけど》など——怪我《けが》の治療を求めた。それらはスキピオの不得手だ。

ワジは請求書を見る。支払いの期日が迫っていた。しかし、スキピオが売ってまとまった金になる品と言えば、もはや医学書や治療道具しかない。

ここで潔く、医学書や治療道具を売り払えるような男なら、ワジに会うことはなかったろう。

「なあ、スキピオ。あんたが立ち直るには、やはり、かつての相棒の腕に頼ったほうがいいんじゃないかねえ」

スキピオの目に理性の輝きが戻る。

「あの男に助けを求めろと言うのか」

「そんなことしなくたって、あたしと契約すればいいのさ。もちろん、条件はあるがね。あんたは願いに見合う代価を支払う必要がある。それに、契約内容や代価については、絶対に、他の誰かに教えちゃいけない。あたしとあんたの秘密だよ。もし、あんたが秘密を守れなかったら、元の木阿弥《もくあみ》だからね」

「……貴様、何者だ」

「あたしはワジ。この世の理《ことわり》に背く願いを叶える者さ」

スキピオは腰が抜けたように床に座りこんだ。恐怖の色を浮かべている。

だが、やがて「代価は？」と震える声で訊ねてきた。

ワジはにやりと笑った。

「さっき教えただろう？　あんたのかつての相棒の、利き腕を奪い取ってくるんだよ。それだけの覚悟を見せてくれたら、あたしはその腕を使って、素敵な杖を創ってやろうじゃないか」

「杖？」

「あんたを万能の名医にしてくれる杖さ」

スキピオはワジに問う。

「――それで、いつまでに奪い取ってくればいいんだ、ワジ？」

（2）鉄屑《てつくず》拾いのヘジオラ

月明かりと街灯が照らす赤煉瓦《あかれんが》の道を、ヘジオラは走っていた。

誰かに追われることは珍しくない。鉄屑拾いで日銭を稼いでいれば、同業者の少年たちと縄張り争いで揉《も》めるなんて、日常茶飯事だ。相手が喧嘩《けんか》慣れしているとわかったら、集めた鉄屑を少しでも抱えて逃げる。

足の速さには自信があるから、逃げ切れるだろう、とたかをくくっていた。

だが、いくら酔っていても今夜の相手は大人の男で、まだ十三歳のヘジオラと違って常に腹を空《す》かせてもいなかったし、何より怒り狂っていた。

息を切らして走りながら、振り返る。目をぎらつかせた《札付き》がすぐ間近に迫っていた。殴られ蹴られた箇所が痛んでも、立ち止まるわけにはいかなかった。ヘジオラのような宿なしを殺すことなど、《札付き》は何とも思っていない。

《札付き》というのは渾名《あだな》だ。本名は知らない。噂《うわさ》によると、どこかの貴族の四男坊らしい。毎晩飲み歩いては、酒場や街角で暴れ、人を殴る厄介者《やっかいもの》だ。

運の悪いことに、今夜《札付き》に目をつけられたのは、ヘジオラの弟分のヒューゴだった。

ヘジオラとヒューゴが、夜市の立つ屋台通りで腹ごしらえを済ませ、貧民街のねぐらに帰る途中のことだ。喋《しゃべ》りながら通りを歩いていたら、酔っ払った《札付き》が角の向こうから、ふらりとぶつかってきた。小柄で痩《や》せたヒューゴは跳ね飛ばされ、地面に転がった。《札付き》は立ち止まって、ヒューゴを睨《にら》んだ。

――おい、貴様。汚い手でおれに触れたな。服が汚れた。どうしてくれるんだ？

言いがかりだったが、臆病なヒューゴはすくみ上がってしまった。

ヘジオラは割って入った。

――いいじゃないか。そんな染みだらけの服、汚したってわかりゃしないだろ。

実際、《札付き》の金《きん》の縫い取りのある上着には、酒か何かの染みがあって、お世辞にもきれいとは言えなかった。

野次馬の誰かが、げらげらと笑い声を上げた。《札付き》は目を剝《む》いて、「誰だ、笑った奴は！」と怒鳴った。そして、ヘジオラの挑発に乗り、標的を変えてきた。

後は、ヒューゴが逃げるまでの時間稼ぎをして逃げればいい、はずだった。

いきなり、頰に重い衝撃が走った。

ヘジオラは地面に倒れた。殴られたのだ。立ち上がろうとしたら、腹を蹴られ、香辛料売りの屋台に突っこんだ。野次馬のどよめきが聞こえた。《札付き》が剣の柄《つか》に手を掛けたのを見て、痛みを必死に堪《こら》え、逃げ出した。

そして、まだ逃げ切れていない。

この町の運河より北側の地域には、ほとんど来たことがなかった。だが確か、今走っている道の突き当たりを右折すれば、繁華街に出るはずだ。そこまで辿《たど》り着ければ、たぶん助かる。

突然、路地から人が現れた。

とっさにヘジオラは避けようとした。だが、何かに足を取られて、つんのめる。ろくに受け身も取れないまま、ヘジオラは転んだ。地面に叩きつけられた痛みで、頭が真っ白になる。

歯を食いしばって起き上がろうとすると、知らない声が降ってきた。

「悪いな、少年。だが今の状況では、声を掛けたところで止まりそうになかったのでね」

ちっとも悪びれない口調だった。どうやら足を引っかけられたらしかった。

ヘジオラは手首をつかまれ、無理に引っ張り上げて立たせられた。黒い外套《がいとう》を着た、背の高い男だった。振りほどこうとしたが、骨ばった指の力は強かった。顎《あご》をつかんで上向かされ、殴られた頬を触られて、思わず顔をしかめる。

「餓鬼《がき》を捕まえてくれて助かったぞ、礼を言う」

声がしたほうを見ると、追いついた《札付き》が、勝ち誇った笑みを浮かべていた。

男は、《札付き》に背を向けたまま、嬉しそうに呟《つぶや》く。

「こいつはおあつらえ向きだな。申し分なく傷だらけじゃないか」

無視された《札付き》が「おい」と呼びかけ、男の肩をつかむ。

すると、男は振り向きもせずに、その手を払いのけた。

「汚い手で俺に触れるな。服が汚れる」

激昂《げっこう》した《札付き》が吠《ほ》え、剣を抜き放った。

振り向いた男が、がくん、とのけぞってよろめいた。

ヘジオラは息を呑む。

《札付き》が身体ごとぶつかるようにして、剣を男の胸に突き立てたのだ。男の背には貫いた剣の切っ先が見えていた。

しかし、呻《うめ》き声の代わりに聞こえてきたのは、痛烈な皮肉だった。

「……服を汚すだけで飽き足らず、派手な鉤裂《かぎざ》きを作ってくれるとはな」

《札付き》の表情が凍りつく。いつの間にか、男の手には、黒い刃のナイフが光っていた。

男がナイフを一閃《いっせん》させた。

《札付き》が首を押さえ、血泡《ちあわ》を吐いて、仰向けに倒れる。

男は空《あ》いた手で胸に刺さった剣を引き抜き、無造作に投げ捨てた。

剣が鈍い音を立てる。刃には血の痕がなかった。

《札付き》は血溜まりでもがいていたが、やがて動かなくなった。男がナイフの血を《札付き》の服で拭《ぬぐ》い、黒革の鞘《さや》に収める。

ヘジオラは呆気にとられていたが、ふと気づく。

この男は、剣で胸を貫かれても、血の一滴すら流さなかった。

それに、足下には影がない。

お化けって本当にいるんだ。幽霊、怪物、人ならざる者——呼び名はさておき、本物を見たのは初めてだ。しかも、自分に襲いかかってくるどころか、命を救われるなんて。

「……助けてくれて、ありがとう」

「礼を言うには及ばない。俺は怪我人を探していた。死体になっては意味がない」

男の胸に、黒い裂け目のような傷口が見えていた。男はそれを指で軽く撫でた。傷口は消え、服の鉤裂きだけが残る。

ヘジオラは消えた傷と男の言葉を結びつけて、恐る恐る、問いかける。

「怪我人を、探していた……あんたは怪我をしないから？」

「ああ、そうだ。お前は察しが良いな」

男が、頬の返り血を手の甲で拭った。

「それに勇敢だ。仲間を庇《かば》って、囮《おとり》になるとはね」

「あんたも屋台通りにいたのなら、どうやって先回りしたの？」

ヘジオラは《札付き》を撒《ま》くために、わざと入り組んだ道筋を辿りながら、全速力で走ってきた。どっちへ行くかなんて予測できたはずがない。

「この町は東西に流れる運河を境に、街並みが変わる。北側には、貴族や豪商の屋敷があり、高級商店や飲食店が軒を連ねる。南側は庶民の町だ。市場と職人たちの工房、大衆向けの酒場や売春宿、墓地や貧民街もある。その男が貴族だったのは、身なりを見ればわかる。お前は路上生活者だろう？」

「ロジョウ……ごめんなさい、もう一回言って」

「この辺りの地域では何と呼ぶんだったかな。宿なし、で合ってるか？」

「うん、合ってる。……それで？」

「貧民街に向かえば、地の利を活かせる。だが、殺気立った暴漢に、ねぐらを突き止められる恐れがある。そうでなくともあの男が、お前を逃がした腹いせに、他の宿なしを襲うことは、想像にかたくない」

——《札付き》が偉ぶっていられるのは、町の南側にいるときだけだ。《札付き》と同じ身分の貴族に会うかもしれない場所では、宿なしを追い回して殺すなどという、罪は犯せないだろう。

ヘジオラはあのとき、とっさにそう考えた。だから川を渡って北に向かい、人目につきやすそうな大通りを選んで、夜でも活気のある繁華街を目指した。

男がよく通る低い声で続ける。

「仲間想いのお前なら、運河の北側へ向かう可能性が高いと考え、馬車を拾って御者《ぎょしゃ》に命じた。人通りの多い道を選んで、北の繁華街に向かえとな。途中でお前たちを見かけたので、追い抜かした」

後は馬車を降りて、お前が来るのを待っただけさ、と男は話を締めくくる。

ヘジオラはぽかんとした。他人に考えを見透かされるなんて、妙な気分だ。

「少年、名は？」

「ヘジオラ」

唐突に訊ねられ、ヘジオラは素直に答えてしまった。

「そうか。俺はカルマだ」

影のない男はそう名乗ると、導くように歩き出した。

（3）子盗りのお化け

カルマは大通りに出て箱馬車を拾った。先にヘジオラを乗せてから、御者に目的地を告げる。

馬車に乗るのは初めてだ。

蹄《ひづめ》の音と、車輪が石畳を転がる音を立てて、窓の外の風景が動き始める。

ヘジオラは改めてカルマを見る。

肌の色は浅黒い。黒髪は癖毛だ。鼻は高く、頬骨が目立つ。蒸留酒みたいな金色の瞳。右目の下に泣きぼくろがあるけれど、当世流行《はや》りのつけぼくろかどうかはわからない。

角も牙も鱗《うろこ》もない。足下に影がないことを除けば、人間そっくりだ。

ヘジオラは少し考えてから、思い切って訊ねる。

「……カルマは子盗りのお化けなの？」

「影がないからお化け、という理屈はわかるが」とカルマがうなずき、続ける。

「子盗りのほうはいただけないな。身代金狙いなら、宿なしは選ばないだろ。まあ、よほどの美形か、力仕事のできそうな体格なら、買い手はつくだろうがね。わざわざ商品価値の低い、傷だらけの子どもを探すと思うか？」

確かに筋が通らない。ヘジオラは納得する。その一方で、「お化け」のほうは、肯定も否定もされなかったと気づく。

　カルマが訊ね返す。

「お前は何故《なぜ》、子盗りと言った？　子盗りよりも人攫《ひとさら》いのほうが、人身売買を生業《なりわい》とする者の呼び名としては、広く知られている。攫われるのが子どもとは限らないからな」

「ジンシンバイバイをナリワイとする者って、何だかわからないや」

「人を売り買いする商人のことだ」

「ああ、うん、それならわかる。……どうしてだろう。誰かがそう言ってたんだ。実際、ぼくの仲間が何人かいなくなってる」

　暗くなるまで遊んでいると人攫いが来るよ、というのは、この町に住む母親たちの決まり文句だ。でも、注意してくれる母親がいるような子どもが攫われ、町じゅう大騒ぎになった、などという話を、ヘジオラは聞いたことがない。この三年で、貧しくて身寄りのない子どもばかりが、十二人も失踪している。西側に接する隣町では、何十人もの宿なしが消えたそうだ。

　カルマが眉《まゆ》をひそめる。

「そいつは初耳だな」

「貧民街の外では、噂になってないもの。宿なしが消えたと訴えても、役人は知らぬふりさ」

「お前も両親がいないのか？」

「うん、捨て子だよ。気楽なもんさ」

　ヘジオラはおどけて笑顔を作った。

「それで、子盗りじゃないカルマは、ぼくをどこに連れて行くの？」

「《傷の癒し手》コルネリウスの病院だ」

ヘジオラは目を丸くする。

「その医者、知ってる。すごく治療費が高いんだろ」

「ちなみにコルネリウスは偽名だ。本名はスキピオ」

「そっちのほうが、かっこいいね」

「スキピオについて、お前が知っていることを全て、詳しく教えてくれ」

ヘジオラは全て話した。

スキピオは約十年前にこの町に越してきた、開業医だ。スキピオの病院は、川向こうの裕福な地域にある。家族はいない。助手のシムズと二人きりで切り盛りしている。

《傷の癒し手》という呼び名は、スキピオが怪我――切り傷や骨折、火傷など――であれば何でも、跡形なく消せる方法を知っている、という噂から生まれた。

ただし、治療法は門外不出だ。真偽は定かでない。

「でも、こんな話がある」とヘジオラは付け加えた。

「とある金貸しの一人娘が、屋敷の階段で足を滑らせ、顔に大きな傷をこしらえた。彼女は翌日に結婚式を控えていた。『無様に転んで式の日取りを変えるなんて、一生の恥だわ。でも、こんな顔で式を挙げるくらいなら、死んだほうがましよ』と嘆く娘を見かねて、金貸しはスキピオに頼みこんだ。するとスキピオは、その夜のうちに傷をきれいに消してくれた。晴れて娘は傷ひとつない顔で結婚式を迎えることができましたとさ。めでたしめでたし」

「怪しいな。その噂の出処《でどころ》はどこだ？　一生の恥とまで言った女が、言い触らしたとは考えにくいぜ。家族も同様だ。とすると、屋敷の使用人か」

「噂の出処は知らないけど、スキピオ自身が、嘘じゃないと言ってたよ」

「……スキピオと直接、話したことがあるのか？」

ヘジオラはうなずいた。

「まあ、ぼくの顔まで覚えてないだろうけどさ。スキピオはシムズと一緒に、月に二、三度、貧民街に来て、籠《かご》いっぱいのパンを配るんだ。たぶん、金持ちの好きなジゼンジギョウだと思うけど。ただで食べ物をくれるなら、理由は何だっていいよ」

「慈善事業ね。そういう金持ち連中は、多いのか」

「ううん。たまに来るけど、普通はたった一度きりでさよならだね。貧民街は鼻が曲がりそうに臭くて汚いし、油断すると財布は掏《す》られそうになるし、行く先々で小銭をせびられるし、もうこりごりだ、って具合にさ。スキピオが来るようになってから、三年ぐらい経つかな」

「長続きしている理由は？」

「彼は、ぼくたちの話を聞くのが好きなんだ。そっちが本当の目的で、善意のパンはおまけ」

「スキピオは何故、お前たちの話を聞きたがるのだろうな？」

「そうだなあ。他人事《ひとごと》だと思えば、恵まれない貧乏人の苦労話って、面白いんじゃない？　きっと、肚《はら》の内では自分の幸せを噛みしめているんだよ。その証拠に、怪我人がいても、治してくれやしないもの。高い治療費を払えないから、仕方ないけど」

「辛辣《しんらつ》だな」とカルマが笑い、懐《ふところ》から何かを取り出す。

銀貨かと思ったが、四角い金属片だった。梟《ふくろう》の模様が彫られている。

「《傷の癒し手》の特別治療は完全紹介制で、予約が必要だ。こいつは紹介者の証《あかし》さ」

「……カルマはどうやって、それを手に入れたの？」

「知りたいか？」

真っ当な手段ではなさそうだ、と勘づいて、質問をやめる。

カルマはとある人物から、「《傷の癒し手》の特別治療について、噂の真相を調べてほしい」と依頼されたと説明してくれた。だが、依頼人やその目的までは教えてくれなかった。

さらに質問しようとして、ヘジオラは咳《せ》きこんだ。長い距離を走った上に、喋りっぱなしで喉が渇いていた。

カルマが腰に提《さ》げていた水筒を、無言でこちらに放る。

「ありがとう」

「まずは治療を受けて、何が起きたか正確に記憶しろ」

カルマが言った。ヘジオラは水を一口飲んでから、返事をする。

「わかった。それから？」

「一芝居打ってもらおうか」

（4）人として生きるには

カルマの説明が終わるのとほとんど同時に、馬車が停まった。

降りてから、ヘジオラは辺りを見回す。石畳の道の両側には、高級商店が立ち並んでいる。まだ町の北側にいるようだ。

カルマが歩き出す。帽子屋の角を曲がって脇道に逸れ、急な坂を上った。四角い箱のような白い壁の建物の前で足を止める。

そこがスキピオの病院だった。

ヘジオラは今まで病院に行ったことがない。医者は高い治療費を取るのだから、きっと病院は豪邸みたいな建物なのだろうと思っていた。しかし、スキピオの病院は予想と違っていた。門から建物まではほんの数歩しかない。飾り気のない建物も、貴族の屋敷と比べると見劣りがする。

もう夜なのに、病院の窓からは明かりが漏れていた。人目を忍ぶ予約患者が来ているのかもしれない。

カルマがドアノッカーに手を掛けたとき、どこかから呼び止められた。

ヘジオラは声がしたほうに目を向ける。

建物の陰にいたらしく、その人物は突然現れた。ふてくされたような表情といかつい体型が、門灯に照らされる。スキピオの助手のシムズだ。こんな時間に裏庭で土弄《いじ》りでもしていたのか、手や靴《くつ》が泥だらけだった。

カルマが怪訝《けげん》そうに訊ねる。

「この家の庭師か？」

ヘジオラは慌てて、彼がシムズだと小声で教える。

「そうか」とカルマは短く応えると、紹介者の証をシムズに見せる。

「予約はないが、急ぎでね。取り次いでくれないか」

シムズが渋面《じゅうめん》を作る。当然だろう。いくら証を持っていても、夜中に予約なしで訪問するのは、常識外れだ。

「困りまさあね、旦那。うちの先生は、予約のねえ患者は診ないと決まってるんでさ」

「わかった、ならばこうしよう。お前は裏庭で作業をしていて、俺たちが来たことに気づかなかった。礼儀知らずの患者は戸の鍵が開いていたのを幸い、勝手に中へ入った」

カルマはシムズの手を取って何かを握らせる。

「うっかり戸を閉め忘れることだって、たまにはあるだろう。違うか？」

シムズの太い指の隙間から、ちらりと覗《のぞ》いて見えたのは――金貨だ。

それを懐に押しこんでから、シムズが戸の鍵を開ける。

「まあ、そうだな。勝手に入りこんじまったもんは、仕方ねえ」

「恩に着る」

シムズが裏庭に引き返すのを見届けて、カルマは低い声で告げる。

「さあ、ヘジオラ。お前の出番だ」

ごくりと唾《つば》を飲んでから、ヘジオラはうなずいた。

玄関に入るとすぐに広い部屋に出た。暖炉の前には座り心地が良さそうな長椅子が二脚並び、傍《そば》には小机が置かれている。燭台《しょくだい》の明かりが灯され、暖炉にも火が入っているが、部屋は薄暗い。治療道具らしいものは見当たらない。診察用の部屋は他にあるのかな、と首を傾げていると、近くで戸の開く音がした。

片眼鏡《かためがね》をかけた、頰髯《ほおひげ》のある男が現れる。スキピオだ。

あの、とヘジオラは声を掛ける。

スキピオはぎょっとして立ち止まった。口を開きかけたとき、

「《傷の癒し手》コルネリウス、折り入って頼みがある。こいつの怪我をひとつ残らず、夜明け前までに消してくれ」

カルマが先手を打ち、懐から紐《ひも》で閉じた袋を、丸いテーブルに放り投げた。

じゃらり、と金属のぶつかる音がする。

「金貨三十枚ある。請けるか？」

ヘジオラは耳を疑った。

金貨一枚は銅貨千枚分の価値がある。ヘジオラが宿なしの生活を続けるとして、金貨三十枚もあれば、十年は飢えなくて済む。

「これはまた、図々しい男だな。無理を通すのに慣れていると見える」

スキピオが愉快そうに笑った。横目でヘジオラを頭から爪先までざっと見て、袋に手を伸ばす。袋の中身を検《あらた》めながら言う。

「予約のない患者はお断りしているんだがね。まあ、良かろう。ただし、私には私のやり方がある。治療中に気が散ってはいかんのでな。付添人はここで待ってもらう」

「結構。話が早くて助かる」

スキピオが助手のシムズを呼びに行った。

シムズは裏庭から戻ってくると、待合室の棚から黒い布きれを取り出した。「これが決まりなんでね」と言い、ヘジオラの目を覆って、端を頭の後ろで結ぶ。

秘密を守るために、患者にまで目隠しをするとは徹底している。隙間から少しでも見えないかと目を凝らしてみたが、無駄だった。

まずは治療を受けて、何が起きたか正確に記憶しろ、とカルマには命令された。

見えないなら、耳を澄まし、手で触って感じるしかない。

シムズに手を引かれて歩きながら、ヘジオラは耳を澄ます。かすかに蝶番《ちょうつがい》の軋《きし》む音がした。数歩進むと、戸を閉めて施錠する音がした。治療室に移動したようだ。

「座りたまえ」とスキピオが言う。

シムズがヘジオラの手に角ばった固いものを触らせる。椅子の背もたれだろう。

ヘジオラは手探りで、ゆっくりと腰掛ける。

「こう身体が汚れていては傷も見づらいし、治るものも治らんな。おい、シムズ」

へい、とシムズが返事をする。ぴたぴたと水の滴《したた》る音と、濡らした布を絞る音がした。

湿った布が顔に押しつけられる。

「目の周りも拭いてよ。目、つぶってるから」

ヘジオラの提案は黙殺された。

シムズが「腕を上げろ」「後ろを向け」などと指示しながら、ヘジオラの服をめくって、身体を拭く。

同時に、スキピオはヘジオラの怪我の具合を診ていたようだ。シムズが拭き終わると、腕や脚、背中にある傷や痣《あざ》を漏らさず数え上げ、「他に痛むところはないだろうな」と念を押した。

ヘジオラはうなずいた。

やがてスキピオが、妙な節《ふし》のついた、呪文のような言葉を唱え始める。

異国の言葉なのか、さっぱり意味がわからない。しかも、長々と続く。とてもじゃないが、覚えきれなかった。困っていると、いきなり冷たいものが傷口に触れ、ヘジオラは身震いした。

石か金属片だろうか。

すると、すっと痛みが引いていく。

それがおよそ十回以上、繰り返された。

ヘジオラは怪我の数を、ちゃんと記憶していた。残るは後一箇所、右膝《みぎひざ》の青痣だけだ。

スキピオの呪文が始まった瞬間、ヘジオラは計画を実行した。

「——痛い！」

あらん限りの大声で叫ぶ。椅子を蹴り倒し、目隠しを剝《は》ぐ。戸がある方角を確かめ、シムズの手をかわして、走る。

鍵を回して戸を開けると、カルマが待ち構えていた。

「失礼、こいつの叫び声がしたものでね」

カルマが白々しく謝罪して、治療室に足を踏み入れる。

ヘジオラも痛がる演技を続けながら、医者と助手を盗み見る。

怒りで顔を真っ赤にしたスキピオが、組身の杖を支えに立っている。シムズは鉄製の大きなテーブルの傍に膝をついている。

テーブルの下に、革張りの箱が覗いていた。どうやら旅行鞄らしかった。何故そんな代物が治療室にあるんだろうか、とも考えるが、ふと閃《ひらめ》く。

「杖だ！」

ヘジオラは、スキピオの杖の先端に嵌《は》めこまれている黒い石を指差す。

「きっと、あの黒い石で傷口に触れると治るんだ！」

「今まで、私の治療法を探ろうとする不届き者がいなかった、とは言わんがね。宿なしの子どもを利用して騙《だま》し討ちにするなどという、卑怯な手は初めてだ。全く以《もっ》て不愉快極まる——」

わめいていたスキピオが、不意に沈黙する。

スキピオの視線は、ヘジオラを通り越した背後に向けられていた。

振り向いて、気づく。

カルマもまた、《札付き》を殺した黒い刃のナイフを手にして、目を瞠《みは》っていた。黒く透き通った刃は、スキピオの杖の黒い石とよく似ている。

「……何だ、貴様もか」

スキピオが呟いた。

カルマが眉をひそめる。

そのとき、ドアノッカーの音が響いた。

スキピオが顔色を変え、「出て行け」と小声で急《せ》かした。だが、ヘジオラを見て、はっとしたように言い直す。

「いや、待て。裏口に回れ」

「どうして？　大切なお客様には、宿なしの子どもなんて見せられないってこと？」

スキピオは答えなかった。顔をしかめ、ヘジオラの腕をつかんで引っ張っていく。

治療室から出ると、入口とは反対に進んだ。病院の一階には、待合室と治療室の他に、もうひとつ部屋があった。昇り階段の角を曲がると、裏口が見えた。

「コルネリウス、話はまだ終わっていない」と、早足で追いついたカルマが呼びかけた。

「今は無理だ」

「では、明日の午後一時に来る」

「しかし――」

「くどいぞ、スキピオ」

出し抜けに本名で呼ばれて、医者は動揺した。

「俺の本当の目的が、こいつの治療ではないことぐらい、察しているだろう。いいか、明日の午後一時だ。約束を違《たが》えたら、お前が故郷で犯した罪を明るみに出す」

カルマは一方的に告げた。そして、スキピオからヘジオラを奪い、裏口の戸を開けた。


月明かりの下で見る病院の裏庭は、広いが、一面に雑草が生い茂っていた。

北西の角にある物置小屋は、戸が開けっ放しだ。軒下にある薪《たきぎ》の山は崩れかけていた。その傍には小さな焼却炉がある。物置小屋の手前には、これから木を植えるのか、剝きだしの地面に大きな穴が開いている。

裏庭を囲う塀は高く、蔦《つた》で覆われている。塀の片隅にある、錆《さ》びた鉄の格子戸を開ければ、次の予約患者と鉢合わせしないで、敷地の外に出られそうだ。不用心にも、格子戸には外されたままの錠前が引っかかっている。

しかし、格子戸へ向かう途中には、歪《ゆが》んだ大きな木箱と木の杭《くい》がある。杭に巻きつけられた太い鎖は、箱の中へと続いている。犬小屋だろうか。

ヘジオラの視線に気づいたかのように、低い唸《うな》り声がして、首輪を嵌められた大型犬が現れた。ヘジオラは思わず、カルマの腕にしがみつく。

大型犬が吠えた。飛びかかってきたが、鎖の長さが足りず、こちらには届かない。耳の垂れた、鼻と口の周りだけが黒い、茶色の痩せた犬だ。この番犬は侵入者を見たら、吠えるだけではなく、嚙み殺すように訓練されているのかもしれない。

ヘジオラ、とカルマに名を呼ばれる。

「治療室で何が起きたか、話してくれ」

「……今、ここで?」

「ああ」

「でも、スキピオたちに聞かれたら」

「奴らに声は聞こえない。少なくとも患者が帰るまでは、時間がある」

病院に目を向ける。裏庭に面している一階の壁には、よく見たら窓がなかった。二階も雨戸を閉めている。でも、裏口には小窓があり、うっすらと光が漏れていた。

番犬は使命感にあふれたように吠え続けている。

うるさいな、とカルマが呟いた。外套を脱いでヘジオラに持たせ、腕まくりをする。腰に提げた革製の筒から、長さ十センチメートルはありそうな長い針を取り出した。

カルマが吠える番犬に近づき、伸びきった鎖のぎりぎり届かないところにしゃがむ。

そして、無造作に左手を差し出した。

怒り狂った番犬がカルマの左手に嚙みついた。すると同時に、カルマは右手に持っていた針を番犬の首に突き立てた。

番犬が引きつるように痙攣《けいれん》し、しばらくして動かなくなる。

カルマが針を抜き、犬の口から左手を外す。嚙まれた痕はみるみるうちに跡形もなく消えていく。袖《そで》を直して、ヘジオラから外套を受け取る。

「……殺したの？」

「殺さないさ。犬が死んだら、スキピオに不審がられる」

ヘジオラは恐る恐る、番犬に近づいてみる。

あばら骨が浮いて見えるほど瘦せた胸は、ゆっくりと上下していた。

番犬の餌皿は空《から》っぽで、舐《な》めたようにきれいだった。スキピオは、侵入者を襲わせるために、わざと充分な餌を与えていないのかもしれない。

カルマが物置小屋に向かった。

そこからカンテラを持ち出し、火打箱で明かりを灯し、裏庭を照らす。

カルマは物置小屋で鉈《なた》や鎌を手に取ったり、地面の穴を掘り返したり、犬小屋を覗いたりし始めた。最初のうちこそ「裏庭を弄り回したことがスキピオたちにばれたら、まずいのでは」と心配したヘジオラだったが、思いつくままに探索を続けるカルマを見ているうちに「元から荒れた庭だったし、ものの位置が変わったところで、気づかれないだろうな」と考えるようになった。

ヘジオラはカルマの後について歩きながら、治療のことを説明した。呪文のような言葉は覚えきれなかった、と正直に打ち明けたが叱られず、かえって拍子抜けした。

話し終えたとき、カルマは火の消えた焼却炉に片腕を突っこんでいた。一握りの灰を指の間からこぼして、掌《てのひら》に残った白い小石のようなものを観察し、懐に入れる。

「何を見つけたの?」

「スキピオは何を見せないために、患者に目隠しをさせるのだろうな?」

カルマに問い返され、ヘジオラは答える。

「杖じゃないの?」

「お前が逃げる隙に、スキピオは杖を隠すことができたはずだ」

とっさに動けなかった、という可能性もありそうだけど、とヘジオラは思うが、口には出さない。カルマの言い方からして、杖ではないようだ。でも、他の答えは思いつかなかった。

「……明日、もう一度きちんと治療室を見てから、答えてもいい?」

見てて、とヘジオラは言い、カルマを裏口の前まで連れて行った。

戸の鍵はかかっている。

ヘジオラはポケットにいつも入れている針金で、たった数十秒で鍵を開けてみせた。あまり褒《ほ》められた特技ではないが、役に立つ。

「スキピオは警戒してる。だから、明日会っても、カルマを大切な治療室には入れないと思う。それに、カルマと一対一で会うのも不安だろうから、シムズを護衛代わりに付き添わせるんじゃないかな。その隙を狙えば、ぼくが、誰もいない治療室に忍びこめる」

「あれはどうするつもりだ?」

カルマが番犬を指差した。

今夜のように鎖につながれているとは限らない。ヘジオラは思案した後、空っぽの餌皿を指差した。

「あの番犬、たぶん、いつもお腹を空かせてる。大きな肉の塊《かたまり》でもあげたら、食べている間はおとなしくならないかな。……肉なんて買えるだけのお金は持ってないけど」

「犬の餌代ならくれてやる」

カルマが懐から財布を取り出す。渡された銅貨の枚数は、肉を一塊買うには多いような気がしたが、足りないよりはずっと良いので黙っていた。

二人はようやく裏庭から出た。

貧民街へ帰る途中、橋から見上げた空には月が浮かんでいた。完全な円には少し足りない丸い月だ。明日の夜も晴れていれば、満月を見られるかもしれない。

ヘジオラは満月が好きだ。何だか空の上から見守られているような気がするから。

ふと、隣を歩く男の足下に目を向ける。

街灯の明かりも、月の光も、カルマの足下に影を落とすことはない。

スキピオたちは、カルマに影がないことに気づいていないようだった。部屋が薄暗かったからか、金貨に心を奪われていたからか。

そういえば、スキピオたちに渡した金貨を、カルマはどうやって手に入れたのだろう。依頼人から渡されたと考えるのが自然だけれど、金貨三十枚をぽんと渡せるなんて、かなりの金持ちのはずだ。しかも、とても強いカルマを従わせられるのだから、きっと途方もなくすごいお化けに違いない。

「ねえ、カルマの依頼人にも影はないの？」

カルマが肩をすくめる。

「まさか。まともな人間なら、影があるに決まっている」

ヘジオラは目を丸くした。

「どうして人間の言うことなんか聞くのさ？」

「そういうお前も人間じゃないか、ヘジオラ」

まぜっかえさないでよ、とヘジオラは口を尖《とが》らせた。足早になり、彼の真正面に立つ。ヘジオラは小柄だし、カルマは背が高いから、どうしても見上げる恰好になる。

「おかしいよ。だって、《札付き》をあっさり返り討ちにできるぐらい強いし、医者を手玉に取れるほどの切れ者なんだぜ。そこらの人間より、カルマのほうがよっぽど有能だろ。面倒な依頼が来たら、自分でやれって突っ返してやればいいじゃないか。カルマなら、誰かに頭を下げなくたって生きていける」

カルマがその場に片膝をつき、まっすぐヘジオラを見つめる。

「そうだな。俺が、生まれつきの人ならざる者なら、そう考えて、人間を見下していたかもしれない。だが、あいにく――俺は人間から切り離された影なのでね」

「……人間から切り離された、影？」

カルマが、黒革の鞘からナイフを取り出す。

「元々俺の持ち主だった人間は、銀貨三十枚と引き換えに、自分の影を切り離してもらった。そのときに使ったのが、このナイフだ。こいつのおかげで、俺は自由を得た」

月の光を浴びた刃は、黒曜石《こくようせき》のような輝きを放つ。

スキピオの杖にも、これとそっくり同じ黒い石が嵌めこまれていた。

《札付き》に剣で貫かれたとき、カルマの胸元にできた黒い裂け目を思い出す。わずかな綻《ほころ》びは、すぐに閉じてしまったけれど。

「俺は人として、人の世で生きることを望んでいる。影だから、かもしれない。影は形を真似《まね》るものだ。人間の影に、人間を正確に模倣しようとする。理性でどうにかできることじゃない。そういうふうにできている」

カルマは笑った。ぼくたち子どもと似た笑い方だな、とヘジオラは思った。

口元に笑みを残したまま、カルマが続ける。

「だから、俺は望みを叶えるためなら、どんなことでもする」

ヘジオラはナイフを指差して、訊ねる。

「さっき、スキピオの杖に驚いたのは、飾りの石が、その刃に似ていたから？」

「ああ。このナイフの元の所有者が死んで、どこで誰から手に入れたのか、もはや知る術《すべ》はないと思っていたから」

「それを調べて、どうするの？」

「人間から影を切り離せるナイフという、この世の理に背く代物を創れる者に会うのさ。俺が、人として生きやすくなるような何かを創ってもらうためにな。例えば、贋《にせ》の影があれば、人目をはばかることなく、太陽の下を歩けるようになる」

カルマがナイフを鞘に収める。

「……どうだ、ヘジオラ。これでお前の疑問は解けたか？」

ヘジオラはうなずいた。

カルマが立ち上がって、再び歩き出す。その後を追いながら、ヘジオラはふと思う。

今までこんなふうに、ヘジオラの質問に真面目《まじめ》に答えてくれた大人がいただろうか？

世の中はわからないことだらけなのに、仲間のいる貧民街から一歩でも踏み出したら、質問できる相手なんていなくなる。

たいていは、訊ねても存在自体を無視された。適当にごまかそうとする者もいた。うるさい、と怒鳴られることもある。返事の代わりに拳《こぶし》が飛んでくることだって、珍しくない。

鉄屑拾いの子どもたちなら、耳を傾けてくれる。でも、彼らが興味を持つのは、鉄屑がたくさん拾える穴場や、残飯《ざんぱん》をくれる店などの、身近な質問に限られている。答えの出ない質問を投げても、「何でだろうね。そんなことに気づくなんて、ヘジオラはすごいね」と感心されておしまいだ。

それは仕方のないことだ、とヘジオラはいつも自分に言い聞かせていた。

宿なしの子どもなんて、取るに足りない存在だから。

今日を生きるのに精一杯だから。

期待しなければ、がっかりすることもない。

ひょっとしたら、カルマが優しくしてくれるのも、ヘジオラにはまだ役目があるからかもしれない。きっと、用が済んだら捨てられる。

そんなことを考えながら、黙々と歩いているうちに、いつしか町の景色が見慣れたものに変わっていた。

貧民街のねぐらを遠目に眺めながら、ヘジオラは訊ねる。

「カルマの家も、この近くにあるの?」

「宿屋なら西側の川沿いにある」とカルマが、今来た道の方向を指差す。

「だが、この辺りは子盗りが出るんだろ?」

ヘジオラはきょとんとした。

そして不意に、『ヘジオラが子盗りに攫われないよう、貧民街の近くまで送ってきた』のだと理解して——胸がじんと痺《しび》れた。

ヘジオラの沈黙をどう解釈したのか、カルマが続ける。

「では、影なしのお化けはここらで退散するとしようか。お前の仲間を怯えさせては悪いからな。明日は頼むぜ、ヘジオラ」

「待って。あと、もうひとつ」

去ろうとするカルマを、ヘジオラは呼び止めた。

「何だ？」

「……計画がうまくいったら、ぼくにも金貨をくれる？」

「宿なしの子どもが金貨を持っていたら、誰かから盗んだと疑われて、役人に突き出されるのが関の山だ。影なしのお化けからもらったと訴えたところで、誰も信じやしないだろう」

正論だった。言い返す余地もない。

悄気《しょげ》ていると、カルマが去り際に続けた。

「そう落胆するなよ。成功したあかつきには、それなりの報酬をやるさ」

カルマと別れたヘジオラは、貧民街の狭く入り組んだ道を駆けていく。

貧民街は元々、この町に運河ができる前に、日雇いの荷担《にかつ》ぎたちが暮らしていた宿屋街だったらしい。船の行き来が盛んになって、荷担ぎは職を失くした。大半はこの町を去ったが、少数はここに留まった。

宿屋は古びて見捨てられ、いつしか貧乏人の溜まり場になった。

鉄屑拾いの子どもたちがねぐらにしている小屋も、かなり古くて傾いでいるが、雨風をしのぐことならできる。

この町にいる鉄屑拾いの子どもたちは、三つの党に分かれている。ヘジオラは、全員十三歳以下の、最も新しい党を率いている。

ヘジオラは党の結成以来、三代目の党首に当たる。人望の厚かった初代の党首は、馬車にはねられて命を落とした。年嵩《としかさ》という理由だけで選ばれた、二代目の党首は、みんなが貯めた金を全部持ち逃げした。ヘジオラは十一歳の頃から、常に人の入れ替わりはあるが、約十五人の子どもたちをとりまとめている。

ねぐらに帰ると、小屋の前に焚火《たきび》の明かりが見えた。

焚火の周りには八人の仲間がいた。ヘジオラを見て、ほっとした表情を浮かべる。

「ヘジオラまでいなくなったのかと思った」

「誰か消えたの？」

「あの、声の小さい水売りの女の子。こないだ、よその町から来たばかりでさ。いつも独りぼっちだった」

「……ヒューゴも帰ってこないんだ」

ヒューゴは《札付き》から逃げた後、ここに一度戻って来たそうだ。だが、自分を庇って逃げたはずのヘジオラが帰らないのを心配し、仲間の制止を振り切って、再び出て行ってしまったのだという。

ヒューゴは震え声で主張したらしい。

——だって、ヘジオラが逃げる途中で事故に遭って、シヴァークみたいに道端で死んだら、厭《いや》だもの。

四年前、馬車にはねられた初代の党首のシヴァークは、即死ではなかった。

彼が事故に遭ったのは、たくさんの人が行き交う大通りだった。でも、道端に転がっている宿なしの子どもを、誰も助けようとしなかった。半日後、ヘジオラたちが見つけたときには、既に虫の息だった。

ヘジオラたちは、ヒューゴを捜しに行くことにした。

眠っている幼児の見張りに二人だけ残して、七人でねぐらを出る。

「一人ひとり手分けして捜そう」と提案されたが、ヘジオラは断固として反対した。一人きりだったら、子盗りに捕まっても助けを呼べない。集団で行動したほうが安全だ、と主張した。

ヒューゴが出歩ける範囲など、たかが知れている。

しかし、心当たりのある場所を全て回っても、消えた仲間は見つからなかった。

ヘジオラは唇を噛む。

「ぼくたちがみんな、金持ちの子どもだったら……一人消えただけでも、国じゅう大騒ぎになるのに」

朝日が昇る頃、ヘジオラは仲間たちと肩を寄せ合って、束の間の眠りに就いた。

（5）囮

翌日の午後一時、カルマがスキピオの病院に入っていくのを見届けて、ヘジオラは行動を開始した。

裏庭を囲う塀の戸には、今日は鍵がかかっている。

ヘジオラは、抱えてきた籠を地面に置き、格子の隙間から中を覗く。

番犬は犬小屋の傍で眠っているようだ。だが、首輪は外されている。

このまま昼寝をしていますように、と願いながら、針金を取り出す。

かちり、と錠前が開く。

戸を押すと、蝶番が軋む音を立てた。

その音を聞きつけたのか、あるいは侵入者を嗅ぎつけたのか、番犬が目を覚ます。

ヘジオラは急いで籠の蓋《ふた》を開け、中身を番犬の鼻先に放る。

籠の中身——生きている兎は滑《なめ》らかに着地した。兎は鼻を動かし、危険を察知したらしく、一目散に逃げ出した。

番犬は、逃げる獲物を追って走り出す。

ヘジオラは病院の裏口に駆け寄って、針金を鍵穴に差しこむ。一度開けたことのある鍵は、難なく開いた。中に入って戸を閉める。

カルマにもらった餌代は、肉の塊をひとつ買うには多すぎた。そこでヘジオラは、市場で食用の兎を一羽買うことにした。よく躾《しつ》けられた番犬なら、逃げる獲物を追うはずだ、と考えたのだ。

ふと気づく。

「……そういえば、帰りはどうしたらいいんだろう？」

兎が逃げ切れば、番犬は犬小屋に帰ってくる。仮に兎が捕まったとしても、そう長い時間は稼げそうにない。餌代が多かったのは、病院に忍びこむときと、立ち去るときの計二回分だったからか。

まあ、今さら後悔しても仕方ない。脱出方法は後で考えることにして、ヘジオラは目先の仕事に集中した。

息を殺して、廊下を歩く。

病院の一階には、待合室と治療室だけではなく、もう一部屋あった。そこは応接室だ、とカルマが言っていた。ヘジオラの治療中に、無断で部屋を覗いたそうだ。

応接室の前を通り過ぎようとしたとき、話し声が聞こえた。

カルマのよく通る低い声は、扉一枚隔《へだ》てても聞き取れる。

「お前も、こんな町医者風情《ふぜい》で終わるつもりはないだろう？　ザンダールに来ないか、スキピオ。かの国の軍需産業の要《かなめ》であるクロア商会は、《傷の癒し手》の力を負傷兵の治療に活かしたいと考えている。国営軍とは、すぐに話をつけられる。……ああ、そうだな、シムズ。助手を連れて行けるか、確認しよう」

ヘジオラは首を傾げる。

カルマが依頼されたのは、「《傷の癒し手》の特別治療について調べること」のはずだ。スキピオをどこかに連れて行くなんて、話が違うじゃないか。まるで子盗りのようだ、と連想して、はっとする。

カルマの狙いはそもそも、スキピオを杖ごと攫うことなのかもしれない。

攫うと言っても容易ではない。もし、スキピオが突然失踪したら、お得意様である金持ちが騒ぐだろう。役人が駆り出される可能性もある。でも、スキピオが自ら病院を畳んでこの町を去るなら、話は別だ。

カルマの笑い声が聞こえて、ヘジオラは我に返る。立ち聞きをしている場合ではなかった。また、針金で鍵を開け、治療室に入る。

部屋に入ってすぐ左手前にある暖炉には、火が入っていなかった。そのせいか、昨晩より底冷えがする。

ヘジオラは深呼吸して、室内をぐるっと見渡した。今度こそ、冷静に観察して、手掛かりを見つけないと。

部屋の真ん中にある鉄製のテーブルは、患者を治療するときに寝かせるもので、施術台と呼ぶのだと、カルマが教えてくれた。

壁沿いには抽斗《ひきだし》付きの棚がある。棚の上段には、液体や粉の入った硝子《ガラス》瓶がずらっと並んでいた。医者と患者の座る椅子は、昨晩と同じ位置にある。その傍にある机の上には、畳まれた白い布、紙の束、ペンとインク壺などが置かれている。

ものが多くあふれている部屋だ。しらみつぶしに探ろうとしたら、何十分もかかってしまうに違いない。どこから手を着けるか、考える必要がある。

カルマの言葉が頭をよぎった。

――お前が逃げる隙に、スキピオは杖を隠すことができたはずだ。

では、杖を隠す代わりに、スキピオとシムズは何をしたのか。

シムズはヘジオラを捕まえようとしたが、一度取り逃がしただけで、呆気なく諦《あきら》めた。

スキピオが何をしていたかはわからない。ヘジオラはすぐスキピオに背を向けたから。

ふと閃く。

この部屋には、杖以外にも、患者に見せられない秘密があったのではないだろうか？　二人はそれを隠すのを優先したため、ヘジオラを捕まえられず、杖も隠せなかったのではないか。

心当たりならある。

ヘジオラは、施術台の傍へ行って、しゃがみこんだ。

施術台の下には、革張りの大きな旅行鞄が押しこまれたままだった。召使に担がせるとか、馬車に積んで移動するとか、とにかく自分で持ち運ぶことを考えていない金持ちしか使わない、馬鹿でかいやつだ。

持ち上げられそうにないので、ずるずると引きずり出す。旅行鞄は二本の太いベルトで留められ、さらに蓋には錠前がついている。針金の出番だ。

しばらくして、かちり、と錠前の開く音がした。

中は空っぽだった。

なあんだ、とため息を吐《つ》く。

鞄の内装はずいぶんと使いこまれていた。ところどころ、茶色い染みがある。蓋の裏側まで傷だらけだった。いくつか五本ずつ並んだ筋がある。猫が引っ掻いた痕に似ていた。その爪痕に何気なく自分の爪を合わせ、ヘジオラは凍りついた。

爪痕がぴったり合う。では、この茶色い染みの正体は——。

ヘジオラは思わず飛び退《の》いた。

その拍子に棚にぶつかってしまい、がちゃん、と何か割れたような大きな音がした。見ると、陶製の置物が床で粉々に砕けていた。

遠くで戸が開く音がした。

物陰に隠れようとしたが、すぐに、鞄を元に戻す必要があると気づいた。

ヘジオラは急いで、鞄を元に戻し、施術台の下に押しこむ。

足音が近づいてくる。どこに隠れるか迷っているうちに、戸が開いた。

「おまえ、何をしているんだ！」

振り向くと、シムズが立っていた。鼻息も荒く、治療室に入ってくる。

ヘジオラは逃げ道を探し、はっとする。そういえば、この部屋には窓がないんだった！

とっさに、手当たり次第に机の上のものをつかんで投げつけた。インク壺が腹に命中し、シムズがひるんだ。しめた、と思って脇を走り抜けようとした瞬間、つまずいた。その拍子に足下の絨毯《じゅうたん》がずれてめくれる。

怒号を上げたシムズが、ヘジオラに手を伸ばす。

そのとき、鈍い音と共にシムズの身体が傾いで、床に倒れた。

火掻き棒を振り下ろしたままの姿勢で、カルマが問う。

「立てるか？」

シムズの後頭部には、熟《う》れた柘榴《ざくろ》の割れ目のような傷口があった。

「……助けてくれて、ありがとう」

「礼を言うには及ばない。隠れろ」

カルマが、血のついた火掻き棒を床に放り、ヘジオラを戸の陰に押しこんだ。

「一体何事だ？」

恐る恐る、遅れて現れたスキピオが訊ねた。

カルマは他人事《ひとごと》のように淡々と告げる。

「誰かが治療室に忍びこんだようだ」

スキピオが「シムズ！」と驚きの声を上げる。

ヘジオラはそっと身体の向きを変え、戸の陰から室内の様子を窺《うかが》う。

さっき、ヘジオラがつまずいた拍子に絨毯がめくれ、四角い木の枠の一部と、取っ手らしき輪っかが露《あら》わになっていた。

地下室がある。

カルマがシムズの傍《かたわ》らに膝をついた。首筋に指を当てて、まだ息があると言った。

「シムズは侵入者と鉢合わせして、頭を殴られたのだろう。凶器はその火掻き棒か」

「素人《しろうと》が触るな。貴様は部屋の外に出ろ」

「外？　ああ、付添人は待合室で、というわけか」

この期に及んでもスキピオは、傷を治すところを、他人に見られたくないのだろう。

「スキピオ、この町の自警団の詰所はどこにある？」

「広場の傍にも派出所があるが、町の南側にある本部のほうが近い」

「行き方を教えてくれ」

「ここから一番近い橋を渡れ。市場を突っ切って、大通りに出たら、劇場の角を右折すればいい。すぐに本部の建物が見える。……しかし、役人を呼ぶのか？」

「押し入られても役人を呼べないような病院だと、盗人《ぬすびと》に宣伝したいのか？　安心しろ、杖のことは話さない。だから、お前は俺が戻るまでに、そいつの治療を済ませておけ」

スキピオが助手の容体を診ようと屈みこむ。

その隙に、カルマはヘジオラを戸の陰から引っ張り出した。


カルマとヘジオラは、川の対岸へ渡り、人で賑《にぎ》わう市場に入った。

ヘジオラは歩きながら、旅行鞄の血痕《けっこん》と爪痕について報告する。

「あの鞄は、治療に失敗したとき、死体を棄てるのに使うんだ。きっと、中で息を吹き返した患者がいて、あんな爪痕を……」

「そんな非常時用の鞄を治療室に置いておくか？」

確かにその通りだ。少し冷静さを取り戻したヘジオラは、さっきの出来事を振り返る。

「ねえ、カルマ。シムズが目を覚ましたら、ぼくが治療室にいたってばれちゃうよね。カルマがシムズを殴ったこともばれる」

「とどめを刺してほしかったのか?」

「……そうは言わないけど」

「そういえば、お前の話が役に立ったぞ、ヘジオラ」

「え?」

「金貸しの一人娘に会った」

結婚式の前夜に階段から落ちて、スキピオの特別治療を受けたという娘のことか。

「……よく半日で見つけられたね」

「まあ、運が良かった。彼女は社交界の有名人でね。多額の持参金の力で、さる貴族に嫁いだ後、毎晩のように舞踏会や酒宴を遊び歩いている。屋敷に籠《こ》もりきりの貞淑《ていしゅく》なご婦人よりも、誘い出しやすかった」

それはそれで、取り巻きや召使を常に従えていそうだが、どうやって誘い出したのやら。

「何か新しいことがわかったの?」

「特別治療の手順について、面白い話が聞けた。彼女のときは、伴をさせた小間使いの女も、一緒に治療室に入ったらしい」

「だって、付添人は待合室のはずだよ」

「金貸しの娘は、自分の顔の傷のことで頭がいっぱいで、小間使いの女が目隠しをされたかは覚えていなかった。だが、小間使いの女はそのまま入院したそうだ」

「入院？　彼女は治療する必要なんてないのに」

「金貸しの娘は治療室を出るなり、自分で目隠しを取った。一刻も早く、傷の癒えた顔を鏡で見たかったんだろう。そのとき一瞬、戸の隙間から、治療室の中が見えたそうだ。小間使いの女は施術台に寝かされ、顔に白い布をかぶせられていたという」

「……死んじゃったの？」

「翌日の夕方、小間使いの女は、召使用の寝室で眠っているのが見つかった。起こすと二日酔いのような状態だった。前夜の出来事については金貸しが口止めしていたから、事情を知らない他の召使たちは、『前祝いに羽目を外して、呑みすぎたのだろう』と考えたらしい。後日、金貸しの娘が訊ねても、小間使いの女は、治療室に入ってからのことは全く覚えていないと答えた。『気味が悪いから辞めさせた』そうで、俺も、その後の行方を追えてはいないが」

「じゃあ、彼女がいつ退院したか、正確にはわからないんだね。結婚式当日は人の出入りがあったはずだから、どさくさに紛れてシムズが運びこんだのかな。それにしても、入院中に何があったんだろう」

「二日酔いに見えたのは、薬物を投与されたせいだとして――」

「ヤクブツをトウヨされた？」

「俺が、裏庭の番犬に毒針を打っただろう。あれも神経毒の一種でね。量が多すぎると、後々まで効き目が残るわけだ。さて、問題は、どうしてお前の場合と手順が違っていたか、ということだな。これは予想がつく。金貸しは予約をしていない」

「ぼくのときだって、予約してなかったよ」

「昨夜は、他の患者が予約を入れていた。前以て準備していたところに、俺たちが現れた」

「そっか、そうだったね」

「門外不出の特別治療に、利害関係のない第三者を巻きこむのは望ましくない。だが、スキピオはそうせざるをえなかった。小間使いの女は、代えが利かなかったんだろうな」

「……どういう意味なの？」

「それを、今から確かめる」

カルマは話しながら、大きな買い物籠を抱えた少女に道を譲った。すると、目の前を行商人の荷車が横切った。ヘジオラは荷車をやりすごしてから、カルマの後を追う。

午後の市場は大盛況だ。油断していると、人の波に吞まれてしまいそうだ。少し遠回りをしてでも、市場を避けたほうが、自警団の詰所には早く到着できたんじゃないだろうか。

見上げた空は晴れている。

ヘジオラはふと、こんなにたくさんの人がいるのに、誰もカルマが人間ではないこと――影がないこと――に気づかないんだな、と考える。人通りの少ない道よりも、自分と他人の影が重なって見えなくなるほどの人混みのほうが、カルマには歩きやすいのかもしれない。

不意に、背後でくぐもった呻き声がした。

ヘジオラは振り向いた。まず目に留まったのは、派手な羽飾りのついた帽子だった。帽子の持ち主はつんのめるようにくずおれた。帽子が脱げて、顔が見えた。スキピオの助手のシムズだ。

シムズは地面に膝をつき、左手にあの杖を握りしめ、右手で脇腹を押さえていた。指の間から血が滴り落ちる。赤く染まった白刃のナイフが傍に落ちている。

周囲から悲鳴が響き渡った。

ヘジオラは前に向き直り、愕然《がくぜん》とする。嘘だろ、カルマを見失ったなんて！

そのとき、シムズに脚をつかまれ、強く引っ張られた。

「うわっ」

シムズが杖を、転んだヘジオラの顔に突きつけようとする。黒い石に血がついているのが見えた。同時に思い出したのは——杖が特別な力を発揮するのは、石で傷口に直接触れたときだけ、ということだ。

ヘジオラは反射的に杖の柄《え》をつかんで、顔から遠ざけた。

シムズと目が合った。痛みに耐えるように歯を食いしばっていた彼は、びくりと痙攣して、地に伏した。

血がどんどん地面に広がっていく。

シムズの傍らに中年男が駆け寄ってきた。男はシムズに声を掛け、身体を揺すって、呼吸を確かめてから、「もう虫の息だ」と呟く。

ヘジオラは視線を上げた。シムズを中心に、野次馬の輪ができていた。

その人垣を強引に掻き分けて、スキピオが現れる。

ヘジオラは慌てて逃げようとした。

「その餓鬼を逃がすな！　私の杖を盗みおったのだ！」とスキピオが叫んだ。

「背の高い男が一緒にいただろう。浅黒い肌の異邦人だ。そいつが私の助手を刺し――」

「あの人は犯人じゃない！」

とっさにヘジオラは叫び返した。

ざわついていた野次馬が、束の間、静まりかえった。

カルマが犯人でないと言い切れる理由はある。シムズを殺すつもりなら、さっき彼自身が言ったように、治療室でとどめを刺せば良かったはずだ。白昼、市場の人混みの中で刺し殺すなんて、ありえない。そんな派手な振る舞いをして注目されたら、周囲の人々に気づかれてしまう可能性が高い――彼には影がないということにも。

本当の理由は語れない。語ったところで、信じてもらえるとは思わない。

ヘジオラはシムズの手から杖を奪って、声を張り上げる。

「ごめんなさい、コルネリウス先生！　ぼく、シムズさんに、あなたの杖を盗むように頼まれたんです。『おれだって、どんな怪我でも跡形なく消せる杖があれば、名医になれる。大儲《おおもう》けできるぞ』って。だけど、盗んだ杖を渡したら、急にナイフを取り出して……よく考えたら、きっと、杖の能力を試したかっただけですよね？　でも、ぼく、びっくりしちゃって。揉み合うちに刺さっちゃったんです」

スキピオの目が驚きに見開かれる。「な、何という嘘を——」

「ぼくの話が信じられないなら、シムズさんに聞けばいい。早く彼を治療してあげて！」

野次馬の目がスキピオに向けられる。

「そういえば《傷の癒し手》の噂は聞いたことがある」

「どんな怪我でも跡形なく消せるんだとさ」

「胡散臭《うさんくさ》いな」

「その子の言う通りだ。早く助手を治療してやれよ」

無責任な野次に、スキピオが言い返す。

「馬鹿を言うな。どう見ても、これは手の施しようがない。この杖は死者には使えない」

「何だと。口先ばかりで治せないんだろう、嘘吐きめ」

「人のことを馬鹿呼ばわりしやがって」

「杖を盗まれたから、助手を見殺しにするのか」

一斉に非難が殺到した。さすがのスキピオも気圧《けお》されているようだ。

ヘジオラはスキピオの注意が逸れた隙に、杖を高々と掲げて叫んだ。

「ねえ、誰か、コルネリウス先生の代わりに、シムズさんを治療してあげてよ！」

杖を放り投げると、わっと歓声が上がった。

スキピオは怒号を上げた。予想通り、杖を奪い返しに行く。

ヘジオラは駆け出した。

仲間の元には戻れない。スキピオには鉄屑拾いの子どもたちのねぐらを知られている。ヘジオラを始末するつもりなら、いずれ捜しに来るだろう。

カルマの「役人を呼ぶ」という言葉を信じるなら、自警団の詰所に向かえば、彼と会えるはずだ。

でも、もし見つからなかったら？

ヘジオラは宿なしの子どもの党首だ。仲間を一番に考えてきたし、仲間からも頼られていた。鉄屑をいくら必死に集めても、今日を生きるのに精一杯で、明日の保証はなかった。貧民街の外に出れば、宿なしの子どもというだけで、人間未満の扱いを受けた。

それでも仲間のために、行く手を阻むもの全てに、立ち向かってきた。

本当は、誰かに助けてほしかった。守ってくれるなら、影なしの化物でも構わない。

しかも、カルマはヘジオラを一人前の人間として扱ってくれた。

お前の役目は終わった、と告げられるのが厭だった。だから、自ら協力を申し出た。彼との約束を果たすため、鉄屑拾いもせず、消えたヒューゴ捜しすら中断している。

自分勝手だと思う。

でも、初めからわかっていたのだ。きっと、用が済んだら捨てられる。そもそも宿なしの子どもなんて、取るに足りない存在だから。

カルマがいないことを確かめるのが怖くて、足取りは重くなる。どっと疲れが押し寄せてきた。ろくに寝ないで空腹のまま走り続けた、つけが回ってきたようだ。

うつむいて、とぼとぼと歩く。シムズにつかまれた脚には、血で赤く指の痕がくっきりと残っている。こんな姿で自警団の詰所に行ったら、役人に何と言われるか。

出し抜けに聞き覚えのある声がした。

「前を向いて歩かないと、また転ぶぞ」

「……カルマ！」

ヘジオラは目を瞠った。いつの間にか、カルマが隣を歩いていた。

「急拵《きゅうごしら》えにしては上出来の嘘だったがね。シムズは死んだ。スキピオの証言次第では、お前、この町にいられなくなるぜ」

「どうにもならなくなったら、出て行くよ。……それとも、カルマが、助けてくれる？」

カルマは少し驚いた顔をしてから、笑った。

もう大丈夫だ。安心した途端に気が抜けて、ふっと意識が遠くなる。

力の抜けた身体を抱きとめる、大きな手を感じて、ヘジオラは目を閉じた。

（6）人ならざる者の論理

遠くから、笑い声と楽しそうな音楽が聞こえてきた。

ヘジオラはゆっくりと目を開ける。見慣れた蜘蛛《くも》の巣のある天井ではなく、白くのっぺりとした天井が見えた。骨の髄《ずい》までしみるような、いつもの隙間風も吹いていない。

知らない部屋にいる。どうやら寝台に横になっているらしい。

少し頭がはっきりしてくると、ヘジオラは起き上がって、室内を見渡した。腰の高さくらいの低い棚と、木の椅子と寝台しかない、殺風景な狭い部屋だ。

窓際の隅に、誰かの旅の荷物がまとめてある。棚の上には、見覚えのある水筒があった。

喉が渇いていた。ヘジオラは水筒を手に取り、蓋を外して口をつける。

窓を開ける。まだ空の低いところに満月が浮かんでいた。もう夜だ。酒場の賑わいと、楽士の奏でる弦楽器の音色が聞こえる。飲み屋街の片隅にある、宿屋の二階のようだ。

カルマはどこにいるんだろう？　そう考えた途端に、記憶が呼び起こされる。

シムズの死にざまが目に浮かび、ヘジオラは身震いした。ズボンに血で捺《お》された手形は、既に茶色く変わり始めている。よく見ようと、水筒を棚に置き、ふと気づく。

ヘジオラは椅子に腰掛けた。血の手形に、自分の手を重ねてみる。

指の間隔は合わなかった。

ヘジオラはスキピオの病院に走った。

裏庭の戸は、錠前が外されていた。戸を開け、中に踏みこんでから、はっと番犬の存在を思い出す。しかし、吠える声はいっこうに聞こえてこない。

ヘジオラは犬小屋を見た。すぐ傍に何か茶色いものが転がっている。

そろりと近づく。

番犬の痩せた胸は、ゆっくりと上下していた。

「犬も経験から学べるんだな。俺を警戒して近寄ってこなかった」

ヘジオラは飛び上がるほど驚いた。

振り向くと、夜の闇に溶けるような黒ずくめの男が、ヘジオラを見下ろしている。

「しかも、刺すときに犬が暴れたせいで、針が折れた。ところで、お前は何故ここに?」

ヘジオラは、ごくりと唾を飲みこんでから、震え声で答える。

「わかったんだ。猫じゃない。患者の死体でもない。あれは――」

「ヘジオラ」

なだめるように名前を呼ばれ、ヘジオラは口を噤《つぐ》む。

カルマが低い声で囁《ささや》く。

「俺の邪魔をしないと誓えるな?」

警告か、あるいは命令に近い問いかけだった。

ヘジオラはうなずいた。

「ならば、来い」

カルマは裏口に向かうと、工具のようなものを取り出して、慣れた手つきで鍵をこじ開けた。

戸が開く。ヘジオラはひとつ深呼吸してから、中に足を踏み入れる。

廊下の灯《ひ》は点いていた。今夜も予約患者がいるのだろう。スキピオは、長年雇っていた助手が殺されたばかりだというのに、仕事を休まないようだ。ひょっとしたらわがままな金持ちが、休業を許さなかったのかもしれないが。

声を潜めて、ヘジオラは訊ねる。

「……ぼくが気を失っている間、何をしていたの？」

「まず、共同墓地で墓守に話を聞いた。それから、西側に接する隣町の、貧民街に行った」

「隣町の？」

「あちらでは、三年前までに、約六十人の宿なしが失踪していた」

「……六十人も」

「妻を攫われたある若い男が、役人に訴えた。初めは相手にされなかったが、彼は地道な聞きこみで、他にも宿なしが失踪していることを調べ上げた。その数が六十人を上回ると知らされ、役人も重い腰を上げざるをえなかった。ところが、捜査に踏み切った途端、失踪者はぱったり出なくなった。人攫いが危険を察知して、場所を変えたんだろう。それが――」

「スキピオが、この町の貧民街でジゼンジギョウを始めた時期と重なるんだね」

「ああ、そうだ」

カルマが治療室の前で足を止める。

室内から物音はするが、話し声は聞こえない。まだ患者は来ていないようだ。戸には鍵がかかっている。

「玄関のドアノッカーを鳴らしてこい」とカルマが小声で指図した。

ヘジオラは空っぽの待合室を通り抜けて、玄関に向かう。重い扉をそっと開けて、外に出る。昨夜までは、ドアノッカーの音がしたら、助手が患者を出迎えていたのかもしれない。だが今夜、スキピオは一人きりだ。

患者が来れば、スキピオは治療室から出てくる。

ヘジオラはドアノッカーを三回鳴らした。少し間を置いて、念のためにもう三回。

玄関の扉を開けて、中を覗く。

治療室の戸は開いている。

うまくいったのを確かめて、ヘジオラは治療室に向かった。

予約患者のため、暖炉には火が入り、燭台の明かりも灯されていた。

スキピオとカルマが施術台を挟んで向かい合っている。スキピオは杖を握りしめ、カルマを睨んでいた。「わ、私の助手を殺したな！」と裏返った声で叫ぶ。

カルマが肩をすくめる。

「俺は殺していない。その杖の能力を確かめるのには、大いに貢献してもらったが」

杖を指差して続ける。「それは、人を癒す杖ではない。人の傷痕や痛みを、先端の黒い石に直接触れさせることで、他人に転移させる能力のある杖だろう」

「そんなでたらめを……」

「証拠なら地下室にある」とカルマが言い切った。

「特別治療の支度と後始末は、死んだ助手の仕事だった。お前は役人の取り調べに時間を取られ、今日の午後は自由に身動きが取れなかったはずだ。病院の裏庭に昨夜と変わった様子はなかった。とすると――シムズの頭の傷を転移させた証拠は、まだ処分できず、地下室に放置されている可能性が高い」

カルマが踵《かかと》で床を蹴る。「違うか？」

スキピオが、ぐっと言葉に詰まる。

ヘジオラは治療室の戸を後ろ手に閉める。たったひとつの出入口は閉ざされた。

物音に気づいたスキピオが、こちらを見て驚いた顔をした。

ヘジオラは施術台の下に置きっぱなしの旅行鞄を見た。昼間忍びこんだときと比べて、向きが変わっている。

「あのとき、俺に殴られたシムズに特別治療を施してから、経緯を聞き出したお前は、俺を殺そうと焦《あせ》った。早く足止めしないと、役人に何をばらされるかわからないからな。だが、自ら危険を冒したくはない。お前は杖の能力に頼ることにした。そして、シムズに杖を託した」

「……つまり、貴様は計画を見抜いて、返り討ちにしたわけだな？」

「いや、原因と結果が逆だ。俺の命を狙うよう仕向け、凶器に杖を選ばせたのは、この俺だからな。シムズは自殺したのさ」

「自殺？」

「今日の夜明け前に、お前の患者だった金貸しの一人娘に会った。特別治療を受けたとき、彼女の代わりに小間使いの女が入院したという、妙な話を聞かせてもらったよ。しかも入院患者の顔には、転移させた傷を隠すための、白い布がかぶせてあったそうじゃないか。それと、午後には共同墓地で墓守に話を聞いたが、お前が人間の死体を入手した形跡はなかった。恐らく、その杖は生きている人間同士でないと傷を転移させられないのだろう？」

スキピオは答えない。だがカルマは構わず、語り続ける。

「お前は、シムズが土壇場《どたんば》で怖じ気《おけ》づかないよう、痛みを鈍らせるような薬物を投与して送り出した。シムズは市場の雑踏で俺を見つけると、即死には至らないが致命傷になるよう注意して、自分の腹にナイフを刺した。杖も、お前の指示通りに正しく使った。だが傷を転移させられず、慌てて標的をヘジオラに変えたが失敗し、死亡した」

「傷を転移させられなかっただと？　そんなことあるわけが……」

「前提条件が満たされていなかった。何故なら、俺は人間ではないから」

スキピオが、ぽかんと口を開けた。

ヘジオラはカルマの足下を指差す。

「ほら、よく見なよ。影がないだろ」

短い沈黙の後、スキピオが悲鳴を上げた。後ずさって足を滑らせ、転んで尻餅《しりもち》をつく。杖が手から落ちた。

スキピオのみっともなく動揺するさまを見て、ヘジオラは呆れ返る。

「そんなに怖がることないのに」

「いや、あれが普通の反応だ。お前ほど動じない奴も珍しい」

「そうなの？　殺気立った《札付き》のほうが、影なしのあんたよりも怖かったけどな」

「……珍しいが、悪いとは言っていない」

カルマが苦笑を浮かべ、足下まで転がってきた杖を拾い上げる。

「ヘジオラ、鞄を確かめろ」

ヘジオラは施術台に駆け寄り、旅行鞄に手を掛ける。

案の定、ずっしりと重い。力を籠めて、ずるずると引きずり出す。

昼にヘジオラが見たとき、この鞄は空っぽだった。そして、蓋の裏側には人間の爪痕が刻まれていた。ヘジオラは動揺して、死んだはずの患者が中で息を吹き返したときに、などという途方もない説を語ってしまい、カルマに否定された。

だが、ヘジオラのズボンの足首についた、シムズの血の手形――大人の男の手と自分の手を比べて、気づいたのだ。ヘジオラの手の大きさにぴったりの爪痕ということは、あの鞄の中にいたのは、子どもだということに。

「……ヒューゴ！」

蓋を開けると、知っている顔がそこにあった。

ヘジオラは、ぐったりと横たわる仲間を抱き起こした。

ヒューゴは猿ぐつわを嚙まされ、手足を縛られているが、息をしている。服の上から見える範囲では無傷のようだった。

「杖を使うには身代わりが必要だ。スキピオ、お前が付添人の立ち会いを許さず、患者に目隠しをしたのは、町で攫ってきた子どもに直接、傷を転移させる瞬間を見られたくなかったからだろう？　ああ、返事はしなくていい」

スキピオが口を開きかけたのを遮《さえぎ》って、カルマは続ける。

「お前が身代わりに選んだのは路上生活者だった。初めのうちは、助手のシムズに隣町の貧民街で、人攫いをさせていた。ところが三年前、攫った女の夫が騒いだせいで、役人が動き、場所を変えざるをえなくなった。隣町での反省を活かし、身代わりの狙い方も変えた。この町では、慈善事業にかこつけて貧乏人の素性を詳しく聞き、失踪しても騒がれないような子どもを選んで攫うようになった。子盗りの誕生だ」

ヘジオラは、カルマが「何故、人攫いではなく子盗りと言ったのか」という点に拘《こだわ》ったことを思い出す。ひょっとしたら、子盗りという呼び名をうっかり口にしたのは、スキピオかシムズだったのかもしれない。彼らは子どもしか攫われないと知っていたのだから。

「攫った子どもは地下室に監禁した。薬漬けにして、傷だらけになって命を落とすまで、何度も転移させていたのだろう。転移させた傷の深さによっては、即死する子どももいたはずだ」

金貸しの娘は予約をしなかったため、スキピオは傷を転移させる子どもを準備することができなかった。そこで身代わりとなった小間使いの女は、薬物を投与された。転移された傷の痛みで悲鳴を上げたり、鏡で自分の顔を見たりするのを防ぐためだろう。彼女が翌日退院できたのは、再転移させる子どもを、シムズが攫ってきたからに違いない。

「子どもの遺体は、裏庭の物置にある鉈でばらし、焼却炉で燃やして、灰を穴に埋めた」

カルマが懐から、小さな白い石のようなものを取り出す。

「昨夜、焼却炉の灰の中から拾った。見たところ、踵の骨らしいな」

ヘジオラも、カルマがそれを灰の中から拾うところは見ていた。でも、まさか人の骨だったなんて。

「俺たちが初めて病院を訪れた夜、裏庭から現れたシムズの手や靴は泥で汚れていた。俺は不審に思って、『この家の庭師か？』と訊ねた。シムズはあのとき、裏庭で穴を掘っていたのだろう」

ヘジオラは、やっとヒューゴの猿ぐつわを外し、手足を縛る紐をほどいた。

ヒューゴは寝息を立てている。揺すぶっても反応がない。薬で眠らされているようだ。

「……ヒューゴの他に、生きている子どもはいるの？」

「いない」とスキピオが吐き捨てた。

「貴様も見たろう、シムズの頭の傷の深さを。あんな怪我を頭に転移されて、生きていられる子どもがいると思うかね？」

ヘジオラは蒼ざめた。

自分のせいで死んだ宿なしの子どもがいる――あのとき、ヘジオラが物音を立てなければ、カルマはシムズを殴り倒さなくて済んだ。つまり、その子どもは殺されなかったはずだ。

ヘジオラの動揺を横目に、骨を施術台に置いて、カルマが続ける。

「シムズに託したのだから、この杖はお前にしか使えない道具ではない。また、市場でシムズは呪文を唱えていなかった。よって、ヘジオラの治療のときに唱えた呪文は無意味だとわかる。そもそも、本当に呪文なら、患者に目隠しだけでなく、耳栓もさせるはずだ」

カルマがヘジオラに、杖を差し出す。

「持っていろ」

ヘジオラはヒューゴをそっと横たえ、杖を受け取る。

その瞬間、スキピオが走り出した。外へ逃げようとしたのだろうが、カルマに阻まれ、捻《ね》じ伏せられた。

もがくスキピオを押さえながら、カルマがヘジオラに訊ねる。

「昨夜、治してもらわなかった怪我があるな？」

「うん」

「スキピオはシムズの後頭部の打撲痕を、身代わりの頭に転移させたと言った」

カルマは黒いナイフを鞘から抜き、スキピオの首筋に突きつける。

「大人から子どもへ、体格が違っても転移は可能なわけだ。だが、頭の怪我は頭に、脚の骨折は脚に、と身代わりには同じ部位にしか転移させられない、と考えられる。もし選べるのなら、何度も使い回すために、身代わりにとって致命的な部位は選ばないはずだからな。……それでヘジオラ、お前の治っていない怪我はどこにある？」

ヘジオラはズボンをまくって、右膝の青痣を見せた。銅貨ぐらいの、小さな痣だ。

「それをスキピオに転移させろ。膝から膝へ、俺が言った通りに」

ヘジオラはうなずき、杖の先端の石を青痣に当てる。

黒い石が、ぼうっと青紫色の光を放つ。

ヘジオラはスキピオのズボンをまくって、石を右膝に当てる。
一、二、三、と数えていくうちにも、ヘジオラの青痣が薄れていく。
見ると、スキピオの右膝にそっくりそのまま、青痣が転移していた。

「仮説が証明されたな、スキピオ」

「た、助けてくれ。金ならあるぞ」

「殺すつもりはないから安心しろ。お前の身柄を引き渡すと喜ぶ連中がいる。そいつらに恩を売ってやろうかと思ってね」

「何の話だ」

「――九年前、ある若い男が、お前の病院で死んだ」

ぎょっとしたようにスキピオが目を剝いた。

「彼の父親は窃盗団の首領でね。『息子の仇《かたき》を必ず見つけ出せ。生死は問わない』と、手下にお前を捜させている。まあ、俺はどうでもいいんだが、生かしたまま引き渡したほうが、喜ばれそうだから」

「……その話はどこで、誰から聞いたのかね？」

「お前の故郷の町で、首領の手下から」

「町の住人も知っているのか？」

「いや、知らない。息子の死体は手下が回収した。彼らはお前の失踪先を突き止めるために病院を荒らし、その痕跡を消すために火を放った。だから、役人が来る前に、お前の罪の痕跡も消えている」

「では、私は故郷の町で、謎の失踪を遂げたと信じられているのか。患者を死なせたという不名誉もなく、万能の名医として……？」

スキピオは呆然と呟いた。

「ああ。それで、ものは相談なんだが。悪党どもになぶり殺しにされるのは厭か？」

「と、当然だ」

はっと我に返ったように、スキピオが声を上げた。

「そうか。ならば正直に答えろ。あの杖をどこで手に入れた？」

沈黙が下りる。

「……どういう意味だ？」

怪訝そうにスキピオが問い返す。

カルマがこれ見よがしにため息を吐く。スキピオを押さえつける手に力を籠めた。

「選ばせてやる。患者の話を聞く耳と、治療を施す指と、どちらを残したい？」

「ま、待て！　やめてくれ！」

スキピオはうわずった声で叫んだ。

「ワジだ。八年前にあの女と契約して手に入れたんだ。貴様も知らないとは言わせないぞ。持っているじゃないか、その――ワジが創ったナイフを！」

＊

「契約違反だよ、スキピオ。他言無用と言ったのに。約束通り、その杖は返してもらおう」

ワジはそう告げると、姿を現した。

＊

ヘジオラは息を呑んだ。

どこからともなく、女の声が聞こえた。すると同時に、ヘジオラの手の杖が一瞬で黒い塵《ちり》と化したのだ。

いつの間にか、施術台の上に女が立っていた。

うねる黒髪を腰まで伸ばし、真っ赤な唇で笑っている。年齢は二十歳ぐらいか。飾り気のない白いドレスをまとい、裸足《はだし》だった。一度も地面を踏んだことなどないような、真っ白い足をしていた。美人だが、全体的に造りものめいている。

カルマが、スキピオから離れ、女を睨んで身構える。

ヘジオラはとっさに、眠るヒューゴを後ろに庇った。

ナイフから解放されたスキピオが、ワジ、と震え声で呟いた。

ワジはスキピオに目もくれず、カルマに話しかける。

「やあ、印刷工カルマの影じゃないか。相変わらず、凜々《りり》しい男前だねえ。あんた、今年でいくつになる？」

ヘジオラは驚いた。女――ワジはカルマの正体を知っている。「知り合いなの？」

「いや」

カルマはワジのほうへ数歩、近づく。

「このナイフを創ったのは、お前か？」

「スキピオの杖を創ったのはあたしだけど、あんたの場合は、ちょっと事情が込み入っているんだ」とワジが肩をすくめる。

「スキピオは、お前と契約したと言ったが」

「ああ、そうだよ。あたしは代価と引き換えに、この世の理に背く願いを叶える者なのさ」

「お前は、どんな願いでも叶えられるのか？」

「あんたの願いはわかるよ、カルマ。人間になりたいんだろ？」

「……できるのか？」

「できるけど、しないねえ。あんたが影じゃなくなったら、ちっとも面白くないもの」

「面白くない……それだけの理由で？」

ヘジオラには、カルマの死角で、ゆっくりと立ち上がるスキピオが見えていた。カルマも気づいているのかもしれないが、ワジとの問答を中断する素振《そぶ》りはない。

スキピオが、戸口に走った。

カルマが振り向いて、スキピオの襟《えり》をつかんで脚を払い、床に叩きつけた。腹の上に乗って動きを封じ、喉元にナイフを突きつける。「助けてくれ」という訴えを無視し、空いた手で腰に提げた革製の筒を探ろうとして、「ああ、そうだ。犬」と忌々《いまいま》しげに呟く。

「い、犬？」

「さっき、お前の犬に針を折られたんだ。しくじったな、生かしたまま引き渡してやろうかと思っていたんだが……まあ、仕方ない。前言撤回だ。悪いが、死んでくれ」

そう言って、カルマはナイフをスキピオの胸に突き立てた。

スキピオが絶叫する。ヘジオラは目を背けて、耳を塞《ふさ》いだ。

やがて静かになった。恐る恐る目を開くと、カルマがナイフを抜き、血をスキピオの服で拭ってから、立ち上がったところだった。

「そのナイフの元の所有者は、あたしの契約者でね」

ワジが黒いナイフを指差す。

「あの子の願いは珍しかった。何せ、あたしと同じように、この世の理に背く願いを叶える力が欲しいなんて言うものだから。美しい肌と引き換えに契約してやったのさ」

カルマが問う。

「つまり、俺を主《あるじ》から切り離した、あの闇商人が——お前から得た力を使って、このナイフを創ったということか？」

「……ふむ。どうやら、あんたの質問全てに答えるには、いっそ何もかも見せちまったほうが手っ取り早いようだねえ。あの子が影を切れるナイフを創るまでの、記憶を」

ワジが半ば独り言のように呟き、ヘジオラに目配せする。

「悪いね、坊や。しばらく借りるよ」

何を、と訊ねる暇もなかった。

ワジは施術台からひらりと降りる。そして、カルマの手を握ると——ばちん、と爆《は》ぜるような音を立てて、カルマもろとも姿を消した。

人ならざる者たちは消えた。取り残されたのは呆気にとられたヘジオラと、眠り続けるヒューゴと、スキピオの死体だ。

しばらくして、ゆっくりとヘジオラは地下室の隠し戸に目を向ける。

戸の鍵は外れていた。ヘジオラは燭台を持って、暗い階段を下りた。

小さな部屋に行き着いた。部屋の片隅に布でくるまれた何かがあった。近づくと、鼻をつく臭いがした。

そっと布をめくってみる。

——誰か消えたの？

——あの、声の小さい水売りの女の子。こないだ、よその町から来たばかりでさ。いつも独りぼっちだった。

幼い少女の身体は、石のように冷たかった。後頭部には無残な傷がある。

虚ろに開いたままの目を閉じてあげた。

涙がこぼれそうになるのを、手の甲でぐいと拭った。鼻をすすり、上を向く。

ヘジオラは階段を上りきると、眠るヒューゴを背負って、病院の裏口から外に出た。

（7）川の対岸にて

翌日、ヘジオラは鉄屑拾いの子どもたちを集めて、「党首を辞任したい」と切り出した。

「無断で丸一日仕事をすっぽかすような、自分勝手で無責任な奴は、党首にふさわしくないと思うから」

仲間たちは慌てふためいた。

「だって、ヒューゴを捜すためだったんでしょう？」

「たった一回のずる休みで党首を辞めさせてたら、きりがないぜ」

「ぼくたち、ヘジオラを頼りにしているんだから」

「他に誰が党首をやるのさ？」

不安を口にする仲間たちをなだめて、ヘジオラは告げた。

「ぼくに考えがある」

党首として最後の仕事は、他の鉄屑拾いの子どもたちの党に会いに行き、「党ごと仲間に入れてもらえないか」と頼むことだった。

この町にある他の二つの党は、ヘジオラの党よりも平均年齢が高い。身体が大きく、大人と対等に張り合えるような青年も、その二つには何人かいる。

最初に交渉した党には、「餓鬼の面倒なんか見られるかよ」とすげなく断られた。

もう一方との交渉は、すんなりと成功した。

「まあ、いいぜ。大所帯になるが、縄張りが広くなるのは悪いことじゃねえしな。おれも昔、弟たちと一緒に飢え死にしかけたところを、先代の党首に拾ってもらったんだ」

「ありがとうございます」

ヘジオラはほっとして、深く頭を下げた。

「おまえ、年齢は?」

「十三歳です」

「まだ餓鬼じゃねえか。今までよく頑張ったなあ」

驚くヘジオラの頭をくしゃくしゃ撫でながら、新しい党首となる青年が笑った。

コルネリウスの死はすぐ町じゅうに知れ渡った。

彼の助手も同じ日に市場で不可解な死を遂げていたと知られると、強盗ではなく恨みを持つ者の犯行ではという説が強くなった。もちろん、犯人はいっこうに捕まらなかった。町の人々は想像を逞《たくま》しくして、「治療の失敗で後遺症が残った患者」「高い治療費を払えなくて門前払いされた貧乏人」といった犯人像を思い描き、尾鰭《おひれ》のついた噂を語り合っていた。

だが、地下室に残された少女の遺体については、一切語られなかった。

ヘジオラは彼女を弔《とむら》ってあげたかった。だがあの夜、ヒューゴを仲間に預けてから病院に戻ると、既に人が集まり始めていたので、断念せざるをえなかった。後で聞いた話によると、裏庭の番犬が妙に激しく吠えていたため、苦情を言いに行った近所の住人が、コルネリウスの遺体を見つけたのだという。痺れ薬も二度目だと、効きにくかったのかもしれない。

また、語られなかったのは、それだけではない。

子どもの爪痕が残る旅行鞄。

カルマが施術台に置いた、焼け残った踵の骨。

裏庭の焼却炉の中身。物置の鉈。穴に埋められた灰。

子盗りの正体を示す手掛かりは、何ひとつ話題に上らなかった。

理由はわかる。

《傷の癒し手》の特別治療は、高額の治療費を払える金持ち同士の完全紹介制だった。

町一番の名医コルネリウスが、宿なしの子どもを攫って殺していた——などという不祥事を嫌う人々の中には、役人の口を噤ませるほどの権力者もいたのだろう。

やがて二か月が経ち、新しい党での生活にも慣れてきた、ある日のこと。

一日の仕事を終え、ねぐらに帰ろうとしたヘジオラは、貧民街のすぐ近くに、場違いなほど立派な馬車が停まっているのに気づく。

「ヘジオラを捜しているって言うんだけど」

ヒューゴが耳打ちする。

召使らしい初老の男に名を告げると、手際良く取り次いでくれた。

豪華な馬車には身なりの良い老夫婦が座っている。

「養子を迎えたいと思っていたのだが、孤児院では、なかなか気の合う子と出会えなくてね」

と老紳士がぼやく。

老婦人は微笑《ほほえ》みながら、おっとりした様子で語る。

「そうしたら、ここに素直で賢い、素敵な子がいる、と教えてもらったものですから。ぜひ、一度会ってみたいと思ったの」

「教えてもらった……誰にですか？」

「それは言えない約束なのよ」と老婦人がすまなそうに眉を下げ、小声で付け足す。「でもね、察しの良いあなたなら、わかるはずだと言っていたわ」

ヘジオラは目を瞠った。

――成功したあかつきには、それなりの報酬をやるさ。

どうして自分の願いがわかったんだろう。口に出したことなんてなかったのに。

「まず、お洋服を仕立ててあげないといけないわね」と老婦人が続ける。

「読み書きを覚えてもらわなくちゃ。それから礼儀作法も。たくさんお勉強してもらう必要があるの。……でも、あなたにはきっと、できるわね？」

背中に感じる視線には、旅立つ友人への祝福だけでなく、嫉妬《しっと》や羨望《せんぼう》が交じっているのもわかっている。それでも、もし願いが叶うのなら。

「はい。何でもやります」

ヘジオラは老夫婦に微笑み返した。

ふたたび、初めての恋

登場人物

アネシカ……………………宿屋の娘
フェイ………………………北の果ての国から来た若者、ペッテルの助手
ユーシオン…………………詩人
ワジ…………………………この世の理《ことわり》に背く願いを叶える者
ペッテル（賢者様）………植物学者
サラ、ニール………………宿屋の客たち
パメラ………………………貴婦人
ダルジュロ…………………アーケン家第十七代当主
オルフリック………………ダルジュロの従者
サイロ………………………アーケン家第十六代当主。故人
ジグ…………………………版元の勤め人

(1) 墓場の密約

満月の夜、墓地を彷徨《さまよ》うように、ふらりふらりと揺れる灯《ひ》があった。

カンテラの持ち主は、ある墓石の前で立ち止まった。疲れきった顔が明かりに照らされる。

二十歳前後の青年だ。身繕いを忘れたかのように、髪も服も乱れている。

ひび割れた唇が開き、彼女を連れて行かないでくれ、と涙声が漏れた。

「もう少し、待ってくれてもいいだろう？　いずれ、夫であるあなたと共に眠るのだから」

青年は墓に向かい、ひざまずいた。震える手で鞄《かばん》から手紙を取り出す。

「彼女からの恋文にも、こう書かれている。『もし、二度目の人生があるのなら、あなたと共に生きたかった』。……今、パメラはおれと共に、生きたいと望んでいるんだ！」

「あんたに手を貸してやろうか？」

突然、頭上から降ってきた声に、青年が目を瞠《みは》る。

墓石の上に、銅《あかがね》色の髪に黒いドレスをまとった美しい少女が座っていた。

「あたしはワジ。この世の理《ことわり》に背く願いを叶える者さ」

「パメラの命を救ってくれるのか？」

ワジはうなずき、代価を考える。

――この男が、愛するパメラの次に大事にしているものは？

青年の心を覗《のぞ》きこむ。見えたのは、彼が紐《ひも》でくくった紙の束を書店で売っている光景だ。文面を見ると、詩集らしい。大勢の客が買い、朗読し、感想を楽しそうに話し合っている。

――詩才か。まあ、いいだろう。

ワジは新たな契約者を前に、笑った。

（2）異国の佳人たち

エルゴラントの港町には、博識で風変わりと名高い、老植物学者ペッテルが住んでいる。若い頃は珍しい草花を探すため、世界じゅうを飛び回っていたらしい。齢《よわい》七十歳を超えてからは、実地調査や植物採集を助手に任せているが、探究心は今もなお衰《おとろ》えを知らず、毎日草花の研究に没頭している。

町民は尊敬を籠《こ》め、彼を賢者様と呼ぶ。

賢者様には、どんな難題も解決できる知恵がある。薬草にも詳しいので、医者に高額な治療費を払えないような貧民を診《み》ることもある。

金に困った様子はない。何故《なぜ》、悠々自適な生活を送っていられるのかと訊ねられると、微笑《ほほえ》んで答える。

「若い頃、ある国で、難病に罹《かか》った王女様を薬草で治療して差し上げたんです。その褒美《ほうび》に、一生裕福に暮らせるほどの宝を賜《たまわ》ったからなんですよ」

面白い冗談だと笑う町民も多いが、宿屋の娘のアネシカは、本当だと信じている。異国の王家の紋章入りの便りが、定期的に届いているからだ。

そんな話を思い出しながら、アネシカは今朝も重い手提《てさ》げ籠《かご》を持って、賢者様の家の門を開けた。生垣で囲われた庭には、大小様々な植木鉢が所狭しと置かれている。

波打つ栗色の髪を手櫛《てぐし》で直してから、ドアノッカーを叩いた。

「今、開けますね」という賢者様の返事が聞こえ、戸が開く。

「おはようございます、賢者様」

室内は植物の標本と、大量の本で埋め尽くされている。まるで住居というより本棚だ、と町長が感嘆したのをきっかけに、この家は町民から《賢者様の本棚》と呼ばれるようになった。

アネシカは、頼まれて買い集めた食料品を、台所の食料棚にしまう。

「賢者様、フェイはまだ帰らないんですか？」

「明日か、明後日《あさって》には帰ってくる予定ですよ」

そうですか、とアネシカはつい落胆した声を出してしまい、慌てて弁解する。

「さっき市場で、南の島からの貨物船が、風向きが良くて早く着いたと聞いたんです。先月、フェイが調査に向かった島の船だったので」

九年前から、ここには一人の青年が、賢者様の助手として居候《いそうろう》している。

彼の名はフェイ・クロア。北の果ての雪深い、山に囲まれた国から来たそうだ。二十六歳だが、十代と見間違われることもある。綿花のように白い肌と、癖のない金髪、夏空よりも青い瞳。黒や茶色の髪に、陽に灼《や》けた褐色《かっしょく》の肌をした男が多いこの町では、ひときわ目立っている。

賢者様が台所に来て、戸棚を開ける。

「そういえば、朝の手伝いに君が来てくれるようになって、何年経ちますかね」

「七歳からなので、九年目です」

「お転婆《てんば》娘が、もう十六歳ですか。私も年を取るわけだ」

賢者様が笑い、ラベルが貼られている缶を戸棚から出す。自家製の香草茶だ。

「よろしければ、お茶一杯分のお時間をいただけませんか?」


アネシカは九年前から、恩返しのため、手伝いに来ている。

当時、町外れに空家《あきや》があった。いつ壊れてもおかしくないあばら家で、立入禁止の看板が立てられ、戸や窓も封鎖されていた。だが、七歳のお転婆娘は、崩れかけの壁に開いていた小さな穴から潜りこんでいた。

ある日、アネシカはそこで遊び疲れて眠ってしまった。

その夜は騒ぎになった。両親を始め、大勢の町民が、夕食の時間を過ぎても帰らない少女を捜し回った。

眠っていたアネシカを見つけたのは、助手になったばかりのフェイだった。賢者様に「子どもにしか入れないような狭いところや、立入禁止の場所なども捜したほうがいい」と助言されて捜しに来たのだという。

アネシカは促されるまま、寝惚《ねぼ》け頭で立ち上がった。しかし、歩こうとした瞬間、床に飛び出していた釘に蹴つまずき、衣装箪笥《だんす》にぶつかった。その衝撃で、腐っていた床板が割れ、衣装箪笥が倒れてきて――。

フェイはアネシカを庇《かば》って、左腕の骨を折ってしまった。

翌日、「しばらくフェイさんは利《き》き手が使えなくて不便でしょうから、代わりに賢者様のお手伝いをして差し上げなさい」と説いた母に連れられ、アネシカは泣きながら、見舞の青果を持って《賢者様の本棚》を訪ねた。

フェイは、謝るアネシカに向けて、青い瞳を細めて優雅に微笑みかけてくれた。

「君が無事で良かった」

そのとき、アネシカは生まれて初めて、男の人をきれいだと思った。

フェイの傷は数か月で癒えたが、アネシカは今でも《賢者様の本棚》へ、頼まれた買い物を朝に届けている。もういいですよ、と断られる日が来ないよう、願いながら。

ささやかなお茶会を終え、アネシカは外に出た。

すると、門の前に栗毛色の馬に乗った女がいた。

来客だろうか。そう思って呼びかけようとしたとき、「あの角を曲がって」とフェイのやや高めの澄んだ声が聞こえてきた。馬の横に、見慣れた彼の後ろ姿が見えた。

女は二十歳くらいで、金髪に白い肌の持ち主だ。憂《うれ》いを帯びた青い瞳が、儚《はかな》げな美貌を際立たせていた。地味な色の質素な服を着て、つばの広い帽子を胸に抱えている。馬には荷物を積んでいない。

女がフェイにお辞儀をしてから、帽子をかぶろうとする。

「つかぬことを伺《うかが》いますが、どこかでお会いしたことはないかしら?」

「いいえ。一度でもお会いしていたら、貴女《あなた》のように美しい人を忘れるはずがありません」

女は頬を赤らめ、「まあ、お上手ね」と笑みを返した。そして、慣れた手つきで馬の手綱《たづな》を引き、去って行く。

アネシカは門を出た。九年の経験から、フェイが微笑んで気障《きざ》な言葉を口にするときには、たいてい裏がある。

「あの女の人が気になるなら、引き止めれば良かったのに」

「やはり、アネシカも変だと思いますか」

女が去ったほうに目を向けたまま、フェイは首を傾げた。

「貴族のご令嬢が町娘のような恰好で、従者も連れず、ろくに荷物も持たずに、迷子になっていた。しかも、彼女はこの国に来たばかりだという。おかしいですよね」

「どうして貴族だとわかるの?」

「労働とは縁遠い、まめひとつない指。お辞儀の角度、上流階級特有の言葉遣い。それに、貴族の女性なら、殿方の狩猟に同行するので、馬に乗る習慣があります」

アネシカには、正しいかどうかよくわからない。貴族の知り合いなんていないからだ。ただ、フェイが妙に貴族に詳しいのは気になる。

「本当に会った覚えがないの？」

「ないですよ」

「フェイに似てる人と間違えられたのかな」

「母に生き写しだとよく言われましたが、十五年前に亡くなりましたので」

「……お母さま、亡くなっているんだね」

フェイは過去について一切語らない。姓ですら、たった一度だけ口を滑らせたのを聞いて、ようやく知ったほどだ。家族の話も初耳だった。

「しまった。せっかく君が出迎えてくれたのに、挨拶《あいさつ》すらしていないなんて」

フェイはアネシカに微笑みかけた。

「ただいま戻りました、アネシカ。ちょっと見ないうちに大人っぽくなりましたね。髪型を変えたからかな」

気づいてくれたのは嬉しいが、話を逸らそうとしているのは明らかだ。

ごまかされまいと言い返そうとすると、「それから、香水も」とフェイが、アネシカの耳元に顔を寄せた。

頬が熱くなり、言葉が喉元で止まった。

「すみれの花のようないい香りです。可憐《かれん》な君によく似合っている。南の島の土産《みやげ》話、聞きたいですよね？」

「……うん。聞きたい」

「では、お時間があるときにぜひ、来てください」

誘いの言葉を告げると、フェイはするりとアネシカの傍《そば》を通り過ぎ、《賢者様の本棚》に入ってしまった。

フェイとの再会の余韻に浸る暇もなく、小さな宿屋の朝は慌ただしく過ぎていった。

アネシカは夕方、帳場に立った。すぐに外で呼ぶ声がした。

「すみません、空《あ》き部屋はありますか」

お待ちください、と表に出たアネシカは、ぽかんと口を開けてしまった。

二人連れの客で、一人は若い女だ。深くかぶった帽子の下から見えた顔は、フェイに道を訊ねていた女に間違いなかった。もう一人は旅装束をまとった茶色の髪の青年で、黒い馬に積んだ荷物を下ろしているところだった。

二頭の馬を小屋に入れた後、帳場で宿帳に記名するよう促した。

女は朝と打って変わり、暗く沈んだ表情をしていた。目元が泣き腫《は》らしたように赤い。紅《べに》を差したような唇と、ほとんど同じ色だ。

青年も二十歳くらいか。茶色の髪に、陽に灼けた褐色の肌のエルゴラント人の若者だ。宿帳に書いたのは、ニールとサラというこの国ではありふれた名前だった。

「何日のご滞在ですか?」

「一晩だけ。夕食はいりません。明日の朝食後に出ます。個室はありますか?」

「個室なら二階の角部屋はいかがでしょうか。少々狭い造りで、食堂やわたしたち従業員の部屋からは遠いのですが、その分お手頃です。鍵もちゃんと内側からかかりますので」

アネシカは一泊分の料金を受け取り、二人を部屋に案内した。

それ以降、彼らは夜になっても姿を見せなかった。

アネシカは仕事を終えた後、ちょっと様子を見に行くことにした。客室を訪ねる口実代わりに、替えの水差しを持って、二階の角部屋に向かう。

すると、ニールという青年の切羽詰《せっぱつ》まった声が聞こえてきた。

「それはできない。おれのせいで、彼の母が消えたのは事実だ。事情を知られたら、あなたとは一緒にいられなくなる。……あなたのいない人生なんて、まっぴらだ」

女の声はよく聞き取れない。

アネシカは一瞬迷ったが、客の事情に踏みこむことはできないと考え、足音を立てないように引き返した。水差しを片付け、自室に戻る。

あの二人の、部屋に案内するまでの様子を思い出す。女はずっとうつむいたままだった。先を歩く青年が、心配そうに何度も振り返っていた。

ひょっとして、駆け落ちした恋人たちだろうか？　宿帳のありふれた名前が、もし偽名だとしたら。二人はどこかで落ち合う約束をしたが、貴族のご令嬢は独りで町に出たことがなかったから、道に迷ってしまったのでは？

いや、違う。女はフェイに「この国に来たばかりだ」と語っていた。

さっきの会話もどういう意味だろう。彼の母が消えた？

彼らの部屋は遠く、会話の続きは聞こえない。ベッドに入るまで色々考えたが、答えは出ないまま、目を閉じた。

（3）嘘吐《つ》きと正直者

翌朝、アネシカはいつものように市場に行き、《賢者様の本棚》に買い物を届けた。だが、昨夜の青年の不穏な言葉が気になって、そわそわと落ち着かなかった。

案の定、あの二人は朝食に現れなかった。

客を起こしに行くのはアネシカの役割だ。

二人に何と声を掛けようか迷っていたら、フェイが、アネシカが忘れていったハンカチを届けに来てくれた。思い切って事情を話すと、彼の顔色が変わった。

「二階の角部屋ですね」

フェイと共に二階に向かった。

アネシカは戸を叩いた。呼びかけても、返事がない。胸騒ぎを覚えながら、鍵束をつかみ、急いで開ける。

内開きの戸は、何かにぶつかったが、強く押すと動いた。

目に入ったのは、引っくり返った椅子と、寝台に横たわる女だった。

フェイが寝台に駆け寄る。アネシカも後に続き、息を呑んだ。女の金髪が血に染まっていた。

「脈はあるようです。そちらの彼は？」

「彼？」

フェイは寝台から離れると、戸の近くで倒れている茶色の髪の少年を抱き起こした。

さっき、戸にぶつかったのは、あの少年だったのか。ぶかぶかの服を着ていて、顔色は青いが、唇は仄《ほの》かに赤い。女の連れである、青年はどこにもいなかった。

「この子は無事、怪我《けが》もなさそうです。アネシカ、ペッテル先生を呼んできてください」

「お医者様じゃなくていいの？」

返事はない。フェイはテーブルを見ていた。

空《から》っぽの水差しが横倒しになっており、硝子《ガラス》のコップが二つとも割れていた。その傍《そば》に、見覚えのない、蓋《ふた》つきの黒い小壜《こびん》が倒れていた。細く寸胴で、黒く半透明だが、色硝子で作られているのだろうか。陽の光に透け、わずかに液体が入っているのが見えた。

フェイが小壜を手に取り、顔をしかめる。

「ええ。先生にお伝えください。ワジが――」

ためらうような間があったが、苦々しく続けた。

「……ワジがまた現れました。ご迷惑をお掛けします、と」

フェイの言葉を伝えると、賢者様は眉間《みけん》に皺《しわ》を寄せた。無言のまま、薬箱を持ち、アネシカと共にすぐに家を出た。

アネシカは道中、気になっていたことを質問した。

「賢者様、ワジとは一体何者なんですか？」

「ワジは有形無形の代価と引き換えに、この世の理に背く願いを叶える、人ならざる者です」

「フェイは好ましく思っていないようでした」

「はい。ワジは善意から願いを叶える者ではありませんからね。誰かの人生が狂うさまを眺めて楽しむ、性悪女でして」

フェイはかつて、旅先でエミリアという歌手を救ったそうだ。彼女はワジとの契約により得た力と失った代価に苦しんでいたが、フェイがワジを出し抜き、解約に成功したという。しかし、ワジは腹を立てるどころか、フェイの聡明さを気に入ったらしい。それ以来、フェイを困らせるために行く先々で契約者を生み出しては、騒ぎを起こし続けている。

「フェイはどうして、ワジの仕業《しわざ》だとわかったのでしょうか」

「ワジの創造物があったのでは。黒曜石《こくようせき》のような結晶か、あるいは、その材質の道具を見せんでしたか」

「黒い小壜がありました」

宿屋に着いて、部屋に戻ると、様子がさっきとは違っていた。

荷物がきれいに片付けられていた。黒い小壜も見当たらない。フェイが鞄の蓋を閉めているところだった。

少年が目覚め、椅子に座って本を読んでいる。服は着替えておらず、余った袖《そで》や裾《すそ》を折り返していた。女のほうは寝台に横たわったままだ。

ふとアネシカと少年の目が合った。

「お姉さんたち、誰?」

「お医者様と、この宿の人ですよ、ユーシオン」

ユーシオンと呼ばれた少年は「ふうん」と気のない返事をし、本に目を落とす。見た限りは元気そうだ。

賢者様が女の診察を始めた。女には後頭部を強打した痕がある。出血は布を当てられて止まっている。血が多かったのは、皮膚《ひふ》が薄い場所だったからで、見立てでは傷自体は大したことがないという。

問題は、ずっと意識が戻らないことだ。

「残念ながら、脳を調べる方法はないので、彼女が目を覚ますかはわかりません。安静にして、様子を見る他ない。ところで、彼女はどうやって傷を負ったのですか?」

フェイが戸棚の角を指した。うっすらと赤く染まっている。

「ここに頭をぶつけたのでしょう。事故か、口論の最中に弾みで突き飛ばされたのか」

別の部屋だったら、従業員の部屋まで何か聞こえてきたかもしれないが、二階の角部屋だったのが災いしたようだ。

アネシカはフェイに目配せされた。彼がちらっとユーシオンを見る。

ぴんときた。

「ユーシオン、お腹が空《す》いたんじゃない？」

少年は顔を上げ、うなずいた。「じゃあ、行こう」と手を取って連れ出す。

アネシカは食堂にいた父と母に経緯を説明した。賢者様は女を診ていて、「手当てが終わったら、今後についてご相談しましょう」と言われた旨を伝えると、不安そうな両親も少し表情を和らげた。

ユーシオンは大人たちの会話を気にせず、黙々とパンを食べている。

この少年は一体どこから現れたのだろう。アネシカは慎重に訊ねてみる。

「ユーシオン、どこから来たの？」

「製糸場の裏通りから来たの」

「いくつ？」

「九歳だよ」

答えてくれたが、続けて生まれ年を聞いてみたところ、十九年前の年を言った。アネシカは計算違いを指摘したが、ユーシオンは譲らなかった。しかし、少年が嘘を吐いているようには見えない。アネシカは戸惑った。

そのとき、何かを抱えたフェイが、馬小屋のほうへ向かう姿が見えた。

アネシカは母にユーシオンを託し、食堂を出た。馬小屋の戸を開こうとした瞬間、中からフェイの声が聞こえた。

「何故、彼らを狙ったんですか?」

「忘れちまったよ」

けらけらと甲高い笑い声が返ってくる。

「見え透いた嘘を吐かないでください。不愉快です」

いつもとは別人のような、フェイの愛想の欠片《かけら》もない声。

アネシカは思わず、戸に触れた手を引いた。

「あんたが怖い声を出すから、彼女が怯《おび》えてるじゃないか」

指を鳴らすような音と共に、戸が勝手に勢いよく開いた。

フェイが振り返る。その傍らに、明らかに異様なものがいる。

馬の背に、人形のような不自然なくらいに整った顔の少女が乗っていた。銅色の髪に黄緑色の瞳。飾り気のない黒いドレスを着ていて、一度も土を踏んだことのないような、真っ白な裸《はだ》足《し》が伸びている。

少女は、見た目に不釣り合いなしわがれた声で続ける。

「フェイ、あんたの企みはお見通しだよ。だけど、アネシカはそれを望まないだろうね」

言い終えるや否《いな》や、跡形もなく消えた。

アネシカは驚いて駆け寄ったが、何の痕跡もなかった。

「……今の女の子、もしかして、ワジ？」

「よくわかりましたね」

「賢者様に教わったの」

「先生から何を聞いたんですか？」

「フェイがワジという人ならざる者につきまとわれていることや、お客様の部屋にあった黒い小壜が、この世の理に背く願いを叶えるために、ワジが創った道具であることまで」

そうですか、とフェイは困ったように呟《つぶや》いて、懐《ふところ》から黒い小壜を取り出した。室内の光にかざすと、液体が少し入っているのがわかる。彼の掌《てのひら》に収まる大きさで、全体の四分の一くらい残っていそうだ。

「その小壜にどんな効用があるの？」

フェイが虚《きょ》を衝《つ》かれたように目を見開いた。

「ああ、先生は説明していなかったのか。ワジの契約には必ず、守秘義務があるんです」

「守秘義務？」

「はい。ワジと契約者はいずれも、契約の内容や代価について、第三者に教えてはならないという制約を課されます。契約者が禁を破れば、ワジに与えられた力や道具は消えてしまうのです。しかし、ワジが自ら破約した場合は、無条件で契約者に代価を返す」

「……なるほど。ワジに直接訊いても、答えてくれないわけだ」

「僕たちがあの二人を救うには、何が彼らの身に起きたのか手掛かりを集めて、契約にまつわる仮説を立てるしかありません」

だから、荷物を調べていたのだとフェイは説明し、ずっと胸に抱えていたものを見せる。きれいな装丁の本と、紐で綴《と》じた紙の束だ。アネシカは著者名を見て驚く。

「ユーシオン?」

「この詩集と草稿は、彼の作品です」

フェイが本をめくって、奥付を指差す。著者の生まれは十九年前だ。

アネシカは戸惑った。九歳の少年が、十九歳と偽って、詩集を刊行したのか?

「ユーシオンに訊いても、全く覚えていませんでしたがね。嘘を吐いているようにも見えなかった」とフェイが続ける。

「ユーシオンは、まるで身体が縮んでしまったかのように、大きすぎる服を着ていた。……彼と、昨日宿泊を申し込んだという青年、似ていると思いませんか、アネシカ?」

「あの子が、消えた青年と同一人物で……十九歳の詩人ユーシオンの、若返った姿なの?」

「ええ。小壜の液体——仮に、薬と呼びましょうか。薬には、時間を巻き戻す力が秘められていると推測できます。液体は布などに浸して嗅がせたり、身体に直接塗ったりすることもできますが、小壜の傍には水差しやコップがありましたから、飲み薬の可能性が高そうですね」

フェイが詩集と草稿を鞄にしまいこむ。

「僕はこれから、四つの謎の真相を突き止めます。ワジの契約者は、ユーシオンと彼女のどちらか。どんな願いを叶える契約をしたのか。小壜の薬の正確な使用法とは。そして、願いを叶えた結果、一体何が起きたのか」

しかし、女は意識が戻らない。しかも、もしユーシオンが契約者だったとしても、彼は十年分の記憶を失くしている。

どうすればこの状況で、真相に辿《たど》り着けるのだろう？

「申し訳ありませんが、手伝ってくれませんか？　君がいてくれると心強い」

「もちろん、何でもやるわ」

アネシカはためらうことなくうなずいた。

馬小屋を出るとき、ふとユーシオンの黒い馬を見ると、飼葉《かいば》桶《おけ》の傍で何かが光った。

アネシカは引き返し、拾い上げる。

見覚えのない、携帯用の小さな香水壜だ。無色透明の硝子製で、中身は空だった。蓋を外し、恐る恐る鼻を近づけてみたが、きれいに洗い流したように何の香りもしない。

「どうかしましたか？」

「ユーシオンの馬の傍に落ちていたの」

アネシカは馬小屋を出て、空の香水壜をフェイに渡した。

（4）悪い知らせ

「まずは、宿帳にサラと記された、あの女性の手掛かりを追います。昨日、彼女は隣町を目指していました」

サラが口にした住所に向かうと、高い壁に囲われた豪華な屋敷に辿り着いた。

しかし、二人の門番たちは、何を訊ねても「お答えできません」の一点張りだ。かろうじて聞き出せたのは、ここが貴族の屋敷で、当主が不在ということだけだ。それでもフェイは「お出掛けでしたら、いつお戻りに？」と粘り強く訊ねている。

そのとき、馬車の近づいてくる音が聞こえてきた。

紋章つきの馬車の窓が開いて、二十歳くらいの青年が顔を覗かせた。肌の色はエルゴラント人にしては白く、薄茶色の髪はゆるやかに波打っている。薄い唇に笑みを浮かべていた。

「これは驚いたな。きみ、その見事な金髪と雪白の肌は、ザンダール人だろう。ぼくの母の親戚か、その使者かな？」

さっきまでの雄弁が嘘のように、フェイが言葉に詰まった。

門番が「どうやら、人を捜しているようです」と口を挟む。

「ふうん。ぼくはダルジュロ、アーケン家第十七代当主だ。きみたちは？」

アネシカはどぎまぎした。生まれて初めて貴族と話すのだ。

「わ、わたしは、アネシカ・オコナーと申します。実家は隣町で宿屋を営んでいます。彼は植物学者として名高いペッテル様の助手で、フェイ・クロア――」

「あの、クロア商会の?」

馬車の中から、また別の声がした。少し異国訛《なま》りがある。

「オルフリックの知り合いか?」

「いえ、ダルジュロ様。パメラ様の古いご友人で、商家に嫁いだご婦人がいらして――」

「要は、母上の友人の縁者だね。おまえと母上以外のザンダール人に会うのは初めてだ」

ダルジュロが愉快そうに笑った。

「続きは、中で聞こうじゃないか」

門が開かれた。

フェイとアネシカは、戸惑い顔の門番たちに頭を下げてから、馬車を追った。

屋敷内の全ては豪華できらびやかだった。天井のシャンデリア、銀の燭台《しょくだい》、ふかふかの真紅《しんく》の絨毯《じゅうたん》、磨《みが》きこまれた飾り棚。階段の踊り場の壁には、歴代当主とその家族らしい肖像画がずらりと並ぶ。

アネシカたちは二階の客間に通された。向かいにダルジュロと、彼の従者と紹介された老人オルフリックが座ると、フェイが口を開いた。

「昨日、サラという金髪の若い女性が訪ねてきませんでしたか?」

「わからんな。ぼくは一昨日《おととい》から友人宅に泊まっていたんだ。屋敷に戻ったのは、昨日の夕方でね。今、調べてやろう」

室外で待機していた荷物持ちの少年に声を掛け、門番を呼びに行かせた。

ダルジュロは母親と同郷の客に興味津々のようで、矢継ぎ早の質問を投げかけてきた。

「クロア殿。きみは商家の息子なのに、植物学者の助手を？」

「はい」

「実家は兄弟が継いでいるのか？」

「いいえ」

「妙だな。いや、商家が世襲でなくとも構わぬのは承知しているが」

「たかが四代目、継ぐほどの身代《しんだい》ではありませんから」

フェイの素《そ》っ気《け》ない返事に、オルフリックが目を剝《む》いた。ダルジュロが従者を見据える。

「何か知っているね、オルフリック？」

「……クロア商会は、ザンダールきっての豪商です。ただ、頭取の後継と目された一人息子は、約十年前に失踪したそうです。かの国ではよく知られた話ですが」

「それがきみか」

「はい。訳あって、父とは長年絶縁しておりますので、ご内密に願います」

フェイが豪商の跡取り息子だったとは。しかも、父親と絶縁していたなんて。

アネシカが彼の過去に驚いているのをよそに、フェイは話題を変えてしまう。

「ところで、パメラ様は今どちらに？　よろしければ、亡き母に代わって、ご挨拶させていただきたいのですが」

ダルジュロとオルフリックが顔を見合わせた。

「母は、数か月前から胸を患《わずら》っていてね。海辺の療養所に移ったのだよ」

「胸の病というと、結核でしょうか」

「ああ。申し訳ないが、面会は全て断っている。医者が言うには、罹患《りかん》から発症まで長くかかることもあるそうで……もっと早く気づいていれば、手の施しようもあったろうが」

ダルジュロの沈んだ声に、オルフリックが顔を伏せた。

「悔しくてなりません。パメラ様が幼い頃から、わたしはお仕えしてきました。二十二歳でご結婚されるときにも付き従ってまいりましてね。未だに国の訛りが抜けないわたしが恥を掻かないよう、よく庇ってくださったものです。心優しいお方なのです。まさか、不治の病に冒されるなんて……」

戸を叩く音がする。少年が件《くだん》の門番を連れてきたのだ。おずおずと、糊《のり》の利いた制服を着た若い門番が前に出た。

「おまえは新顔だね」

「はい。三日前からお仕えしております」

「昨日、誰か屋敷を訪ねてきたか？」

「はい。昨日の午前中に、つばの広い帽子をかぶった金髪の若い女性が、馬に乗って現れました。それが妙なことに、サイロ様をお訪ねだと――」

「父上を?」

「はい。サイロ様は六年前に亡くなったと申し上げると、彼女はひどく取り乱しまして」

――嘘を吐かないで。わたくし、明日あの方と結婚する予定なのですよ。

と訴え、さめざめと泣いたという。

「閉口しておりますと、せめて墓参りをしたいと言い出したので、墓地を教えました。去り際に『パメラ様は海辺の療養所にいらっしゃるの?』と訊かれたので、そうですと答えましたら、黙りこんでしまわれて。それから一刻あまり経った頃に、茶色の髪の青年が現れて、『おれは医者だ。金髪の若い女の患者を見なかったか?』と訊かれたので、行先を伝えました」

「……何故《なぜ》、ぼくに報告しなかった」

「申し訳ございません。お耳に入れるほどの一大事とは思わなかったものですから」

門番が額に汗を浮かべ、何度も頭を下げて謝罪する。

そのとき、戸が激しく叩かれ、執事が飛びこんできた。

「何だ、騒々しい。客人の前だぞ」

執事は非礼を詫《わ》びながらも、ダルジュロに耳打ちした。

途端に彼が蒼ざめた。

「消えた? 馬鹿な! 母上は、お独りで外を出歩けるようなお身体ではないはずだ」

叫んだ後、はっとしたようにアネシカたちを見た。

「申し訳ないが、急用が入った」

「ええ、失礼いたします。またの機会に」

フェイはすぐに席を立った。アネシカは困惑したまま、後に続く。

客間を出るとき、ダルジュロの焦《あせ》り声が漏れ聞こえた。

「ぼくもすぐに向かう。馬車の用意を」

召使の先導で階段を下りながら、アネシカはフェイに小声で訊ねる。

「母上って、もしかして……」

「ええ。海辺の療養所から、ダルジュロの母上が失踪したのでしょう。サラの不可解な発言と照らし合わせると――」

フェイが踊り場で立ち止まり、肖像画の一枚を指差す。

エルゴラント人らしい黒髪と褐色の肌の男性の隣に座る、若く美しい金髪の女。

「ユーシオンの連れの女性のサラは恐らく、小壜の薬を飲んで若返り、約二十年分の記憶を失った――二十二歳のパメラです」

（5）二冊目の詩集

ユーシオンの詩集の奥付に、版元の所番地が載っていた。それを次の手掛かりに、版元を目指す道中、アネシカはフェイに訊ねた。

「いつから、サラの正体が、若返ったパメラだと思っていたの？」

「ユーシオンの荷物を調べたときです。彼が海辺の療養所にいるパメラという女性に宛てた恋文を発見したので」

恋文なんて初耳だ。戸惑いつつもアネシカは、フェイが鞄から取り出した、複数の手紙を受け取った。

どれも宛先は海辺の療養所のパメラだ。しかし、封筒の差出人は見知らぬ女性の名だ。ユーシオンの名前に似ているから、彼の偽名だろう。筆跡は、詩の草稿と一致する。

「ユーシオンは、パメラから不治の病を理由に別れを切り出されました。最後の一通では『別れるにしても、せめて最後にひと目会いたい』と哀訴《あいそ》しています。その手紙の返信に、パメラは面会許可証を同封したようです」

フェイはさらに一通の手紙を取り出し、渡してくる。封筒の宛名はユーシオンだ。住所は書かれていなかった。

「パメラからのこの手紙は、封筒の蓋が糊づけされていませんでした。もし、協力者を仲介に渡すにしても、恋文ですから、封をするのが当然です。僕が思うに、一回り大きな別の封筒に入れて、ユーシオンの自宅以外の受け取り先に送っていたのではないでしょうか」

フェイが、アネシカに渡した手紙を全て回収する。

「面会許可証入りの封筒をユーシオンが持ち歩くのはわかるとして、何故、恋人に送ったはずの手紙も持っていたのか？　理由はいくつも考えられます。例えば、別れ話のついでに突き返されたとか、貴族の未亡人に若い恋人がいたという、死後の醜聞《しゅうぶん》が出ないように処分してほしいとパメラに頼まれたとか。これは結果から逆算して考えてみましょう」

手紙を鞄にしまいながら、フェイが続ける。

「ダルジュロたちが、パメラ失踪の手掛かりを探す過程で、偽名で出された恋文を見つけたら？　差出人は真っ先に怪しまれるでしょうね。となると、ユーシオンはパメラを療養所から連れ出したとき、自分につながる手掛かりも回収してきた、という仮説が立てられます」

理屈はわかる。でも、込み上げてきた感情を堪《こら》えきれず、アネシカは立ち止まった。

「……手紙のこと、どうして黙っていたの」

「嘘吐きの僕と違って、君は正直者だから」

フェイも気づいて立ち止まった。

「パメラがユーシオンと恋人同士で、かつ、ダルジュロの母だと先に知っていたら、さっきのように、ダルジュロたちの前で自然に振る舞えなかったはずです」

フェイの判断は正しいのかもしれない。だが、胸のつかえが取れない。

フェイは最初からアネシカなんて当てにしていないから、手掛かりを全部見せる必要もないと考えたのでは——という疑いが頭をよぎり、途方もなく悲しかったのだ。

「わたしもフェイの力になりたい」

「僕は、君を頼りにしていますよ。君には、この事件の全てをよく見ていてほしいんです」

「それが本当なら、隠し事はしないで」

フェイはしばらく無言だった。

少し経ってから、うつむくアネシカの肩にそっと手を置いた。

「申し訳ありません、アネシカ。君に、信頼されていない、と誤解されても無理はありませんね。僕の不手際です」

アネシカが顔を上げると、フェイは困ったように微笑んだ。

「もう二度と隠し事はしないと約束します」


昼近くに着いた詩集の版元は、町の中心部にある古びた建物の二階にあった。

「突然の訪問で、申し訳ありません。ここで詩集を出している、ユーシオンという詩人のことを教えてくれませんか。才能ある詩人を支援したいと考えておりまして」

呼びかけに応じたのは、入口に一番近い席にいた若い男だった。生真面目《きまじめ》そうな黒髪の青年だ。彼に応接間に案内された。

「ジグと申します。ユーシオンの幼馴染《おさななじ》みなので、そのよしみで詩集を担当しました」

ジグによると、ユーシオンは幼い頃に両親と死別し、叔父夫婦に引き取られたそうだ。駆け出しの詩人で生計をまだ立てられないため、今も居候を続けているが、彼らには「まともな職に就いて稼げ」と詩作の道を反対されている。

しかし、ユーシオンの初めての詩集は、新人にしては珍しいほどよく売れた。特に恋の詩が評判で、恋人同士の贈り物としても好まれている。二冊目の詩集も近いうちに出版が予定されている。

「前作を上回る出来ですよ！　彼の評判を高めるのは間違いない」とジグは熱く語った。

だが、彼は出資の話になると、暗い表情を見せた。

「ユーシオンの奴、先日、ひどい出来の詩を持ちこんできたんですよ」

「おや、それは聞き捨てなりませんね」

「早く三冊目を出さなくては、と気負いすぎたのか、思うように詩が書けないらしくて」

ジグはすまなそうに頭を下げた。

「具体的な出資の相談は、もう少し先にしていただけませんか。支援者の存在が励みになればいいですが、彼の今の様子を見ると、逆に重圧になってしまいかねない」

「では、彼の二冊目の詩集が出版された後はいかがでしょうか？」

「それはいいですね」

フェイが提案すると、ジグはほっとしたように笑った。

さらなる手掛かりを求めて、ユーシオンの叔父夫婦が営む酒場に行く道すがら、アネシカは疑問を口にした。

「ユーシオンがワジの契約者だった場合、詩才も代価になる？」

「なるでしょうね。美しい声が代価だったこともありますから」

「ジグは二冊目の詩集を、前作を上回る出来だと話していたよね。ユーシオンは二冊目を完成させた後に、ワジと契約したんじゃないかな。ひどい出来の詩を書いてしまったのは、契約で詩才を失くしたから」

「その可能性はあると思います」

真面目な話の最中だったが、フェイの肯定が嬉しくて、アネシカはつい口元をほころばせてしまう。

フェイは難しい顔で続けた。

「アネシカ、ユーシオンの叔父夫婦に会う前に、伝えておくことがあります。宿屋で君が戻る前にユーシオンに訊いたところによると、叔父夫婦に彼が引き取られた理由は、『お父さんがぼくに遺《のこ》したお金』を使うためだそうです」

すっと胸が冷えた。遺産目当てだと言うのか。

「今度も、僕は出資者を演じますが、気持ちの良い話し合いにはならないでしょうね」

半刻足らずで、酒場に着いた。

店の看板は土埃《つちぼこり》で薄汚れている。まだ昼過ぎのため、開店準備も始めていないようだ。呼びかけに応え、店の奥から出てきたユーシオンの叔父は、寝起きのむくんだ顔をしていた。用向きを問う口調も投げやりだ。

しかし、出資の話になると、途端に目を輝かせた。

「光栄です！　いかほどになりますか？」

「本人と直接、話さないことには。彼は今どこに？」

「……それが、あいつは今日の夕方、移住船で旅立つんですわ」

「移住船？」

ユーシオンの叔父は、渋々教えてくれた。

二年前、エルゴラントの貿易船が無人島を発見した。小さな島だが、調査したところ、寄港地としては悪くない環境だった。そこで、移住者の募集が行われた。

移住者は、国から島の土地を分け与えられる。移住の一年目は手当も支給される。土地を開拓して得た作物は、自由に売買して構わない。応募資格は三つ。十八歳以上の健康な男女で、移住して五年間は島を離れない者。

「あたしも女房も、甥《おい》の将来が心配でね。飯《めし》の種《たね》にもならん詩なんぞを書き散らすよりは、地に足の着いた仕事をして汗水流せ、と勧めたんでさ」

「一冊目の詩集の評判や売り上げが良く、二冊目の詩集を出す予定もあったのに？」

「あのときは、まぐれ当たりだと思ったんで。いつまで運が続くか、わかったものじゃないってね。申し込んだのはあたしです。でも、最後はあいつも納得していました」

「最初は拒んでいたのですね」

「考え直したんでしょうよ。連れの相談をされたぐらいでさ」

「同行者のことを何か聞いていますか」

「教えようとしませんでね。まあ、あいつも年頃ですからな」

ユーシオンの叔父は薄笑いを浮かべた。

「そうですか。大変参考になりました。ユーシオンは貴方《あなた》に説得され、己の詩才に見切りをつけて、見知らぬ誰かと共に新天地へ旅立とうとしているのですね。あいにく僕は、詩を棄《す》てた男に用などないのです。ご機嫌よう」

フェイは一方的に告げて、席を立った。アネシカも後に続いた。

ユーシオンの叔父は、ぽかんと口を開けたままだった。

外に出ると、フェイが演技をやめ、明るい声で話しかけてきた。

「港に行きます。船着場はここから十数分くらいです。出航には充分に間に合いますね」

(6) 愛と詩と

午後の陽光に照らされながら、アネシカは海から吹く潮風に目を細めた。

しかし何故、港に来たのか？　ユーシオンは宿屋にいて、ここに来るはずがないのに。

アネシカはフェイにその理由を訊ねてみた。

「ユーシオンの協力者はまだ、彼の異変を知らないからです」

港の倉庫街を歩きながら、アネシカは今までの出来事を振り返る。駆け出しの詩人という、不安定な職業。愛情のない叔父夫婦。ユーシオンに親身になってくれるとしたら誰か。

「もしかして、ジグのこと?」

「ええ。ジグはユーシオンの詩を高く評価していましたが、出資には消極的で、『新作はひどい出来だった』という否定的な言葉を、わざわざ支援者の僕に聞かせました。そもそも、一詩人の支援者との交渉なんて、版元の勤め人には決められないはずです。それなのに、何故、彼は出資の保留を即断できたのか?」

「ユーシオンが島に移住すると知っていたから」

「恐らく。三冊目の詩集を出版できる保証がないので、出資も受けられなかったのでしょう」

「どうして、彼が港に来ると言い切れるの?」

「今ここにあるべきではないものが、宿屋に残されていたからです。ほら、噂《うわさ》をすれば」

フェイは、船着場の人混みで辺りを見回しているジグの肩を叩いた。

ジグが振り向き、目を瞠る。

「ユーシオンは来ませんよ」

「……何の話ですか?」

「君が持ってきたパメラ様の手紙と、これを交換してほしいんです」

フェイは鞄の蓋を開けて、ユーシオンの二冊目の草稿を見せた。

「どうしてあんたが、それを持っている?」

青くなってうろたえるジグを、フェイはじっと観察している。

ユーシオンは本来、夕方に移住船で旅立つはずだった。その前に、二冊目の詩集を刊行してもらうため、草稿を港でジグに渡すつもりだったのだろう。

では、フェイの言う「あるべきではないもの」とは草稿を指していたのか？

アネシカの疑問をよそに、ひとまずフェイとジグの話がついたようだ。三人は昼食時を過ぎてひっそりした食堂の個室へ入った。

飲み物を注文した後、フェイが、ユーシオンは今もパメラと一緒にいるため、港には来られなくなったと説明した。ユーシオンの荷物にあった、パメラ宛の手紙も見せる。

ジグはため息を吐いてから、ユーシオンとパメラの出会いについて語り始めた。

＊

一年前、ユーシオンは、夫の墓参り中のパメラに一目惚れした。

侍女を連れていて、身なりも良かったから、高貴な身分の女性だとわかった。だが、思い切って声を掛けてみたという。意外にも、パメラは気さくに応じてくれた。

――あなたの大切な人も、ここに眠っていらっしゃるの？

――はい、両親の墓があって。おれ、よく墓参りに来るんです。ここは静かで、悩んだときに来ると、心が休まるから。でも、今日は心穏やかではいられませんでした。

――どうして？

――あなたと出会ってしまったから。

お互いに心惹《ひ》かれるところがあったのか、東屋《あずまや》で二人は言葉を交わし続けた。

このとき、パメラは四十五歳で、ユーシオンは十八歳だった。

ユーシオンが詩人を志していると話すと、パメラは「あなたの詩を読んでみたいわ」と微笑んでくれた。ユーシオンは彼女を喜ばせようと、逢瀬のたびに必ず、新作の詩を持参するようになった。

後にパメラが語ったところによると、彼女は物心がつく前から、親に許婚《いいなずけ》を決められていたという。夫とは結婚式の日に初めて対面した。

夫は優しかった。パメラはただ、有能な彼に付き従っていれば良かった。跡継ぎにも恵まれた。息子は夫によく似て、優秀だった。ユーシオンと出会う五年前、息子が十六歳のときに夫を亡くしたが、当主交代は恙《つつが》なく行われた。後は、息子が妻を迎えるのを待つばかりだった。

不幸のない人生と言えるかもしれない。

でも、誰かに恋い焦がれたことは、一度もなかった。

夫への愛は、共に家を守るという連帯感や感謝で、心躍らせる恋ではなかったのだ。

ユーシオンは、年の差や身分差という障壁があっても諦《あきら》めなかった。贈り物や愛の言葉については、いつも幼馴染みのジグに相談に乗ってもらっていた。彼はパメラの侍女と共に、二人がこっそり会う手助けを続けてくれた。

そうして、ユーシオンとパメラは人目を忍びながら愛し合う仲になった。

さらに嬉しい誤算があった。パメラとの恋によって、ユーシオンの詩が見違えるほど良くなったのだ。ジグは数十作品もの新作に目を通し、驚きの声を上げたくらいだった。

ユーシオンの初めての詩集は、「恋の情熱や切なさが、身を切られるほど伝わってくる」と評判になり、新人にしては異例の売れ行きを見せた。

二作目の詩集の話が持ち上がった頃、ユーシオンから今後の見通しを聞いた。

――おれと彼女は身分差があるから、結婚するのは難しいだろ？　だから、結婚できなくても、ずっと一緒にいられる方法を考えたんだ。アーケン家は、郊外に別荘がある。彼女は息子の結婚を見届けたら、別荘で隠居したいと言い出す。そこで、おれも合流するのさ。表向きは住み込みの召使という形でも全く構わない。それで一緒にいられるなら。

ダルジュロは二十二歳になっていた。縁談は多く、中には良い話もあるらしい。ユーシオンとパメラの夢が実現するのも、そう遠くはないと思われた。

事態が急転したのは、三か月前のことだ。

逢瀬の日、待ち合わせ場所には侍女しかいなかった。そして、渡された手紙には、パメラが結核を患い、海辺の療養所に転居したことが書かれていた。

――もう会えないわ。やつれていく顔を見られたくないもの。お別れしましょう。

悲嘆に暮れるユーシオンに、ジグは慰《なぐさ》めの言葉を掛けた。

――彼女は気が塞《ふさ》いでいるだけさ。病が癒えたら、また会えるよ。

ユーシオンは、パメラに恋文を送り続けた。叔父夫婦に気づかれないよう、ジグの自宅を隠《かく》れ蓑《みの》にしていた。必ず返信は届いたが、パメラの頑《かたく》なな態度は変わらなかった。

そんな状態が続いていたが、三日前の晩に、ユーシオンがジグの家を訪ねてきた。ジグはユーシオンから二冊目の草稿を受け取った。代わりに自宅に届いていたパメラからの新しい手紙を渡した。

二人はしばらく詩と恋文にそれぞれ読み耽《ふけ》った。

ジグは読み終わると、二作目の詩集も素晴らしいものになるだろう、と褒《ほ》めちぎった。

だが、ユーシオンは寂しそうに微笑むばかりだった。

パメラの手紙には、療養所の面会許可証が同封されていた。

——助かった。これがなければ、明日は、忍びこまなければならなかったんだ。

——療養所に忍びこむ？

——移住船の話は知っているだろう？　実は叔父が、勝手におれのことを申し込んでしまってね。出港が三日後に迫っている。だから、パメラに別れの挨拶をして、最後の贈り物も渡したいんだ。急で悪いが、きみに預けていた彼女からの手紙を全て渡してくれないだろうか？

ジグは愕然《がくぜん》とした。

——きみが、病に苦しむパメラさんと別れて、一人で旅立つと言うのか？　悪い冗談はよせよ。移住船なんて解約すればいいだろ。それに、どうして手紙が必要なんだ？

ユーシオンが蚊の鳴くような声で答えた。

——移住先の島に持ってゆくんだ。

——じゃあ、船出の見送りのときに渡すよ。万が一、きみの荷物を叔父さんたちに漁《あさ》られて、パメラさんのことがばれたら、まずいからな。

――わかった。見送りのときには必ず、手紙を持ってきてくれ。この草稿と交換だ。

二冊目の草稿は、ジグの手から取り上げられてしまった。

――大事な詩を盾にするなんて、きみらしくない。どうしたんだ？　この前、三作目にと見せてくれた詩の出来を、おれが貶《けな》したからか？　好不調の波は誰にでもあるだろ。パメラさんが回復したら、気分も変わって、また良い詩が書けるようになるさ。

すると、ユーシオンは不意に泣き笑いの表情を浮かべ、大粒の涙をこぼし始めた。

――でも、二作目はきみが絶賛する出来だったんだね。良かった……。

――どうした、落ち着け。泣き腫らした顔でパメラさんに会うことになるぜ。

ユーシオンは泣きながら謝罪し続けた。理由を聞いても「すまない」と言うばかりだった。

＊

暗い顔のまま、ジグは話し終えた。

「僕が持ってきた草稿が本物か、確かめてくれませんか」

ジグがフェイから草稿を受け取った。ぱらぱらとめくり、力強くうなずく。

「間違いない。あいつの作品で、筆跡だ」

「では、パメラ様からの手紙と交換していただけませんか。今、ユーシオンたちはちょっとした問題を抱えていますが、僕がこれで何とかしてみせます」

ジグが「お願いします」と鞄から手紙を取り出す。二十通はありそうだった。

フェイが三人分の代金を支払っているとき、アネシカは、ジグからすがるように問われた。

「ユーシオンは無事ですか?」

一瞬迷ったが、アネシカは素直に答えた。

「彼は生きているわ。ごめんなさい、わたしが答えられるのは、それだけなの。でも、ユーシオンさんとパメラさんがうまくいくよう、フェイが今頑張っているのは本当よ」

「……充分です。ありがとう」

ジグが深々と頭を下げ、去って行く。

小さくなっていく彼の後ろ姿を、フェイと共に見届けた。

「そういえば、ユーシオンの最後の贈り物って何かしら?」

「ひとつ、それらしいものを彼の荷物から見つけています」

フェイが鞄から取り出したのは、女物の口紅だった。少し使った形跡がある。説明してもらおうとしたが、先を見越したように言われる。

「口紅のことは後程、お話しします」

「約束だからね」

「はい。それより、さっきの会話が聞こえてしまったのですが。ジグに、できる限り本当のことを伝えたようですね。やはり、君はとても優しい人だ」

フェイが笑った。沈みかけた陽に照らされて、いつもより柔らかい笑みに見えた。

(7) 葡萄酒《ぶどうしゅ》一杯分の謎解き

アネシカたちは宿屋に戻った。

ユーシオンは台所で元気良く、アネシカの母の手伝いをしていた。ほっとして二階へ向かう。ずっと傍にいてくれた賢者様によると、パメラの容体は悪化していないが、目覚めの兆しもないという。

二人の様子を確認し終えると、フェイはアネシカに「確認したいことがあるので、《賢者様の本棚》に戻りましょう」と提案した。ところが、到着するなり、「しばらく書き物をしていますから、君はユーシオンたちの手紙を読んでいてください」と告げて手紙を渡し、書斎に籠《こ》もってしまった。

取り残されたアネシカは、仕方なく、居間で手紙を読み始めた。

他人の恋文を勝手に読むのは悪いと思いつつも、次第に惹きこまれ、すっかり読み耽ってしまった。途中でユーシオンの手紙の一節に目を留める。

『あの日見た花とよく似た赤の口紅を見つけた。パメラ、美しい思い出の色であなたの唇を染めてほしい。ぜひ手渡したいんだ。どうか会ってくれないか?』

やはり、あの口紅が最後の贈り物だったのか。

三か月前の療養所への転居後、パメラはずっと別れの言葉を綴《つづ》っていた。元々二十六歳も年上なのだし、自分が先に逝くのは避けられないことだった。それが少し早まっただけなのだから、そんなに悲しまないでほしい、と。

ところが、最後から二通目にあった一文だけは違っていた。

――もし、二度目の人生があるのなら、あなたと共に生きたかった。

この一文のために、ユーシオンはパメラを救おうと、ワジと契約したのではないか。

ふと気づくと、台所でお茶の準備をするフェイが見えた。

「読み終えましたか、アネシカ？」

「え？　あと、もう一通だけ。フェイは何を書いていたの？」

「謎解きに必要な記録ですよ」

数分後、フェイがお茶の入ったカップをアネシカの前に置いた。自分の前には葡萄酒に満たされた杯《さかずき》を置く。杯の隣に紙の束を置き、向かいの席に座る。

「読み終えましたね？　それでは、四つの謎を解く手掛かりがそろいましたので」

アネシカは、今朝フェイが挙げた四つの謎を思い浮かべる。

ワジの契約者は、ユーシオンとパメラのどちらか。

どんな願いを叶える契約をしたのか。

小壜の薬の正確な使用法とは。

そして、願いを叶えた結果、一体何が起きたのか。

「……謎解きを始めましょう」とフェイが告げた。


「まず、ワジの契約者はどちらか。契約者なら、小壜の薬の『身体が若返った分の記憶も失われる』という効果を当然知っています。仮に、パメラが契約者だとしましょう。それなら、あらかじめ、記憶を失ったときの対策をすると思いませんか？　ワジの契約の守秘義務は、第三者に対してしか課せられません。つまり、自分のために記録を残しても、問題はないのです。しかし、二十代に戻った彼女は嫁ぎ先であるアーケン邸に行く道順すらわからず、門番にサイロの死を告げられて動揺していました」

「確かに、日記とかに書き残していたら、そんな反応はしなそうね」

「では、他の仮説を検討します。例えば、ユーシオンだけに飲ませるはずが、パメラがカップを取り違えるなどで誤飲した可能性は？　これもありえません」

「どうして？」

「パメラは二十四年分若返りましたが、ユーシオンは十九歳だったからです。もし二十四年も前に若返ったら、彼は赤ん坊を通り越し、存在自体が消滅してしまいます。同様に、ユーシオンが契約者なのに、自分で飲むはずの薬をパメラが誤飲した、という仮説も却下できます。彼が二十四年も自ら若返るはずありませんからね」

「契約者はユーシオンで、パメラに飲ませようとしたのね」

「その通りです。次は、どんな願いを叶える契約をしたのか。ユーシオンが人ならざる者の力を使ってまで、叶えたかったこととは？」

「……愛するパメラを死の病から救うこと？」

「ええ。小壜の薬の効果からして、ユーシオンはこう考えたのでしょう。パメラの命を救うためには、結核に罹患するより前まで彼女を若返らせればいい」

　アネシカは目を瞠った。

　若返れば、病を患う前の健康な身体も手に入れられるのか。

「ただ、結核は罹患してから発症するまで、およそ半年から二年かかると言われています」

「二年？　ユーシオンは、それを……」

「知らなくても、ワジが教えたでしょうね。ジグの話では、パメラは三か月前に発症したようですから、二年と三か月若返らせれば、パメラを救えると見積もれます。その代わり、パメラはユーシオンと愛し合った記憶を全て忘れる。彼との出会いは一年前ですから」

　アネシカはふと、先程の手紙を思い出した。

「――『もし、二度目の人生があるのなら、あなたと共に生きたかった』」

「パメラの手紙にあった一文ですね？」

「うん。どうして、二十四年も若返らせたんだろうと思ったんだけどさ。ユーシオンがパメラの願いを叶えるために、自分と釣り合う年齢まで若返らせたのかもしれないね」

「同感です。一般的には年齢が近いほうが釣り合うと言われますから」

「そ、そうだよね」

アネシカは、自分とフェイの十歳という年の差を意識して動揺し、ごまかすためにカップに口をつける。お茶はぬるくなっていたが、爽やかな味にほっとする。

「それでは、願いを叶えた結果、一体何が起きたのか」

「ユーシオンがワジに差し出した代価は、詩の才能でしょうね。最近になって急にひどい出来になったそうですから。しかし、詩才を失くした彼は、どうやって生計を立て、若返らせたパメラと暮らしていくつもりだったのでしょうか?」

ユーシオンは叔父夫婦を頼れない。それに、パメラはザンダール人だ。フェイもそうだが、この国で彼女の外見は目立つ。

「もしかして、二人で島に移住しようとしたの? 元々移住船に乗る気なんてなかったユーシオンが、突然、同行者の相談をしたのは、パメラとそこで暮らせばいいと思い直したからか。一年目は手当が支給されて、とりあえず生活していけるよね」

フェイがうなずいた。

「ワジの契約が成立した後、ユーシオンはジグに会いに行きました。彼の目的は二つ。ひとつめは、契約前に完成させた二冊目の草稿をジグに渡すこと。二つめは、パメラからの手紙を全て回収すること」

「どうして手紙を?」

「パメラの失われる記憶を補うためです。ユーシオンは、若返った彼女を説得するのに、二人が恋人同士だった証《あかし》である恋文を使おうとした。彼女自身が綴っていますから、筆跡や言い回しのくせは、正真正銘の本物です。ところが、ジグが様子のおかしいユーシオンを心配して、叔父に知られないようぎりぎりまで預かるという建前で、手紙を渡してくれなかった」

ユーシオンは守秘義務の制約もあって、ジグの提案を呑んだのだろう。ただし、少しでも確実に手紙を回収するため、二冊目の草稿と交換という条件を追加した。

「翌日、ユーシオンは、海辺の療養所に行きました。そして、『最後に二人の思い出の場所を巡ろう』とでも言って、パメラに変装用の質素な服を着てもらい、連れ出した。……ここからは、かなり僕の想像が入ります。証拠がありませんから。ユーシオンたちはとりあえず、身体を休めるためと称して、この町の近くの宿屋に泊まった。そのとき、予想外のことが起きたのではないでしょうか。例えば、パメラが発作を起こした。慌てたユーシオンが、彼女を助けようと、あらかじめ用意していた二十四年分の小壜の薬を飲ませてしまった」

フェイが、空の香水壜をテーブルに置いた。

今朝、アネシカが宿の馬小屋で拾ったものだ。香水の残り香がなかったのは、ユーシオンが小壜から薬を移す前に、中身を棄てて洗ったからかもしれない。

「できれば、守秘義務に触れない範囲で説明を済ませ、彼女自身の意志も確認したうえで、説得材料を用意するのに協力してもらえれば理想的でしたが、予定が狂ったんです。ユーシオンは困ったでしょうが、仕方なく、目覚めた彼女に経緯を説明しました」

アネシカは想像する。

あなたは貴族の未亡人で、二十二歳になる息子がいて、一年前から二十歳以上も年が離れた恋人と付き合っていたが、胸の病を患ってしまい……と、見知らぬ男に説明されたら？　しかも、肝心な若返りの理由や方法は、言葉を濁《にご》されてしまったとしたら？

「パメラはユーシオンを信用できなかったんだね」

「ええ。彼女は『結婚式の前日に、見知らぬ男に拉致《らち》された』と解釈し、隙を見て、馬で逃走しました。しかし、彼女の記憶はこの国に嫁いできたばかりの頃までしかありません。唯一頼れるはずの、婚約者に助けを求めたくても、屋敷への道順がわからなかった」

「それで、同郷に見えるあなたに道を訊ねたのか」

「しかし、パメラはアーケン邸の門番に婚約者は六年前に死んだと告げられます。この証言で、ユーシオンの話の信憑性《しんぴょうせい》が増したのでしょう。だから彼女は、二つの質問をしました。サイロの墓はどこにあるか。ユーシオンの言う通り、パメラは海辺の療養所にいるのか」

「……パメラは、サイロの墓を見て、彼の死を認めざるをえなくなった」

「そこへ、彼女を追ってきたユーシオンが現れました」

医者を名乗ったという茶色の髪の青年は、状況からユーシオンしかありえない。

「パメラは、どうして今度は逃げなかったんだろう？」

「彼女は着の身着のままでしたし、恐らく、所持金もなかったのでしょう。この時点では、必死なユーシオンが語る奇妙な話の一部は事実らしいとわかっていましたし、事情を問い質《ただ》しために、同行したのではないでしょうか」

アネシカは、パメラが宿屋に来たとき、泣き腫らしたような目をしていたのを思い出す。彼女は墓石の前で、会う前に亡くなっていた夫を想って泣いたのかもしれない。

「ひとまず、君の実家の宿屋に泊まった二人は話し合いました。パメラはきちんとユーシオンの話に耳を傾け、二十四歳若返ったという信じがたい事実も、受け入れたのかもしれません。少し落ち着いたパメラを見たユーシオンは、移住船に乗ろうと誘ったのでしょう。『あなたが手紙に書いてくれた通り、二度目の人生を共に生きてゆこう』と。でも、彼女はためらい、あるいは断った」

無理もない。かつての恋人だろうと、今となっては見知らぬ男に、出会った翌日に船でさらに知らない土地へ旅立とうと言われたのだから。

「パメラは逆に、ユーシオンの説得を試みたのではないでしょうか。例えば、『あなたの話が本当なら、息子が心配だ。一緒にアーケン邸に行って、事情を説明してくれないか?』と。しかし、彼は反論しました。『それはできない。おれのせいで、彼の母が消えたのは事実だ』」

「昨夜、わたしが聞いた言葉だ!」

ユーシオンはパメラを、ダルジュロを産む前まで若返らせてしまった――彼の母である女性を消し去ったのだ、とも言える。

「ユーシオンとパメラの話し合いはうまくいかなかった。そして、不幸な事故が起きてしまった。頭に血が上って倒れたのか、ユーシオンがかっとなって突き飛ばしてしまったのか、パメラは戸棚で頭を打ち、意識を失うほどの怪我を負った」

「何故、ユーシオンはパメラをすぐお医者様に診せなかったの？」

「ユーシオンは契約者で、パメラは若返っています。医者には事情を話せませんし、怪しまれるおそれもある。どうすれば、彼女を救えるのか？　発作が起きたときと同じです。パメラに小壜の薬を飲ませ、負傷するより前まで若返らせればいい」

「……病を患う前に若返らせることができるんだから、負傷する前まで、とユーシオンがとっさに考えるのはわかるわ。でも、どうして彼が若返ってしまったの？」

「部屋の水差しは空っぽで、コップは二つとも割れていました。いずれも、口論かパメラが倒れた拍子に倒れ、または壊れたのでしょう。さて、どうすれば、小壜の薬を飲ませられると思いますか？」

　アネシカはふと思い出す。

　ユーシオンが恋文に書き、パメラに贈った口紅。荷物から見つかった口紅には、使われた形跡があった。そして、倒れていた二人の唇は赤く染まっていた。

　ユーシオンの説得に心を動かされたパメラが、最後の贈り物の口紅を手にするさまを思い浮かべる。

「ユーシオンは小壜の薬を口に含み、口移しでパメラに飲ませようとしたのね？　でも、焦るあまり失敗して、うっかり飲みこんでしまった……」

　ユーシオンが戸の傍に倒れていたのは、外に助けを求めようとしたが、間に合わなかったからではないか。

「状況から見て、僕もそう思います。まさか、二度も同じ事態が起こるとは予想せず、動揺してしまったのでしょうね。こうして、あの部屋の光景が完成したのです」

「最後の謎は、小壜の薬の正確な使用法です。ユーシオンは十年、パメラは二十四年。若返った年数は一定ではありません。つまり、薬の分量次第で、若返る年数を調整できるはず。パメラにも契約者であるユーシオンにも効果を発揮したのなら、あの薬は飲んだ者全員に影響を及ぼすのでしょう。薬は、全体の四分の一ぐらい残っていました。ユーシオンとパメラの若返った年数の合計は三十四年。丸一壜飲み干せば、およそ五十年若返るという勘定《かんじょう》ですかね」

小壜がテーブルに置かれた。

「でも、正確な分量はわからないのね」

「調べる方法ならありますよ。実験すればいいんです」

不意に、ワジの忠告が蘇《よみがえ》った。

——フェイ、あんたの企みはお見通しだよ。だけど、アネシカはそれを望まないだろうね。

「申し訳ありません、アネシカ。後を頼みます」

とっさにアネシカは、テーブルの上の小壜を取ろうとする。

だがフェイは、杯の葡萄酒を一気に呑み干すと、そのままテーブルに突っ伏した。

アネシカは悲鳴を上げた。

フェイに駆け寄り、何度も名を呼びながら、揺さぶるが反応はない。

「お医者様を、ううん、駄目。ワジの道具なら、賢者様を呼ばないと……」

そこまで言いかけ、はっとする。

テーブルの上に置いてあった紙の束が目に留まる。

『アネシカ、ペッテル先生を呼ぶ必要はありません。約百日分の使用量を計算しました。僕が目覚めたら、この記録を渡して、全てを教えてください。君の言葉なら、僕は信じる』

アネシカ宛の伝言はそれだけだった。残りには、記憶を失くしたフェイ自身への指示が書かれている。アネシカは泣きそうになるのを堪えて、文章を何度も読み直しながら、フェイの傍で待った。

数分か、数十分が経ったのか。フェイが小さく声を漏らした。

「……アネシカ？」

ぼんやりした顔で、こちらを見つめている。アネシカは思わず、フェイに抱きついた。

「良かった！　どうなることかと——あ、驚かせてごめんなさい。実は……」

「……香水、変えました？」

アネシカはぽかんとした。

その意味に気づいた途端、涙があふれてきた。フェイが戸惑っているのもわかった。でも、どうにもならなかった。

（8）もう一通の手紙

アネシカに説明され、記録に目を通すと、フェイは現状を受け入れた。話しながら確かめた結果、失われた記憶は八十六日分だとわかった。

宿屋に引き返し、賢者様に事情を説明してから、フェイが飲んだよりさらに少量の薬を、パメラに飲ませた。

みるみるうちにパメラの傷が消えていく。

「アネシカ、私の助手がご迷惑をお掛けしました」

「わたしのほうこそ、フェイが無茶をするのを止められなくて、ごめんなさい」

「君は全く悪くない。フェイ、アネシカにはきちんと謝りましたか?」

「……はい、先生」

「これを言うのは何度めか、もう忘れましたが、君は、もっと自分を大切にするべきです」

賢者様が、フェイの身体に異状がないか診察した。その間ずっと、フェイは申し訳なさそうにうつむいていた。

数分後、パメラが目を開けた。

賢者様がパメラの診察をすると異状はなく、至って健康だとわかった。賢者様はアネシカの両親に報告しに行くと告げ、階下へ向かった。

アネシカたちは、パメラに恋文の束や小壜を渡し、経緯を説明した。

パメラは黙ったまま、話を聞き続けた。

長い話を終えた頃には、真夜中になっていた。今は九歳のユーシオンは、アネシカの母に寝かしつけられ、隣の空き部屋で一人眠っているという。

パメラは寝台に腰掛けて、四十六歳の自分が書いた恋文に読み耽っていた。

最後の一通を読み終えると、手紙を大切そうに撫でた。シーツの上の小壜をじっと見る。

「ユーシオンは、二十六歳も年上のわたくしを、心から愛してくれたのに……彼の詩才を失わせ、さらに十年もの歳月を奪うなんて、わたくし、ひどい女ですね」

「代価を決めたのはワジで、ワジとの契約を決めたのはユーシオンです。彼は、病に冒された貴女を救うため、乱暴ですが、こんな手段を取ったのです」

「これから、彼はどうなりますの？　わたくしは、息子を頼れるとしても」

「彼の身内なら、叔父夫婦がいますが、あまり期待できそうになくて……」

そうですか、とパメラは呟いて、長い睫毛《まつげ》を伏せた。涙が頰をつたって落ちていく。

ハンカチを渡すため、アネシカとフェイはポケットを探そうとした。

「お気遣い申し訳ないのだけれど、顔を洗わせていただけないかしら」

顔を袖で覆いながら、パメラが立ち上がり、洗面用の水をもらいに廊下へ出て行った。

気まずい沈黙が漂う。

フェイはパメラが広げた手紙を片付けている。手持ち無沙汰になったアネシカは、パメラが戻ってこないか気にしつつ、ずっと考えていたことを口にした。

「……ユーシオンを、パメラが引き取るわけにはいかないよね」

「ダルジュロたちアーケン家の人々から見たら、ユーシオンはパメラの命を救ったとはいえ、人生を狂わせた張本人でもあるわけですからね」

アネシカはため息を吐いた。

突然、フェイが顔色を変えて飛び上がった。

「小壜がない！」

「え？　さっきまで、そこにあったのに――」

「パメラが、袖に隠して持って行ったんだ！」

隣の部屋から物音がした。

フェイとアネシカは顔を見合わせ、隣室に駆けこんだ。

寝台で眠るユーシオンの傍《かたわ》らに、パメラによく似た少女が、目を閉じて寄り添っていた。少しずつ身体が小さくなり、顔つきも幼くなっていく。少女の足下には黒い小壜が転がっている。

燭台の明かりが灯るテーブルには、一枚の紙が置かれていた。

『フェイ様、アネシカ様
見ず知らずのわたくしたちを救うため、色々と手を尽くしてくださり、誠にありがとうございました。

この国にいるザンダール人はまれですから、二十四年前のわたくしを覚えている町民もいるでしょう。二十二歳のパメラが現代に生きていると知られれば、第十七代当主としてアーケン家を守るダルジュロに迷惑を掛けてしまいかねません。ですからわたくし、もう少し、若返りの薬をいただくことにしました。

わたくしとユーシオンは、できれば一緒の孤児院に預けてください。

ユーシオン宛の手紙には、「あなたと出会って初めて恋を知った」と書かれていました。

今度は身分や年齢の差もなく、わたくしは彼と出会い直せるのです。

きっと、幸せな恋に落ちるのではないかしら。

パメラ』

(9) 空の棺《ひつぎ》

賢者様の知恵も借りながら、フェイとアネシカは話し合った。そして、懸念はあるものの、アーケン邸に子ども二人を連れて行き、事情を説明することにした。

当初、ダルジュロは驚き、ワジや黒い小壜の話にも懐疑的だった。

信じてくれたのは、幼少期からパメラに仕えていたオルフリックが、少女をパメラと認め、「孤児院に預けるなど、以《もっ》ての外《ほか》」と力説したからだ。少女もまた、年老いたオルフリックが昔から一緒にいてくれた従者だと気づいた。

アネシカたちはジグも呼んで、二人がいかに愛し合っていたかを語ってもらった。手紙の切実さも伝わったようだ。最終的には、パメラの意志を尊重したいと、ダルジュロがユーシオンも引き取ることになった。

ユーシオンたちは、人目を避けるため、別荘に住まわせるという。パメラたちの理想の暮らしが実現することになったのだ。

パメラは結核で亡くなったことにして、空の棺で葬儀が行われた。

葬儀の数日後、フェイとアネシカはダルジュロに屋敷へ招かれた。

謝礼や子どもたちの話に始まって、ひとしきり世間話が済んだ後、ダルジュロが言った。

「クロア殿はザンダールに近々帰るそうだな。できれば、きみには当家の客として逗留してもらい、母の祖国の話など伺いたかったのだが」

「ありがとうございます。そのような身に余るお言葉を賜《たまわ》り、恐悦至極に存じます」

フェイが頭を下げた。アネシカは、初めて聞く帰国の話に戸惑った。

ダルジュロが表情を曇らせる。

「今朝、母の親戚から手紙が届いたんだがね。政界にいる彼によると、近い将来、ザンダールに隣国ヒルーが宣戦布告するそうだ。……よりによって今、帰国しなくてもいいのでは？」

「いいえ。だからこそ、帰らなくてはならないのですよ」

フェイは青い双眸《そうぼう》に強い光を宿し、はっきりと応えた。

知らず知らずのうちに、アネシカはフェイの裾を握りしめていた。

フェイはアネシカに微笑みかける。ダルジュロの、国境付近の鉱山の利権絡みの問題が、という声は全て、アネシカの耳から滑り落ちていった。

屋敷から出た後、隣を歩くフェイに、恐る恐る訊ねる。

「どうして帰国するの？」

「かつて、僕の力が及ばず、止められなかった戦《いくさ》があったので」

「賢者様も『もっと自分を大切にするべき』とおっしゃっていたのに？」

フェイが立ち止まる。アネシカをじっと見つめた。

「アネシカ、僕はね、父が戦で儲《もう》けた金で何不自由ない暮らしを送っていたんです。ワジは僕を嘲笑《あざわら》うように、僕の周りに契約者を増やしていますしね。……つまり、僕は罪なき人々の死を糧に育てられ、未だに不幸をばらまき続けている男なんですよ。そんな僕が、一人だけ幸せになるわけにはいきません」

「どうやって開戦を阻止するの？」

「ザンダールの軍需産業は未だにクロア商会が牛耳《ぎゅうじ》っているのでしょうから、まずは父を説得してみます」

アネシカはぐっと唇を噛む。

「……行かないで、と言ったら？」

「思い留まりそうに見えますか？」

「帰国するなんて聞いてないよ。二度と隠し事はしないと誓ったくせに」

「僕は嘘吐きですから」

フェイはそう告げたきり、こちらに顔を向けてくれなかった。

＊

ずっと避けていた《賢者様の本棚》へ、アネシカが訪れたのは三日後の朝だった。

しかし、出迎えてくれたのは賢者様だけだった。

「君はこの後、港に向かうんですか？」

「どういう意味ですか？」

嚙み合わない会話の後、賢者様がその理由に気づき、渋い顔で説明してくれた。

フェイは今日の昼にザンダールに発つのだという。船着場や出港時刻も教えてくれた。

「全く、君に何も伝えずに出て行くとは」

「……フェイにとって、わたしは、どうでもいい存在だったのかな」

涙を堪えて言うと、呆れたような声が降ってきた。

「まさか。人と深く関わるのを避け続けた彼が、ずっと傍にいさせたのは、この九年で君だけでしたよ」

アネシカは目を丸くした。

九年間に彼と共に過ごした様々な思い出が、頭の中をめまぐるしく駆け巡る。

「不肖の弟子は帰国の理由を一切教えてくれませんでしたが、察するに、一番大切な人を巻きこみたくなかったのでしょうね」

仕事机に積まれた紙の山から、賢者様は優しく微笑みながら、一枚をアネシカに差し出す。

「私の知る限りでは、彼が『信じる』と表現した相手は君だけです」

——君の言葉なら、僕は信じる。

「君は、君のしたいようにすればいい」

アネシカは少し考えた後、賢者様に深く頭を下げた。

《賢者様の本棚》を出て、宿屋に向かって走る。船の旅に必要な荷物は何か、と考えながら。

諸刃の剣

登場人物

フェイ……………ザンダールの豪商・クロア商会頭取の一人息子
キドウ……………ノド人の料理人
ローダン…………ザンダールの豪商・クロア商会頭取
アネシカ…………エルゴラントの宿屋の娘
ワジ………………この世の理《ことわり》に背く願いを叶える者
カルマ……………武器商人

（1）赤毛の料理人

北の果ての国の秋は早い。じきに、西から吹く風が海を凍らせ、港を閉ざすだろう。

キドウが働く店でも、煮込み料理やスープがよく注文されるようになった。

できたての料理を運んでいると、一人の常連客から「お勘定《かんじょう》を」と声を掛けられた。

酒はたったの二杯、肴《さかな》も一品しか注文されていない。

「もう帰るのかい。まだ宵《よい》の口なのに」

キドウが残念がると、客は店の奥を顎《あご》で示した。

枯葉色の軍服の一団がテーブルを囲んで談笑している。ザンダール国営軍だ。将校らしき年輩の男と、四人の若い兵士がメニューを見ている。

客がうんざりした顔をした。「あいつらがいると、酒がまずくなる」

キドウは客を見送ってから、件《くだん》のテーブルに向かう。

若い兵士たちが熱っぽく語り合っていた。

「開戦はいつになるのだろうな」

「我が国の勝利は見えているさ。いっそヒルーの宣戦布告を待たずに攻めこめばいい」

賛同の笑い声が起きた。

キドウは彼らから注文を取る。客同士の会話を聞き流すことには慣れていた。

だが、ざらりとした声が耳に入った。

「それは愚策だ。ヒルーのような、はなはだしく力の劣る国を侵略すれば、世界各国の批判を浴びる。だから、我が国の工作員が今、相手国の権力者を籠絡《ろうらく》して、戦《いくさ》を始めさせようとしているのだ。小賢しい謀略はクロア商会の領分だろう。ノドのときと手口は同じだな」

思わず、帳面に注文を書く手が止まっていた。

男が脚を組んだとき、生身の足首ではなく、銀色の棒が見えた。

義足の男と目が合った。

とっさにキドウは作り笑いでごまかし、そそくさとテーブルを離れた。

「いいか、貴様ら。我々国営軍は、皇帝陛下《へいか》をお守りし、祖国に安寧《あんねい》を齎《もたら》すために築かれた鉄の壁だ。であるからして——」

義足の男は語り続けていたが、遠ざかって聞こえなくなった。

キドウは厨房に戻った。ため息を吐《つ》き、パイプを咥《くわ》えて火を点ける。

故郷のノドが、隣国ザンダールとの戦に敗れて併合されてから、九年が過ぎ去っていた。

亡ぼされたノド城は廃墟になっている。だが皮肉にも、国境が消え、街道が整備されて、かつての城下町は戦前より栄えていた。ザンダールから持ちこまれた豊富な資源や最先端の技術が、この町の暮らしを劇的に変えたからだ。

もはや、飢饉《ききん》を怖れる必要はない。しかし、失われたものは二度と戻らないのだ。

キドウは白い煙を吐き出す。口の中に苦味が残った。

店内にいる女主人のユンナに名を呼ばれた。キドウはパイプをしまい、厨房を出た。

「懐かしい友達が来てくれたよ」

入口の傍《そば》で笑う女主人の隣に、旅装束の男がいる。外套《がいとう》のフードを目深《まぶか》にかぶっていたが、こぼれる金髪や気品ある佇《たたず》まいが、古い記憶を刺激した。

「フェイ!」

「やあ、キドウ。また会えて嬉しいよ」

九年ぶりに再会した友人は、再会の挨拶《あいさつ》をするや否《いな》や、店の外を指し示した。

「外? 店内でいいじゃないか」

キドウが今働いているこの店には、戦前、フェイと足繁《あししげ》く通っていた。店の女主人も当時と変わらない。気兼ねする必要はないはずだ。

フェイが店内をちらっと見てから、小声で話し出す。

「どこか、人目につかずに話せるところで会えないかな。僕たちが知っている場所で」

キドウの脳裏に思い浮かんだ場所はひとつだった。

「ノド城の廃墟なら入れるけど」

「じゃあ、城で落ち合おう」

「え?」

フェイが身を翻《ひるがえ》し、店外へ飛び出す。

「待て！」と声がして振り向くと、あの義足の男が立ち上がって叫んでいた。彼の周りにいた若い兵士たちも慌てて、フェイを追いかけていく。

店内が騒然とする。厨房から驚いた顔の女主人が出てきた。

「一体何の騒ぎだい？」

「後で説明します。ぼくのことを訊かれたら、『体調を崩したから、帰宅させた』と答えて」

キドウは厨房を通り抜け、勝手口から飛び出した。


キドウは崩れかけた城壁の隙間から、ノド城の廃墟に潜りこんだ。戦後にも人目を忍んで何度か来ていたから、待ち合わせができそうなところは見当がついている。

かつての厨房の裏手から入るとき、一度立ち止まって、耳を澄ました。

追っ手の気配はない。

キドウは射しこむ月明かりを頼りに、しんと静まりかえった城内でフェイを捜した。

廊下を歩いていると、淡い光が遠くに見えた。大広間のほうだ。扉は壊され、片方外れたままになっている。そっと陰から覗《のぞ》くと、カンテラの灯《ひ》の傍《かたわ》らに座るフェイがいた。

「おたく、国営軍に追われるような心当たりは？」

キドウはフェイの向かいに腰を下ろした。

フェイは指折り数えようとしたが、肩をすくめた。

「両手じゃ足りないな」

「だと思ったよ」

「迷惑を掛けたね。君は戦後ずっと、あの店で働いているのかい？」

「いや、まだ二年ぐらいだよ。しばらくはヒルーに移住していたからね。でも、帰国して、懐かしいなとあの店にふらっと立ち寄ったら、ユンナさんが、あんた働き口はあるのかい、と心配してくれてさ」

「帰国の理由を聞いてもいいかな？」

キドウは苦笑し、パイプの刻み煙草《たばこ》を詰め替えながら、答える。

「武器商人のカルマを覚えてるだろ。あの影なしの化物に嵌《は》められたんだ」

「……彼は、人ならざる者なのか？」

「うん。人間のふりをして暮らしていたけどね」

キドウはふと閃《ひらめ》く。

「さっき、国営軍の将校が、ヒルーに工作員を潜入させていると言ってたな。ひょっとして、あいつじゃないか？　武器商人だから、クロア商会とのつながりもありそうだ」

フェイは深刻な表情で黙りこむ。その端整な面差しは、キドウの記憶の中の少年よりも大人になっていたが、二十代半ばの男には見えない。一方のキドウは、二十二歳という実年齢よりも老けて見られる。どちらが年上か、傍目《はため》にはわからないだろう。

キドウはパイプを燻《くゆ》らせながら待った。ゆるゆると立ち上る煙は、暗がりに溶けていく。

やがて、フェイが口を開いた。

「カルマについて、知っていることを全て教えてくれないか」

「構わないけどさ、何で?」

「僕は、ヒルーとザンダールの開戦を阻止するために帰国したんだ」

予想外の答えだった。キドウはフェイをまじまじと見た。

フェイの表情は真剣そのものだ。

キドウはパイプを口から離した。喫《す》いさしを棄《す》てて、笑いながら、残り火を踏み消した。

「おたくはちっとも変わらないな。どこから話せばいい?」


九年前にフェイがノドを去った後、カルマの武器工場は国王の後ろ盾を得て、著《いちじる》しい発展を遂げた。だがザンダールとの戦で、跡形もなく破壊された。カルマを含め、工員は一人残らず殺されたはずだった。

ところが、二年前、キドウは移住先の隣国ヒルーでカルマを見かけた。

——何故《なぜ》、死んだはずの男が?

それがきっかけで、ある疑問を抱いた。

——カルマは、生まれ故郷のノドを裏切って、ザンダールと手を組んでいたのでは?

キドウは真相を確かめようと、カルマに声を掛けた。そして、危うく罠に嵌められそうになったのだ。

「おたくは戦前にカルマの実家に行ったんだろ？」

「ああ、彼を投獄しても問題ないか、調べるためにね」

「戦前、武器工場の跡取り息子が家業を継ぐのを拒んで、一度は家を出たことも知ってる？」

「工場長から聞いたよ」

「跡取り息子はヒルーで印刷工になった。そこで闇商人と名乗る男に会い、影を切れるナイフで、自分の影を切り離してもらった。自由を得た影は、元の持ち主と全く同じ姿になった。その影が、ぼくらの知っている武器商人カルマの正体だ」

「影の元の持ち主は今どこに？」

「ヒルーで、無実の罪で処刑された。彼を陥《おとしい》れたのはもちろん、カルマだ」

「カルマは、元の持ち主に成り代わってノドに帰国し、家業を継いだわけだ。……君は、カルマにノドを裏切った理由を訊いたかい？」

「あいつは答えなかった。でも、ぼくも色々考えたんだ」

キドウは少し前のめりになった。

「ヒルーで八年ぶりに再会したとき、カルマは見た目が全く変わっていなかった。カルマは元の持ち主を殺したせいで、真似《まね》る相手を失って、年を取れなくなったんじゃないかな」

「なるほど。キドウ、まだ訊きたいことがあるんだけど、いいかな？」

言葉通りに、些細《ささい》なことまで訊き尽くしてから、フェイは奇妙な依頼をした。

「君の影を見せてほしいんだ」

キドウは面食らいつつも承知した。

フェイはバルコニーに出て、月明かりの下、キドウの影を観察し始めた。

「カルマは君の足下に、影を切れるナイフを落としたんだろ?……ほら、あったぞ」

フェイがキドウの影の一点を指差す。

キドウは驚いた。白い糸のように一筋、三、四センチメートルの裂け目があった。

「ナイフの刺さった痕だ」

「あのとき、弾みでぼくの影が切れて……二年間そのまま、くっついていないってことか」

「そうだね。カルマは影を切れるナイフを落としたときに、手の甲で弾《はじ》いたそうだけど、彼が怪我《けが》をしたか覚えているかい? あと、彼は右利きかな?」

「ナイフは右手で弄《いじ》っていたけど、怪我をしたかなんて覚えてないや。どうしてそんな質問を——あ、影を切れるナイフなら、元々は影だったカルマの身体も切れるのか!」

「その可能性はある。もし、本当にナイフの力で彼が傷を負ったのなら、それを治せるかを知りたいな」

フェイが思案げに呟《つぶや》く。キドウと目が合い、ふと気づいたように口を開いた。

「僕ばかり質問して悪かったね。何か訊きたいことはある?」

キドウは少し考えてから、訊ねる。

「おたくはどうして国営軍に追われてるのさ?」

「それは秘密にしておくよ」

フェイは微笑《ほほえ》み、答える代わりに、キドウの来《こ》し方《かた》を聞きたがった。話を逸らされたのは明らかだった。だが、誰でも触れられたくない過去はある。キドウも無理に話させるつもりはなく、それ以降は、和やかに近況を語り合った。

空が白み始めた頃に、フェイが、そろそろ宿に帰ると言った。

「じゃあ、またね」

廃墟を出て、別れ際にキドウは握手を求めた。

フェイが差し出された手をじっと見る。黙って首を横に振り、不審がるキドウに告げた。

「ありがとう」

フェイが去るのを見送って、キドウは店に戻った。

店内の明かりは消えている。国営軍の兵士の姿は見当たらない。

キドウは店の裏口に向かおうとして、ぎょっとした。義足の男が、勝手口の石段に腰掛けていたのだ。

キドウは一歩後ずさる。

「君を捕まえるつもりはない」と義足の男が口を開いた。

「私は独りだ。部下なら帰した。君が本気で走れば、この脚では追いつけまい。君はいつでも逃げられる。ひとまず、話を聞いてくれ」

義足の男が立ち上がろうとして、よろめく。

キドウはとっさに駆け寄って、手を貸した。

「一晩ここで待ち伏せしてたの？　身体に堪《こた》えるに決まってるじゃないか」

「年甲斐もなく、無理をしたよ」

義足の男が苦笑した。脚を踏み替えたのか、鉄製の関節の軋《きし》む音が聞こえた。

分厚い手をキドウの肩に置いたまま、話し続ける。

「ザンダール語が達者だが、君はノド人だろう。赤毛だし、注文を取りに来たときの反応を見ればわかる。帳面もノド語で書いていたな」

図星を指され、キドウは目を逸らす。

「だったら何さ」

「つまり、君は失われた祖国をこよなく愛する青年だとわかる。だからこそ、不可解だ。何故、我が国の軍需産業の要《かなめ》にしてノド併合の功労者であるクロア商会の、頭取の一人息子と再会を喜び合えるのか？」

「何だって？」

「君を訪ねてきた金髪の青年の名は、フェイ・クロア。約十年前に失踪していたが、見間違いようがない。絶世の美女と謳《うた》われた、頭取の亡き奥方と生き写しだったのでね」

「……嘘だ」

キドウは愕然《がくぜん》とした。言い返そうとしたが、国営軍に追われる理由を訊ねたときの、フェイの答えが頭をよぎる。

「信じてくれなくても構わないが、私は、彼の帰国を軍に報告しなくてはならない。だが、その前に確かめたいことがある。昨夜、君は彼と一体何を話していたのかね？」

（2）最も恐るべきは

クロア商会頭取であるローダンが、その奇妙な鏡を手に入れたのは、取引先の商船が嵐で沈んだせいだった。

「次の船が無事に戻れば、金は用意できる。だから、もう少しだけ支払いを待ってくれ」

貿易商の男は懇願した。

だが、ローダンは耳を貸さなかった。頭取自ら彼の屋敷に出向き、値がつきそうな品を片っ端から差し押さえた。

鏡は地下倉庫の奥にしまいこまれていた。

古びた布の覆いを掛けられ、すっかり埃《ほこり》をかぶっていた。だが、覆いをめくると、つい最近磨《みが》かれたばかりのようにきれいだった。鏡面は黒曜石《こくようせき》のような鉱物で作られ、縁《ふち》の銀細工も凝っている。惜しいのは、目立つところに一箇所、錆《さび》色の円のような汚れがあることだ。

部下の一人が、汚れを削り取ろうと爪を立てた瞬間、鏡面が淡い光を放った。

部下が驚いて手を引くと、光はすぐに消えた。

その光景を見ていたローダンは、貿易商を問い質《ただ》した。

貿易商は言葉を濁《にご》していたが、脅しつけると、特別な鏡だと白状した。

鏡面に触れた者が胸の内に秘めた、最も恐れているものを映し出す能力を持つという。さる貴族の遺品で、元の持ち主は他人を脅すのに使っていたそうだが、最初で最後、自分で試したときに鏡を見て発狂して死んだらしい。

約二十年前に、貿易商が隣国ヒルーの骨董市《こっとういち》で買った品だそうだ。売り手はよく舌の回る男で、ひび割れたような肌が蛇の鱗《うろこ》を連想させたという。

ローダンは半信半疑で訊ねた。

「では、貴様も試してみるか?」

すると、貿易商は泡を喰って逃げ出そうとした。

ローダンは部下に貿易商を捕まえさせると、強引に鏡に触れさせた。

再び、鏡が淡い光を放ち始める。それを見た貿易商は顔を歪《ゆが》めて絶叫し、持病の発作を起こして息絶えた。触れている者が死ぬと、鏡面の光も消えた。

遺体の始末を部下に任せ、ローダンは思案する。

あの死にざまを見るに、この鏡には本当に特殊な能力があるのかもしれない。

ローダンは鏡を運び出させたが、売らずに屋敷の書斎に置いた。

――鏡面に触れた者が胸の内に秘めた、最も恐れているものを映し出す能力を持つ。

それが事実なら、何としても使わせたい相手がいる。

武器商人のカルマだ。

約十五年前、クロア商会はザンダールで軍需産業に新規参入するため、武器商人たちとの交渉を進めていた。

カルマと知り合ったきっかけは、仕入先からの紹介だった。

帳簿の扱いに長け、主計長官の窮地を救ったことから、国営軍の人脈もある。人ならざる者だと自ら明かしたが、足下に影がないことを除けば、どう見ても人間そのものだった。しかも、影なしで不老の身体をなるべく人目に晒《さら》したくないらしく、表舞台に立つのを嫌い、あくまで裏方に徹することを望んでいる。右腕としては得がたい存在だ。

使えない人間より、使える化物のほうがましだ、とローダンはカルマを雇い入れた。

カルマの商才は期待以上だった。

カルマはたった三年で、クロア商会の名の下に、国じゅうの武器商人を配下に従えるようになった。巷《ちまた》では「ザンダールの軍需産業の要はクロア商会である」と見做《みな》されたが、それはローダンが成し遂げた業績として語られた。

歯車が狂い出したのは、九年前に、カルマがノドの併合を成功させたときだ。

ザンダールは山に囲まれた内陸国だった。海路を得られれば、物流が大きく変わる。だから、皇帝はかねてより、不凍港を欲しがっている。ノドの港は冬には凍るが、ザンダールにとって、初めて手に入れた海沿いの土地だったのだ。

大手柄によって、皇帝はカルマを高く評価し、手ずから褒美《ほうび》をお与えになった。

ザンダール随一の豪商の頭取であるローダンでさえ、そのような光栄に浴したことはなかった。謁見《えっけん》は密《ひそ》やかに執り行われたが、国営軍の幹部や皇帝の重臣たちには知られていたため、以降のカルマに対する態度が明らかに変わった。

その様子を目《ま》の当《あ》たりにして、ローダンは愕然《がくぜん》とした。

いずれ、ローダンが死んだら、クロア商会の実権を握るのはカルマに違いない。

仮にローダンが他の後継者を指名しようと、皇帝と国営軍の後ろ盾を得たカルマになら、容易《やす》く覆《くつがえ》せるだろう。影なしで不老の身体を隠すには、頭取を演じる人間を雇えばいい。寿命を持たない化物が、陰からクロア商会を操れる。長い歳月を、いつまでも。

ローダンはカルマを殺す決意を固めると、五人の元兵士を雇った。かつて政府の要人の暗殺も請け負っていた手練《てだ》ればかりである。

しかし、結果は散々だった。返り討ちに遭って四人が死に、たった一人生き残った男は目を潰されていた。

激痛に悶《もだ》え苦しむ刺客に、カルマは告げたという。

――依頼人に伝えてくれ。……諦《あきら》めろ。お前たちには俺を殺せない、とな。

「あの化物の身体は傷を負っても、すぐに癒えてしまいました。剣で斬られても、頭を割られても、火を放たれても苦しまない。毒も全く効かなかった。あれは不死身か、あるいは、あの言い方からすると、特別な武器でないと殺せないのでは？」

ローダンは頭を悩ませた。

カルマは不老不死なのか？　何らかの特別な武器を使えば、殺せるのか？

暗殺計画は中止した。カルマもまた、何事もなかったかのように振る舞い続けた。

そして、時は流れ、今に至る。クロア商会における軍需産業の業績は年々右肩上がりで、もはやカルマなしには立ち行かない。

だが、あの鏡の力で、触れた者の最も恐れるものを映し出せるのなら——カルマを殺す方法がわかるかもしれない。

ヒルーとの開戦を控えた今、カルマを殺すのは得策ではない。

しかし、弱みを握れるのなら、すぐにでも握りたい。

ローダンは、人生の全てをクロア商会に捧げてきた。その舵取《かじと》りを誰かに譲るなんて、考えたくもない。ましてや、化物などに奪われてなるものか。


ローダンはまず、鏡の能力は本物か、発動させる条件は何か、という二点を確かめるため、実験することにした。

路上生活者に金を払い、どんな鏡か説明せずに触れさせた。三人に実験したところで、本当に触れるだけで作動し、「最も恐れているもの」が映し出されるようだと納得した。

ところが、ある日、実験の様子をカルマに目撃されてしまった。

とっさに嘘を吐くことも考えたが、騙《だま》し切れなかったら、かえって厄介《やっかい》だ。ローダンは半ば自棄《やけ》を起こして、鏡の能力や来歴を包み隠さずに語った。

「貴様が使ったら、何が映るのかに興味がある」

「俺は人間ではないが、使えるのか？」

「何だと？」

「どんな生物でも使えるのなら、例えば、鏡面に羽虫が止まっただけで作動しかねない。大気中には、目に見えないほど小さな生物もいると聞く。それなのに、鏡が常時作動しないのは何故だ？　人間にしか使えないからでは？　他の動物にも反応するか、試したのか？」

比較実験など思いも寄らなかった。ローダンは詰めの甘さを指摘され、内心苛立《いらだ》つ。

しかし、カルマは予想外の返答をした。

「まあ、試してやってもいい。お前も、最も恐れているものを見せてくれるなら」

ローダンは耳を疑った。交換条件にはためらいを覚えたが、滅多にない機会を逃すのはあまりに惜しい。その場で取引に応じた。

カルマが手袋のまま、鏡に触れようとしていたので、ローダンは止めた。

「じかに触らないと作動しないぞ」

カルマが手袋を外す。右手の甲には、黒い裂け目のような傷痕があった。

鏡に触れると、鏡面が淡く光を放ち、作動する。

映し出されたのは、灰色の曇天《どんてん》の下に広がる、どこかの都市の廃墟のようだった。

崩れかけの建物、瓦礫《がれき》の山、砂まみれの古びた家財道具、文字の書かれた紙片の切れ端。それらの光景が、誰かの目を通して見ているかのように次々と映っていく。時折、視界が大きく動き、物陰を走るねずみや、石の上のとかげ、這い回る地虫などが映る。

映像は無音だが、木の枝が絶えずなびいているので、風が強く吹いているとわかる。


「……この映像の、何が恐ろしいと言うんだ？」

ローダンは眉《まゆ》をひそめ、カルマの様子を窺《うかが》った。

カルマは真顔で鏡に見入っていた。映るもの全てを見逃すまいとするかのように。


廃墟に置き去りにされた大砲の発射台は、腐蝕《ふしょく》が進んで傾いている。

大筒の中の巣から、黒い小鳥が飛び立つ。すると同時に、映像の視点が大きく切り替わる。

いったん空を飛ぶ鳥の高さと同じように上昇し、徐々に地面に降りていく。

灰色の世界の中央に誰かいた。足下に影がないのでカルマのようだが、帽子を深くかぶっているため、顔は見えない。衣服はぼろぼろで、靴《くつ》を履いていない。

風で帽子がめくれた。カルマの顔からは、どんな表情も読み取れなかった。何もかも砂まみれの朽ち果てたような世界で、汚れひとつない髪や肌がかえって浮いて見えた。

カルマが倉庫らしき建物の前で立ち止まる。

扉は施錠されていたようだが、カルマが鍵の周りを短剣でえぐってから蹴飛ばすと、呆気なく開いた。建物の中には、剣と槍と手斧《ておの》、盾と鎧《よろい》、木箱や樽《たる》などが並んでいる。武器は錆《さ》びつき、砂まみれで、長らく手入れされていない。元は武器庫だろう。

カルマは一振りの長剣を手に取る。その刃を骨ばった指でするりと撫でる。

そして、己の首を掻き切った。

首筋に黒く大きな裂け目ができる。だが、すぐに傷は癒えて元通りになる。

カルマが長剣を床に棄てる。他の長剣に手を伸ばす。

同じことを何度も繰り返す。

全ての長剣が床に落ちると、カルマは木箱に腰を下ろし、両手で顔を覆った。かすかに肩が揺れているが、泣いているのか、笑っているのかわからない。


隣から笑い声が聞こえた。

ローダンが驚いて見ると、カルマは皮肉な笑みを浮かべていた。

「……らしく見えるな。もう、真似る相手もいないのに」

「一体何の話だ？」

カルマが黙って肩をすくめ、鏡から手を離す。映像が消えた。

「さあ、お前の番だ、ローダン」

手袋を嵌めながら、カルマが促した。

そして、ローダンは見た。

映し出されたのは、目を背けたくなるほど不愉快な映像だった。カルマがいなければ、怒りに任せて鏡を叩き割っていたかもしれない。見栄と意地が理性を保《も》たせた。

その晩はなかなか寝つけず、浅い眠りの中で悪夢を見た。

翌朝、クロア商会に行くと、カルマは既に出掛けていた。ローダンは苛立ちを抱えながら、執務をしていた。

午後には、さらに追い打ちをかけるような出来事が起きた。

「頭取、喜ばしいお知らせがありました。フェイ様が、お戻りになられたそうです！」

「まさか、ありえない」

ローダンは驚愕《きょうがく》のあまり、思わず本音をこぼした。

部下は「お屋敷の召使によると、書斎でお待ちだそうです」と言って去って行く。

ローダンは屋敷に急いで向かった。

書斎の戸を開けると、金髪の男があの鏡の前に立っていた。

彼は振り返ると、昨夜鏡で見た映像のままの、薄い笑みを浮かべた。

「ご無沙汰しております。ご機嫌麗《うるわ》しくはなさそうですね」

「……貴様、何故戻った？」

フェイが、十一年前のあの日と同じ、咎《とが》めるようなまなざしで問い返す。

「父上、ヒルーを侵略するつもりですか？」

フェイは、ローダンの二番目の妻であるメイとの間に生まれた一人息子だ。

一人目の妻は、父が勝手に決めた醜《みにく》い年増女だった。何年経っても好意を持てず、子どもを産まなかったのを口実に、父の死後に離縁し、代わりに若く美貌のメイを妻に迎えたのだ。

メイは皇帝一族に仕える地方領主の末娘だった。持参金は不要、という破格の条件を提示して、ローダンは彼女と結婚した。

この政略結婚は成功した。メイの実家の口添えによって、クロア商会は皇帝一族との商《あきな》いを始めることができたからだ。

だが、その成功すら、ローダンには苛立ちの種になった。

メイは生まれつき、身体が弱く、臥《ふ》せっていることが多かった。しかし、寝台で古今東西の本を読み漁《あさ》っていたせいか、知識が豊富で、クロア商会の舵取りに何かと口出しした。

「差し出がましいようですが、ローダン、わたくしはその計画に賛成いたしかねます」

メイの提案を採り入れると業績は上向き、ローダンの自尊心を傷つけた。

結婚の翌年に跡取り息子を授かった。

歳月を重ねるにつれ、フェイはメイに生き写しだとわかった。しかも、似ているのは容姿だけではなかった。

メイは争いを好まず、フェイも幼少時から決して人と争おうとしなかった。だから、ローダンは軍需産業のことを一切語らず、関わらせないようにしていた。しかし、年々クロア商会がその分野で著しく発展を遂げていることは明らかで、反りの合わない息子との口論は増える一方だった。

十一年前のあの日、フェイは真夜中に、ローダンの書斎を訪ねてきた。

「父上、ノドを侵略するつもりですか？」

あろうことか、ローダンの机の隠し抽斗《ひきだし》にある手紙や書類を盗み読んで、戦の予兆を読み取ったのだという。

さらにフェイは、ローダンの秘密帳簿を手に、脅しをかけてきた。

「ノドとの開戦を阻止するよう尽力しなければ、父上が、不正に私腹を肥やしていることを公《おおやけ》にします」

秘密帳簿には、クロア商会の表向きの帳簿には残さない、賄賂《わいろ》や裏金や隠し財産まで記帳されている。フェイは書斎をくまなく調べ、天井裏の隠し場所を探り当てていた。

「それを公にすれば、貴様も路頭に迷うことになるぞ」

「僕は、戦で儲《もう》けた金で豪奢《ごうしゃ》に暮らすより、平和のために飢えるほうを選びます」

その言葉を聞くまで、殺意はなかった。

手の届くところに護身用の短剣があったのも、偶然だ。

我に返ると、ローダンは血まみれの短剣を握っていた。フェイが赤く染まった肩を押さえながら、書斎から飛び出していくのが見えた。

フェイは秘密帳簿と共に、行方不明になった。何年も捜したが、何の手掛かりも得られなかった。後にカルマから「ノドの王宮で見かけた」と報告を受けたものの、追っ手を差し向けたときには既に出国し、消息を絶っていた。

それから十一年の歳月を経た今、大人になったフェイはローダンの目の前に立っている。

何も言わず、ひたすらローダンの返事を待っている。

ふと、フェイが目を逸らした。

そして、止める間もなく、あの鏡に触れた。


映し出されたのは、黒と赤に呑まれた光景だ。

夜の闇を明るくするほどの炎があちこちで上がり、人々が泣き叫び、逃げまどっている。

無言劇のように続く、虐殺《ぎゃくさつ》、略奪。積み上がっていく死体の山。破壊され続ける都市の街並み。瓦礫《がれき》に埋まった女性の傍で泣く幼子。

本の頁《ページ》をめくるように、場面は次々と切り替わっていく。


ただローダンが過去に見た、誰の映像とも明らかに異なる点がひとつあった。

フェイの映像には、彼自身の姿が全く映らない。


「……何故、それに触った？」

「かつてはなかった鏡に興味を持ったんです。間近で観察したら、血痕《けっこん》のような汚れを見つけまして。確かめようとしたら、鏡が反応して、驚きましたよ。これは未来を映す鏡ですか？」

「いや、鏡面に触れた者に、最も恐れているものを見せる能力があると聞いたが」

ローダンは動揺し、反射的に答えてしまった。

ふうん、とフェイが気のない返事をして、鏡から手を放す。

「この鏡、父上なら、武器商人のカルマにも使わせたでしょうね」

「……だとしたら、何だ」

「彼の右手の甲に傷があるのを見ましたか？」

「何だと？」

脈絡のない質問に、ローダンは苛々した。そういえば、フェイは子どもの頃から、人を振り回すような話し方をしたものだ。

「カルマは季節を問わず、手袋をしているからな。素手を見ることは滅多に――」

「でも、鏡を使うときには、手袋を外したはずです」

記憶が蘇《よみがえ》る。カルマが鏡に触れたとき、右手の甲には、黒い裂け目のような傷痕があった。

「今も傷はあるようですね」

フェイが満足そうに笑った。ローダンの沈黙を肯定と汲《く》んだらしい。

「僕と取引しませんか？」

「取引？」

「交換条件はたった二つです。カルマについて、知っていることを全て教えてほしい。そして、カルマと話し合いの場を設けてほしい。開戦を阻止するよう、僕が彼を説得します。それが済んだら、あの秘密帳簿はお返しします」

「今更、あんなもの、何の証拠になる」

「そうですね。でも、出すところに出せば、現在のクロア商会の帳簿を洗い直すきっかけになるんじゃないですか？」

全てを見透かすようなまなざしもまた、メイとよく似ていた。たまらなく不愉快だった。

（3）二つの言語

アネシカが飛び乗った船の甲板で、フェイに声を掛けたとき、彼は過去に例がないほどの驚きようを見せた。

出航までの経緯を語り終えると、アネシカはフェイの説得を試みた。

「フェイの傍《そば》にいて、助けになりたい」

「駄目です。君を危険に晒したくない。家に帰りなさい」

「どうやって帰るの？　この船はザンダールまで、どこにも寄港しないのに」

「……そうですね。まだ十六歳の女の子を独りで船に乗せて送り返すのは、さすがに無責任すぎますから……でも、僕がとんぼ返りするわけにもいかない」

「心配してくれるのは嬉しいけど、わたしはフェイが心配なの。あなたと一緒なら、危険に晒されても構わない。だから、わたしを頼ってほしい。フェイは、ザンダールとヒルーの開戦を阻止するために帰国するのよね。あなたの役に立てるよう、全力を尽くすわ」

フェイはしばらく考えた後、アネシカの同行を認めた。

ザンダールの港に到着すると、フェイは船酔いのアネシカを宿で休ませ、夕暮れどきに一人で出掛けていった。古い約束を果たしに行き、偶然友人に会ったそうだ。

翌日、クロア商会がある首都行きの乗合馬車に乗った。

首都に着いたのは夜だった。一泊した翌朝、フェイは実家に一人で行くと告げた。

「すみませんが、君は留守番です。父とは十一年前に喧嘩《けんか》別れをしたきりで、いきなり女性を連れて会いに行けば、余計に揉《も》めるでしょうから」

夕方戻ってきたフェイに、アネシカはおずおずと訊ねる。

「どうだった？」

フェイは首を横に振った。無言のまま、買ってきた夕食の紙袋をアネシカに渡す。エルゴラント語しかわからないアネシカは、買い物すらままならないのだ。

「次はどうするの？」

「カルマと話し合いの場を設けてもらいます」

「カルマって誰？」

「父の右腕です。戦を起こそうとしている武器商人ですよ。本当は一対一で話したかったのですが、父も同席することになりました。僕は父に信用されていませんからね」

「その武器商人もフェイみたいに、何か国語も喋《しゃべ》れるの？　あと、お父さまのほうは？」

唐突な質問に、フェイが不思議そうにアネシカを見た。

「……カルマはノド語とヒルー語も話せるようです。他にも喋れる言語があるかもしれませんが。父はザンダール語だけです。語学を習得するより、通訳を雇うほうが経済的だと考える性《た》質《ち》なので」

「お父さまがエルゴラント語を喋れる可能性はある？」

「ありません」

フェイは即答してから、申し訳なさそうな顔をした。

「僕が、これまでどこにいたのか、と訊かれたときに……」

ローダンはエルゴラントという国名を聞くと、

――そんな地の果てにいたのか。道理で見つからないわけだ。

と、見下したような発言をしたらしい。

「わかった。じゃあ、カルマとの話し合いの場に、わたしも同席させて。お父さまには、ザンダール語がわからない異国人として紹介するの。同席の理由は『彼女の生まれた国では、結婚に双方の親の署名が必要だから、ついでに父上に紹介しようと思った』とか、何でも構わないから。フェイはわたしに通訳するふりをして、お父さまの知らない言語でカルマとやりとりするの。この方法なら、お父さまの目の前で、カルマと密談できるでしょう？」

長い沈黙があったが、アネシカは、急《せ》かさずに返事を待った。

やがてフェイが微笑んだ。

「……素晴らしい考えです。やはり、僕には君の助けが必要だ」

そして、カルマにまつわる話を語り始めた。

アネシカは驚いたものの、役に立ちたい一心で聞き入った。

長い話だった。語り終えると、もう夜も更けていた。フェイはやっと、夕食の挽肉《ひきにく》のパイとチーズを食べ始めた。

「カルマはクロア商会に雇われた武器商人です。しかし、国に及ぼす影響力は、頭取である父よりも大きい。実家の召使たちから聞いた話によると、ザンダール皇帝や国営軍の信頼を勝ち取り、国じゅうの武器商人を掌握《しょうあく》しているのは、カルマのようです」

フェイは葡萄酒《ぶどうしゅ》に口をつけた。

「さらに彼は今、ヒルー国王を籠絡《ろうらく》し、ザンダールに攻めこむよう唆《そそのか》しているところです。父曰《いわ》く、すぐにでも国王は、宣戦布告の通達書に署名しかねないのだとか」

「その武器商人が鍵を握っているのか」

アネシカは納得してうなずいた。

「しかも、彼は人ならざる者なのよね」

「ええ。カルマの正体は、影を切れるナイフによって、ある人物から切り離された影です」

フェイが、荷物の中から果物ナイフを取り出す。

「足下に影がないことを除けば、見た目は人間と変わりませんが、父によると、どんな方法でも彼を殺せなかったそうです。しかし、カルマの右手の甲には、二年前に影を切れるナイフで負った傷痕が残っている。つまり、影を切れるナイフを使えば、彼の身体を切れるんです」

果物ナイフでチーズを真っ二つに切った。

「ただし、相手は人ならざる者ですからね。治らない傷を負わせられても、必ずしも殺せるとは限らない。例えば、頭と胴体をばらばらに切っても死なない可能性はあります」

フェイが喋りながら、チーズを小さく切り刻む。

「でも、人として生きられない状態にすることはできる」

賽《さい》の目《め》になったチーズを見つめて、アネシカは訊ねる。

「……そうするつもりなの?」

「いいえ。僕の目的はあくまで、開戦の阻止ですから」

フェイが果物ナイフの刃を布で拭き、鞘《さや》に収める。

「戦の要石のカルマを失えば、かえって国じゅうが混乱します。だから、僕が考える最善手は──カルマを説き伏せて父を裏切らせ、開戦の阻止に協力させることです」

フェイがチーズを二個つまみ、口に入れた。滑《なめ》らかな白い首筋の、尖《とが》った喉仏が上下する。

「説得に応じなかったら?」

「ご心配なく。口説《くど》き落とせる自信ならあります」

アネシカは目を丸くした。

フェイが葡萄酒をぐっと呑み干してから、笑みを浮かべた。

「僕の父は、頭取の器ではありませんが、目利きの才はあるんです。問題は、物であれ人であれ、せっかくの掘り出し物を使いこなせないことなんですが。……父が手に入れた鏡は、非常に興味深い品です。カルマの映像のことを聞けたのもありがたい。おかげでカルマが最も恐れているものは何か、おおよその見当はつきました」

「彼は何を恐れているの？」

フェイは首を横に振った。

「もう少し証拠をつかんでから、説明します。というのも、不可解な点がありまして。影を切れるナイフと鏡は、契約の当事者以外にも正しい使用法が伝わっているんです。ワジの創造物なら、守秘義務があるはずなのに。とはいえ、ナイフはまだ仮説を立てられます。闇商人はワジの化身した姿で、印刷工が契約者だと考えればいい。カルマはナイフで切り離されるまで、印刷工の影として足下にくっついていたのですから、契約の場に居合わせたことになる──」

フェイが部屋の明かりを見上げる。

全てのものには影がある。

「カルマはナイフの能力を知っている。でも、守秘義務の制限を受けない、ということね」

「はい。ですが、鏡はわからない。人手に渡るたびに使い方を教えられても、能力を失わなかったようですからね。これぱかりは本人に訊いたほうが手っ取り早い」

「本人って……」

誰、と言いかけたところで、突然、隣から華奢《きゃしゃ》な手が伸びてきた。テーブルの上のチーズを一個ひょいとつまむ。

アネシカは悲鳴を上げて飛び退《の》く。

人形のような不自然なくらいに整った少女の顔。銅《あかがね》色の髪に、黄緑色の瞳。飾り気のない黒いドレスから、真っ白い足が覗いている。ワジだ。

フェイは悠然と座ったままだ。

「おや、あなたが食事をするとは知りませんでした。葡萄酒もいかがですか？」

「若くて美しい男の生き血のほうがいいね」

「お互い、嘘を吐くのは控えましょう。素直なアネシカが、真に受けてしまいますから」

ワジがテーブルの上に座り、容姿に不釣り合いなしわがれ声で問う。

「ナイフと鏡の来歴を知りたいんだろ？　あれは、あたしの契約者の作品だよ。あの子の願いは珍しかった。あたしと同じように、この世の理《ことわり》に背く願いを叶える力を欲しがったのさ」

「あなたは守秘義務を気にしていない。ということは、その契約者——闇商人と名乗った男は既に破約しているか、あるいは死亡したんですね？」

ワジは唇を舐《な》めてから、フェイの耳元で囁《ささや》く。

「殺されたのさ。あんたが心底会いたがっている、あの食えない男にね」

「やはり、あなたはカルマをよく知っているようですね、ワジ」

アネシカにとっては信じがたいことに、フェイの声は心なしか弾んでいた。ワジを見つめる瞳も活き活きとしている。

「願いを叶えるため、カルマに契約を持ちかけられたことはありますか？」

「あるが、断ったよ」

「どうして？」

「あの子が不老なのは知ってるだろ。人として、人の世で生きる、という願いを叶えるためなら、何百年、何千年でも戦い続けてくれるはずさ。だが、あたしが人間にしてやったら、たった数十年で寿命が尽きちまう。せっかく長い間、面白いものを見せてくれそうなのに、勿体《もったい》ないじゃないか」

「彼によほどご執心のようだ。残念です。あなたの本命は僕だと思っていたのに」

「心にもないことを。大嘘吐きめ」

ワジがけらけらと笑った。

「長い付き合いですから、あなたの考えそうなことならわかります。……カルマの死を願うのは論外として、彼の命を脅《おびや》かすような願いも、聞き入れてもらえなさそうだ。例えば、影を切れるナイフをもう一振り創ってほしい、という依頼はいかがですか？」

「お断りだね」

「ワジ、どうしても、あなたに教えてもらいたいことがあるんです。どうか偽りなく、包み隠さず答えてほしい。あなたに損はさせませんから」

「いいだろう」

「カルマを倒せる武器は、この世にただひとつ——あの、影を切れるナイフだけですね？」

「ああ、そうさ」

「……フェイ？」

ワジが何でも答えてくれるなんて、何か裏があるに違いない。しかし、アネシカの呼びかけにフェイは応えず、ワジに質問を重ねる。

「あなたの契約の守秘義務は、契約が成立した時点で発生するのですよね？　つまり、まだ結ばれていない契約について、誰かと相談することまでは制限されない」

ワジがフェイの髪に触れる。一筋つまんで、細い指でもてあそぶ。

「言っておくがね、フェイ。たいていの人間は、あたしと契約する機会なんて一生に一度あるかないかで、熟考したり、誰かに相談したりする暇なんてないんだよ。それに、あんたは叶えたい願いも、代価もはっきりしてるじゃないか」

「あなたは今でも、僕の金髪を欲しがってくれるんですね」

ワジが、返事の代わりにフェイの髪に口づける。

ぞっとした。

「フェイ、やめて！」

アネシカは、無我夢中でワジの手を振り払った。

フェイが驚いたようにアネシカを見る。哄笑《こうしょう》を響かせて、ワジが姿を消す。

アネシカの震える手を、フェイがそっと握った。

「申し訳ありません。君を不安にさせてしまった」

「何を考えてるの？　まさか、ヒルーとの開戦を阻止したい、とワジに願うつもりじゃないでしょうね?」

「違いますよ。ワジの契約には落とし穴があります。そんな願いを告げたら、戦の前に、天災や疫病でヒルーが亡ぶかもしれません。それでも、願いを叶えたことにはなる」

「わかっているなら、どうして、契約や代価の話を……」

フェイは青い瞳を細めて、優雅に微笑んだ。

「君を仲介してカルマと話すという案を活かして、他にもお願いしたいことがあるんです」

(4)沈黙は金《きん》

数日後、フェイとアネシカはクロア商会にいた。

客間の柱時計によると、カルマとの商談の時刻まで、あとわずかだ。

隣にはアネシカが、テーブルを挟んで斜向《はすむ》かいにはローダンが座っている。加齢によって衰《おとろ》えた身体を隠したいのか、ゆったりとした上着をまとっていた。

先程、フェイは、カルマの映像を読み解く段取りなどをローダンと打合せした。いくつかの嘘を吐いたが、今のところ、見破られた様子はない。その後、鏡を客間に運びこませ、大窓のカーテンの裏に隠した。

「昼間からカーテンを閉め切るのは、おかしくありませんか?」

フェイは懸念したが、ローダンに鼻で笑われた。

「あいつが同席する商談ではいつも、雨戸も開けない。影なしで不老の身体を、外から誰かに見られないように用心しているのだろう」

柱時計が鳴ると、ノックの音もなく、戸が開く。

入室したカルマが、怪訝《けげん》そうにアネシカを見た。

「フェイの連れか?」

「エルゴラントから連れてきた婚約者だそうだ」

ローダンが苦り切った顔で答えた。

そうか、とカルマは素《そ》っ気《け》なく返し、立ち上がったフェイと握手を交わす。

「お前と会うのは、ノド城の廊下ですれ違ったとき以来か。まだ十七歳の少年が、畏《おそ》れ多くも国王陛下に、命懸けの啖呵を切った直後の出来事だったな」

「見違えましたか?」

「今は年の割に老けて見えるが、それもまた、茨《いばら》の道を歩んできた証だろう」

「九年も経てば、人は変わりますから。ところで、エルゴラント語はわかりますか?」

カルマが片眉を上げた。そして、アネシカに向けて、流暢《りゅうちょう》なエルゴラント語で挨拶する。

アネシカが戸惑いつつ、挨拶を返す。

「話せるようですね。僕も時々、彼女に通訳しますから」

フェイはアネシカに、エルゴラント語で話しかけた。

「申し訳ありません。本当は君と一対一で会いたかったのですが、父の許可が出なくて」

アネシカが打合せ通りに、片言のザンダール語で自己紹介した。

「よくもまあ、手間のかかることを」

こちらの意図は正しく伝わったようだ。カルマの皮肉に、フェイは微笑みを返した。

カルマがフェイの正面の席に座る。香草茶を淹れたカップに口をつけた。

フェイは、カップがソーサーに置かれるのを待ってから、ザンダール語で商談を始める。

「父から聞いたと思いますが、僕は、開戦を阻止するために帰国したんです」

「開戦の気運は高まっている。お前一人では覆《くつがえ》せない」

「それでも、戦を回避する方法を見つけたい。君も協力してくれませんか？」

「あいにく、俺は武器商人でね」

「儲け話をふいにしたくない？　君が開戦を望む、本当の理由は他にありますよね。君は不老で、確認できた限りでは不死なのだとか。しかし、君は人として生きることを望み、故郷であるノドを、己の過去を消すために亡ぼした。そして、自分の処刑記録があるヒルーも亡ぼそうとしている。一度死んで生き返る人間はいませんからね。違いますか？」

「処刑記録だと？」ローダンが聞き咎めた。

「その話を誰に聞いた？」カルマが声を低くして訊ねる。

「父上、知らなかったんですか。彼から全く信頼されていないんですね」

フェイはひとまずローダンを黙らせてから、カルマに向き直った。

「僕の質問にまだ答えてくれていませんよ。君なら、国ごと亡ぼさなくても、過去を消す方法ぐらい思いつきそうなものなのに」

「記録は消せるが、記憶は消せない」

「君の処刑記録は、現存しないんですか?」

「ヒルーの公文書館は、十五年前に失火で全焼した」

「ならば、充分じゃありませんか。人は忘れる生き物です。時間が全てを解決してくれます」

「俺の質問に答えてもらおうか。さっきの話は誰に聞いた？」

「……話の順序がまずかったな」

フェイは苦笑し、席を立つと、カーテンを引いて鏡を露《あら》わにする。

打合せと異なる段取りに、ローダンがぎょっとした。

「突然のご無礼をお許しくださいね。商談を手っ取り早く進めるため、父上から依頼されていた、カルマの映像の意味をまず推理しましょう」

フェイは鏡の覆いを剝《は》ぎ取って、鏡面に手を触れた。

鏡が発光し、フェイの映像が現れる。

「カルマの映像には、二つの場面が映されていました。ひとつめの場面は、どこかの廃墟です。国や時代はわかりません。遺物は砂まみれで、荒廃が進んでいました。放棄された大砲の発射台が出てくるので、戦場跡ではと推察されます。しかも、発射台は錆び、大筒には小鳥が巣を作っていたくらいですから、終戦から歳月が経過しているとわかります」

鏡に映り続ける凄惨《せいさん》な光景を見つめるアネシカは、蒼ざめていた。

ローダンは、ひとまず推理を聞くと決めたらしく、不機嫌そうに口を閉ざしている。

カルマが低く呟いた。

「……戦嫌いは本当らしいな」

フェイは鏡に触れたまま続ける。

「二つめの場面は古い武器庫です。カルマは、何度も己の首を切ろうとします。どうせ傷は癒えてしまうのに。自傷行為を繰り返すさまは、死のうとしているようにも見えます。ですが何故、彼は槍や斧もある武器庫から、あえて剣だけを選んだのでしょうか?」

カルマの琥珀《こはく》色の瞳がフェイに向けられた。

「極めつけは、映像を見終えたときの、君の言葉です。『……らしく見えるな。もう、真似る相手もいないのに』」

フェイは鏡から手を離した。

映像が消えた。鏡面は黒曜石の輝きを取り戻す。

「君の正体は人間の影だ。人を真似る性質を持ち、自由を得た今もなお、人として、人の世で生きることを望んでいる。君が鏡の中に見たのは、真似る相手――人類が滅亡した後の世界だったのですね」

フェイは商談のテーブルに戻り、人ならざる者と対峙《たいじ》する。

「つまり、君が最も恐れているのは、〝不死身になり、人の絶えた世界を彷徨《さまよ》い続けること〟

だと考えられます。なお、武器庫での行動から、君が死ぬには——何らかの条件を満たす剣が必要なのでは、と推測できます」

フェイは髪を掻き上げた。

あらかじめ決めていたその合図を見たアネシカが、フェイの袖《そで》を引く。

フェイはエルゴラント語でカルマに問う。

「君はワジに契約を断られたそうですね？」

カルマが目を瞠《みは》った。

フェイはアネシカへの「通訳」を続ける。

「先日、キドウに会いました。彼の影には、二年前、君が影を切れるナイフを落としたときの傷が未だにあるんですよ。それでひとつ確かめたいことがあるのですが、手袋を外して、右手の甲を見せてくれませんか？」

カルマの顔色が変わった。椅子を蹴って立ち、黒く光るナイフを鞘から抜いた。

鞘から抜いた途端、影を切れるナイフの刃にひびが入り、砕け散る。破片は虚空《こくう》に溶けるように消えていく。

カルマは手中に残されたナイフの柄《え》を呆然と見つめた。

ローダンは何が起きたのかわかっていない。アネシカは緊張した顔で、続くフェイの合図を待っていた。

カルマが怒りに満ちた声で言った。

「……お前は、最初から化物と話し合うつもりなんて、なかったわけだ」

「違います。カルマ、僕は――」

カルマがナイフの柄を投げつけた。反射的にフェイは腕で顔を庇《かば》う。

テーブルに振動が伝わる。何かが割れる音と、少女の悲鳴が響いた。

「アネシカ！」

壁を背にして立ち、カルマがアネシカの首筋に短剣を突きつけていた。

「余計な口を利くなよ、フェイ。……アネシカ、フェイはワジと契約したんだな？　お前は守秘義務の制約を受けない立会人ということか。恐らく、あいつの代価は金髪だろう」

カルマは、フェイの真っ白な髪を睨みつけた。

フェイはゆっくりと立ち上がる。

「アネシカを放してください。君の商談相手は僕だ」

「余計な口を利くなと言ったはずだ」

カルマがにべもなくはねつけ、アネシカに顔を向ける。

「お前の役目だろう、アネシカ。フェイの契約について話せ」

アネシカは口を開いたが、声が出なかった。短剣の刃に彼女の涙が落ちる。

「さっきから、貴様らは何をしているんだ！」

狼狽《ろうばい》するローダンに、カルマは目も向けなかった。

予定外だが、フェイが話すしかない。守秘義務に触れないよう、慎重に言葉を選ぶ。

「ナイフの能力を消滅させても、僕の目的は達成できないじゃありませんか。君が不老不死になるだけですから」

「そうだな。お前の狙いは、開戦の阻止に協力すればナイフを返す、という条件で取引させることだろう。つまり、ナイフの能力は取り戻せる。……俺の解釈は正しいか、アネシカ？」

アネシカがフェイを見た後、ゆっくりとうなずいた。

「そうか」とカルマは、さらにアネシカの首筋に短剣を近づけた。

「フェイ、ナイフを返せ」

「もう一度言います。アネシカを放してください」

フェイはカルマを見据えたまま、懐《ふところ》から短剣を抜き、自分の首筋に刃を当てた。

カルマの表情が凍りつく。

アネシカがフェイの代わりに告げる。

「……フェイが死ねば、ナイフの能力は、二度と取り戻せなくなる」

「ご決断はお早めに。僕は君ほど、武器を扱い慣れていないもので。うっかり、手を滑らせるかもしれません」

「いいのか？　ヒルーとの開戦を阻止できなくなるぞ」

「それはどうでしょうか」

フェイは短剣の刃を軽く滑らせた。

同時に――。

天井が回った。気づけば、カルマに倒され、床に組み伏せられていた。

カルマが声を荒らげる。

「何を考えているんだ、お前は！」

フェイはカルマに微笑んだ。ローダンにもわかるよう、ザンダール語で応える。

「僕は、ザンダールとヒルーの開戦を阻止したい。協力していただけますね、カルマ？」

沈黙の後、カルマが短く答えた。

「――わかった」


カルマが手を離し、フェイは身体を起こす。首の傷は浅い。床に叩きつけられた背中のほうが痛かった。

「大丈夫？」

泣きそうなアネシカに笑いかけ、手を借りて立ち上がる。

「……貴様ら、何のつもりだ？」

詰問するローダンに、「聞いての通りさ」とカルマが応じた。

「急な話で悪いが、フェイに頭取の座を譲るという証文を書いてくれ」

ローダンが目を剝《む》く。フェイも耳を疑った。

「僕は、父を辞めさせたいなんて一言も――」

「ローダンは開戦の阻止の妨げになる。戦を金儲けの道具と考える男だからな。お前は頭取の一人息子で、後継者の資格ならある」

「僕は、商家を棄てた、ただの根無し草です。父の部下たちが納得しませんよ」

「気ままな旅暮らしは諦めるんだな、野垂れ死にされたら俺が困る。お前も、俺が目の届く場所にいたほうが安心だろ？」

「ザンダール語を使え！」とローダンが怒鳴る。

カルマが笑って、肩をすくめた。

「案ずるな、フェイ。誰にも文句は言わせない。俺は皇帝陛下のお気に入りでね。この俺がお前を指名すれば、クロア商会はお前のものだ」

場の空気が凍った。

「──貴様さえいなければ！」

怒りで顔を赤く染めたローダンが、フェイに刃を振り下ろす。

アネシカが悲鳴を上げた。

カルマが横からローダンを突き飛ばす。悶絶して転がるローダンを無表情に見やり、床に落ちた短剣を胸に突き刺した。

廊下から走る足音が近づいてきた。

「いかがなさいましたか、頭取！」

「大事ない。下がれ」とローダンの声がした。

ローダンに駆け寄ろうとしたフェイは、驚いて動きを止めた。カルマがローダンの声色《こわいろ》を使ったのだ。ぞっとするほど、よく似ていた。

「決して邪魔立てするなと仰《おお》せつかっていましたが、しかし――」

「貴様、私の命令に逆らうのか？」

「た、大変失礼いたしました」

部下は慇懃《いんぎん》に応じた。足音が遠ざかっていく。

カルマが地声に戻し、エルゴラント語で問う。

「フェイ、ローダンが最も恐れていたことは何か、わかるか？」

「そんなことより、父上を――」

倒れたローダンに駆け寄っていたアネシカが、蒼ざめながら首を横に振った。

「手遅れだ、諦めろ。答えはな、ローダンの人生を全否定したお前に、あいつが人生の全てを捧げてきたクロア商会を奪われることだ」

「君は、父を逆上させるために、わざと僕を頭取に指名したのか！」

「俺は新しい雇用主のお前を守っただけだ。国営軍に報告すれば、後始末をしてくれる」

「後始末だって？　君は――」

「人の法では裁けない。何故なら、俺は人間ではないから」

フェイは絶句した。

「……君は、頭の使い方を間違えている」

「そうか？」

「これからは決して、人を殺すな。君の新しい雇用主からの命令だ」

カルマが片眉を上げた。ローダンの遺体に一瞥《いちべつ》をくれてから、「努力する」と返事を寄越す。

フェイはため息を吐いてから、立ち上がった。

「僕は、一人も死なせずに開戦を阻止したい。策はありますか？」

「どんな方法で？」

「ヒルーの宣戦布告を中止させることなら、できるかもしれない」

「そうだな。ヒルーで憂国《ゆうこく》の士《し》に化物退治をさせる——というのはどうだ？」

(5) 誉《ほま》れなき英雄

ザンダールでも有数の豪商一族における、長年行方不明だった息子の帰還と、直後の当主の訃報は国じゅうの疑惑を招いた。

フェイは役人の取り調べを受けたが、あくまで形式的なもので、すぐに解放された。ローダンの死は、公には事故死とされた。

しかし、再びクロア商会は国じゅうの注目を浴びることになる。

ローダンの莫大な遺産を相続したフェイが、父の隠し財産を明らかにしたのだ。そして徴税官に、しかるべき税を納め、罰金も支払うと申し出た。

フェイは支払額を公表し、その膨大な金額に国民は驚倒した。

噂《うわさ》は国じゅうに広まった。

クロア商会第四代頭取は、不正を憎む、清廉潔白《せいれんけっぱく》な人物か？　先代の名を貶《おとし》めようとする、父親殺しの偽善者か？　汚名をそそぐため、私財を放出した計算高い商人か？


その頃、ヒルーでは、とある青年貴族が議会で反戦を主張し、事件を起こした。

彼はどこからか、機密書類――隣国ザンダールの国家予算を記した、帳簿の写しを入手していた。隣国の軍や武器工場への巨額の投資が明らかになると、議員たちは騒然とした。

「はっきり言おう、我が国は負ける。国民を守るには、開戦を避けるほかない。国王陛下は、目が曇《くも》っておられるのだ！」

彼は即刻、不敬罪で逮捕される。だが、数時間後には、彼の反戦論や隣国の帳簿の抜粋を印刷したビラが、国じゅうにばらまかれていた。

クロア商会の前頭取の脱税事件の知らせも、反戦派の追い風になった。

クロア商会は、ザンダールの軍需産業の要である。その頭取がヒルーとの戦支度を利用して私腹を肥やしていたという醜聞《しゅうぶん》は、ヒルーの国民の関心を集め、目を覚まさせるのに役立った。

若き貴族の主張は、途端に信憑性《しんぴょうせい》を帯び始め、国民の間で反戦の気運が高まっていく。

数日も経たないうちに、憂国の士は議会に帰還した。

すると同時に、奇妙な噂が国じゅうで囁かれるようになった。

国王の参謀役で、開戦派の先鋒だった男は――ザンダールに与《くみ》する人物だったという。

王宮にビラを握りしめた国民が詰めかけた。

その翌日、ヒルー国王は不戦の命《めい》を出した。

隣国ヒルーの騒動はザンダールにも伝わる。同じビラが大量にばらまかれ、税の使途の偏りに対し、国民が怒りの声を上げる。

ザンダール政府は、機密書類を流出させた犯人捜しや、騒動の鎮圧に追われる最中《さなか》、ヒルーから和平交渉を持ちかけられる。不凍港の関税や、鉱山の利権が交渉の材料だった。

こうして一人も死者を出すことなく、開戦は阻止された。

＊

カルマに影を切れるナイフを返す条件は、守秘義務により語れないフェイに代わって、アネシカが説明してくれた。

「……あなたが改心して、もう二度と人を殺したり、戦を起こしたりしない、とフェイに認められるまで、影を切れるナイフは返せない」

フェイとアネシカは、カルマの弱みを握っている。ナイフを返したが最後、口封じのために殺されるおそれがある。

では逆に、カルマをナイフで殺せばいいか、というと、それもまた不可能だ。この激動期にあって、ザンダール皇帝や国営軍も動かせる男に代えは利かず、失えばクロア商会は窮地に立たされる。

約束が違う、と激昂《げっこう》されたら厄介だったが、その条件はカルマも予想していたようだ。

「まあ、そんなことだろうとは思っていた」

淡々と応じ、フェイとアネシカに安堵《あんど》の息を吐かせた。

そして、ローダンの葬式から数週間後、フェイは書斎でカルマと話していた。

「君が国営軍で人脈を築いたきっかけは、主計長官を窮地から救ったことでしたね」

「ローダンから聞いていたのか？」

「ええ。つまり、君がザンダール政府の帳簿の扱いに長け、かつ閲覧《えつらん》できる立場にあるのを、国営軍は知っている。流出させた犯人と疑われる心配はありませんか」

「俺には動機がない。帳簿を流出させたところで、国営軍やクロア商会は大損するだけだからな。ヒルー王宮の化物退治にも、説明のつけようがないだろう」

不敬罪に問われた青年貴族は、国王への陳謝《ちんしゃ》という名目で謁見を許された。彼は、国王や重臣たちの目の前で、国王の参謀役かつ開戦派の先鋒だった男――ヒルーに潜入していたカルマをザンダールに与する人物として糾弾《きゅうだん》した。彼の主張が事実と認められたのは、身柄を拘束されそうになったカルマが、逃げて行方を晦《くら》ましたからだ。

ザンダール政府は「そんな男は知らない」と白《しら》を切り通した。

化物――カルマがヒルーから消えることで、限りなく黒に近い灰色のまま、真相を闇に葬《ほうむ》ることができた。

「その、化物退治の立役者である、青年貴族ですが。もちろん、君の協力者ですよね」

「ああ。しがない田舎《いなか》貴族でね」

「ザンダールとの国境付近にある、山岳地帯の領主だと聞きました。政界で頭角を現し始めた野心家らしいですね。救国の徒として名を立てましたし、鉱山の利権を握る有力者でもありますから、彼の将来は明るいでしょう」

「お前、妙に詳しいな」

「調べたんですよ」

「何か面白いことはわかったか？」

「いいえ。経歴は見事にきれいで、クロア商会との取引実績もない。……このヘジオラという青年と、君とのつながりが全く辿《たど》れない」

フェイはビラに書かれた署名を指でなぞる。

カルマは笑うばかりだった。

その後も、クロア商会の第四代頭取に就任したばかりのフェイは多忙を極めた。

しかしある日、フェイは意を決して、アネシカの部屋を訪れた。

「申し訳ありません。仕事がいつまで経っても片付きそうにないので、君をエルゴラントまで送り届けるため、代わりに信頼の置ける部下を同行させようと思います」

アネシカは戸惑いの色を浮かべた。

「もちろん、僕が親御さんの元へ帰すべきなのは、わかっているんですが――」

「フェイは、わたしを帰したいの？」

アネシカの大きな瞳に影が差した。

「それは……」

「わたしは、フェイと一緒にいたい。フェイは違うの？」

あまりにもまっすぐなまなざしに、フェイは目を閉じた。

ここまで私事に彼女を付き合わせ、屋敷に滞在させ続けた理由は何か、本当は、とっくにわかっていたのだ。

「……早く冬が来ないかな、と思っていたんですよ」

「え？」

「港が凍れば、エルゴラント行きの船は出ないので」

フェイは目を開き、彼女を見つめた。

「君が必要だ、アネシカ。ずっと僕の傍にいてくれませんか」

アネシカが目を瞠った。そして、ゆっくりとうなずく。

フェイはそっと手を伸ばし、世界でただ一人の愛しい少女を抱きしめた。

ローダンの喪が明けた翌年の春、フェイとアネシカの結婚式の日程が決まった。

式の打合せの日、フェイは思わぬ人物の訪問を受けた。

キドウと再会した店にいた、国営軍の義足の男だった。連れてきた部下の顔ぶれは違う。

「……その節は」

フェイが言葉を濁すと、義足の男は、ふ、と口の端で笑った。素知らぬ顔で挨拶し、国営軍と関わりの深いクロア家の大事な式なので、警備の責任者を務めると語った。

「私がクロア商会の頭取の結婚式に立ち会うのは、これで二度目になる。君は、先代よりも、先代の奥方によく似ているな」

義足の男が目を細めた。

幸い、あの夜の逃亡については触れられず、式の警備の段取りは、滞《とどこお》りなく決められた。

だが、打合せを終えて部屋を退出するとき、義足の男が訊ねてきた。

「君は軍人が嫌いか？」

「まさか。どうして、そのようなお考えを？」

「結婚式で先代の奥方に寄り添おうとしたところ、『凜々《りり》しい軍服の殿方よりも、守銭奴《しゅせんど》のほうがまだ、わたくしの性に合いますわ』とあしらわれてね」

「それは大変失礼なことを。亡き母は、軍人も商人も愛せない人でしたからね」

義足の男は驚いて、フェイを見つめた。「だが、君も……」と言いかけてやめ、不意に声を低くする。

「頭取、これは私見ですが。我々国営軍は、皇帝陛下をお守りし、祖国に安寧を齎すために築かれた鉄の壁ですので――他国の侵略に駆り出されるのは、本意ではございません」

ザンダールの兵士たちが物言いたげに上官を見つめる。

部下の視線を背中に感じているだろうが、義足の男は構わずに続ける。

「しかし、貴方《あなた》は、先代と異なる考えをお持ちのようです。今後もご昵懇《じっこん》に願います」

別れの握手のとき、手紙を握らされた。


結婚式の前夜、フェイは書斎で仕事をしていた。

時計の針が真夜中を指した。机の上を片付けてから、ふと思いつく。

鍵のかかる抽斗の中から、義足の男に渡され、何度も読み返した手紙を取り出す。

手紙はノド語で書かれていた。

『結婚するそうだね、おめでとう。本当は直接お祝いを言いたかったんだけどさ。おっかない番犬がいるから、おたくの屋敷を訪ねられなくて。ごめんね』

キドウに影を切れるナイフのことを教わったおかげで、フェイは開戦を阻止できた。しかし、キドウのせいでカルマはフェイに弱みを握られたのだ。カルマの出入りするクロア商会を、キドウが敬遠するのは当然だろう。

『まさか、本当に開戦を阻止するとはね。ほっとしたら、昔からの夢だった、世界を巡る旅のことを思い出したんだ。この手紙がおたくの手元に届く頃には、港を発っているはずさ。おたく、っていた。そこで、青いインク染みが残っていた。手紙の上にペンを置いたまま、先に続ける言葉を迷ったのかもしれない。

キドウは、義足の男に手紙を託したときには、フェイが何者なのかを知っていた。クロア商会は、キドウの祖国を亡ぼしたザンダールの軍需産業の要だ。フェイの正体を知って、裏切られたと感じてもおかしくない。

しかし、キドウは友人としてフェイの結婚を祝福してくれている。

『きっと何があっても正しい道を選ぶと信じてる。じゃあ、またね』

彼と再び会って、話したいことは山ほどあった。

フェイは手紙を抽斗に戻した。

すると、開けておいた窓から吹いてきた風が、フェイの白髪をそっと撫でた。

聞き覚えのあるくすくす笑いが降ってくる。

「めでたしめでたし、というわけだ」

「ご冗談を。二人はいつまでも幸せに暮らしましたとさ、と終わらせるには、まだやるべきことが多すぎますよ」

窓の外を見たが、誰もいなかった。きれいな満月が夜空に浮かんでいた。

あとがき

はじめまして。あるいは、お久しぶりです。明神《みようじん》しじまと申します。

拙作『あれは子どものための歌』をお手に取ってくださり、誠にありがとうございます。

本書は、二〇一〇年の第七回ミステリーズ！新人賞で佳作入選した「商人《あきんど》の空誓文《からせいもん》」を第一話として、同じ世界観で書き継いでいったファンタジック・ミステリの連作短編集です。

物語の舞台は、ヒロイック・ファンタジイの「剣と魔法の世界」よりも少し、私たちが暮らす現実世界に近い、架空の異国です。

世界観及び超自然との距離感は、次のようなイメージです。

——人知を超えた力や人ならざる者は実在するが、日常的に触れる機会はなく、ほとんどの人は無縁のまま、一生を終える。

——人ならざる者に出会ったら、驚くと同時に「ああ、やっぱりいたんだ」と考える。

時代設定は、現実世界で譬《たと》えるなら、十五世紀くらいです。ヨーロッパでは大航海時代に突入し、グーテンベルクが活版印刷で聖書を出版し始めた頃になります。

この世の理《ことわり》に背く願いを叶える力や、人ならざる者は出てきますが、謎解きはあくまでロジカルに。そこはきちんと押さえていますので、本格ミステリを読みたい方も、ファンタジイの世界に浸りたい方もお楽しみいただけるかと存じます。

キャラクター設定には、私が幼い頃から好きな『千夜一夜物語』の影響を色濃く受けていると思います。

『千夜一夜物語』では、驚異的な力を持つ魔人や怪物などを、商人や漁師や乙女たちが知恵を絞って出し抜く、という構図が繰り返し描かれます。彼らは、桁違いの強さを誇る相手に、敢然と立ち向かいます。正攻法で勝てないときには、嘘やはったりを仕掛け、いちかばちかの賭けに出ることもあります。

切実な願いを胸に秘めた、市井の人々の、したたかで一途な生きざま。

聞き手を魅了し、翻弄《ほんろう》する、雄弁な商人の語り。

それらのエッセンスは本書のキャラクターに投影されて、不可思議な事件を起こす一方で、事件解決の糸口にもなりました。

ここからは、各話の執筆時のエピソードをご紹介します。

謎解きにまつわるネタバレは極力避けますが、本編未読の方はご注意ください。

◆第一話「商人の空誓文」

執筆のきっかけは、物語の鍵を握るカルマというキャラクターが生まれたことです。彼の設定を基に世界観を構築し、彼と対峙《たいじ》する者として、フェイという商人を配置しました。

カルマが生まれたきっかけは、祖父を癌《がん》で亡くしたことです。

他にも親戚には癌サバイバーがいたのですが、そのとき初めて「自分も癌で死ぬのかもしれない」とはっきり意識し、急に怖くなりました。そこで思考停止したら、余計に怖くなるのはわかっていたので、とにかく、癌について調べました。情報収集するうち、癌細胞の「自分でもコントロールの利かない増殖能力のせいで、宿主《しゅくしゅ》である人間を殺してしまい、己も滅ぶ」という生存競争の理に適わない性質に興味を持ちました。そこから、「己のあるがままに生きようとするだけで、世界を滅ぼしかねない男」というキャラクターができました。

ミステリーズ！新人賞への投稿を考え始めたとき、二十歳の大学生で、ワセダミステリクラブに在籍中だった私は、小説以外にも、TVドラマや映画、漫画やアニメ、演劇等のミステリ作品を鑑賞し、様々なアプローチの仕方を学んでいました。

小説は基本的に文字情報のみですから、特に、視覚・音響効果については、読者の解釈に委ねられるところが大きくなります。そんな特性を最大限に活かし、「小説だからこそ、楽しめるミステリを書けないか？」と悩みながら、書き上げたのが本作品です。

◆第二話「あれは子どものための歌」

『平家物語』には、白河法皇《しらかわほうおう》が「賀茂川《かもがわ》の水、双六《すごろく》の賽《さい》、山法師《やまほうし》。これぞ我が心にかなはぬもの」と嘆いたという逸話があります。院政によって強大な政治権力を行使した彼も、暴れ川の水害とさいころの目、比叡山延暦寺《ひえいざんえんりやくじ》の僧兵は思い通りにならなかった、という意味です。

本来の趣旨からすると、時の法皇さえ「天災や確率論に比肩する」と愚痴《ぐち》をこぼす僧兵こそが重要なのですが、そうとは知らなくて……。ただ単純に「それら三つの要素を、三つ巴で戦わせてみたい！」と思ったことから、この物語が生まれました。

フェイは宗教家ではありませんが、己の信念を貫く姿勢には、僧兵との共通点があります。エミリアには、確率論を超越した「どんな賭けにも負けない力」を与えました。

天災を象徴する存在は、人ならざる者のワジです。ワジは、せっかく「この世の理に背く願いを叶える力」を持っているのに、誰かの人生が狂うさまを眺めて楽しむ性悪なやつで、善意からの人助けには興味がなく、むしろ災いをもたらします。

その名の由来である砂漠地帯の涸れ川《がわ》は、普段は干上がっていて、川底が平らで歩きやすいため、交通路に使われます。しかし、ひとたび大雨に見舞われると、あっという間に氾濫《はんらん》してしまい、鉄砲水が逃げ遅れた人や低地の集落を呑みこみ、甚大な被害をもたらすそうです。

癌細胞の擬人化から誕生したカルマ。

恵みの雨を濁流《だくりゅう》に転じる、砂漠の涸れ川から着想を得たワジ。

ままならないものに人間が立ち向かう姿を描く、という本書のモチーフは、第二話で確立したと言えます。

◆第三話「対岸の火事」

最初に、第三話では、カルマを探偵役として再登場させることを決めました。次に、癌細胞に由来する彼と敵対するにふさわしい人物像を考え、悪徳医師を犯人役に選びました。

スキピオに「どんな怪我《けが》（切り傷や骨折、火傷《やけど》など）でも跡形なく消せる医者」を騙《かた》らせたのは、門外不出の治療法がいくら怪しくても、実際に傷痕《きずあと》や青痣《あおあざ》と痛みが消えたら、前評判に偽りなしと認めざるをえないからです。

スキピオの杖に秘められた能力の正体は、怪我をした幼い子どもを慰《なぐさ》めるために唱えられる、「いたいの、いたいの、とんでいけ」というおまじないの言葉から思いつきました。

ヘジオラというキャラクターは、アンデルセン童話『はだかの王さま』で「王さまは、はだかだ！」と叫んだ小さな子どもに対する、私なりのオマージュです。真実を見抜く目は健在ですが、世故《せこ》に長けているので、公衆の面前で虚栄心の強い人に恥を掻かせることの危険性もわかっています。それでも、仲間を助けるためなら、ためらいなく声を上げられる少年として描きました。

◆第四話「ふたたび、初めての恋」

ワジの契約者には、必ず守秘義務が課されます。しかし、例えば、第二話のフェイのように質問を重ねて、相手の反応を見るという、迂遠《うえん》な方法で探りを入れることは可能です。

第四話では、謎の難易度を高めるため、契約の当事者から全く情報を得られない状況にしようと、契約の記憶を失った契約者を登場させました。

契約の内容については、若さをテーマにした話を書きたかったので、「ワジなら、若返りの願いを叶える道具に、どんな条件を与えるだろうか？」とアイディアを練りました。

◆第五話「諸刃の剣」
本書に登場する二人の探偵役、カルマとフェイは商人です。主義主張は正反対ですが、駆け引きが上手く、合理的に判断できるところは似ています。話が通じる相手なら、交渉の余地はあると考える二人なので、直接対決をコンゲームのような商談に仕立てました。

ローダンの書斎の鏡は、グリム童話『白雪姫』の王妃が秘蔵する魔法の鏡に由来しています。


末尾ではありますが、親愛なる読者の皆様に心からの感謝を捧げます。

本書をお楽しみいただければ、幸いです。

機会に恵まれる限り、新しい物語を紡ぎ続けていく所存ですので、今後ともご愛顧のほど、何卒よろしくお願いいたします。

解説

宇田川拓也（書店員）

小説を評した文章を読むと、世界観の奥行きの有無、あるいは程度についての言及を目にすることがある。ただ平面をなぞるような描写と説明が延々と続くばかりでは、いくら読み進めたところで味わいも深みも生まれはしない。しっかりとした作中世界の構築と個性豊かなキャラクター造形に加え、描かれる場面の裏側にも、大きく広がる景色、流れる時間と歴史、そこに生きる者たちの悲喜こもごもの人生が息づいている――といった具合に立体的な重なりを持つ物語の方が、より読み手を引き込み、夢中にさせることはいうまでもない。

毎年続々と登場するミステリ新人作家のなかでも、語り口の上手《うま》さもさることながら、この点で非凡な才能を発揮し、強い印象を刻み付けたのが、明神《みようじん》しじまだ。本書『あれは子どものための歌』は、そんな注目の新鋭による初の著書を文庫化したものである。

収録された五つの作品のなかで先鋒を務める「商人《あきんど》の空誓文《からせいもん》」（初出〈ミステリーズ！〉vol.44／二〇一〇年十二月）は、西洋中世を思わせる架空の国を舞台に、三つのエピソードを絡ませる難度の高い構成を活かした、じつに意欲的な短編だ。

夜の酒場のテーブルで八年ぶりに対峙《たいじ》する、旅人カルマと料理人キドウ。

そのキドウが口にする、北の果てにある祖国ノドを飢饉《ききん》から救ったとされる、語り上手な若き商人フェイの〝本当の話〟。

この世の理《ことわり》に背く品物を売りさばく闇商人が持っていたナイフで、自分と自身の影を切り離した印刷工の話。

一見すると、ひとつには重なりようもない断片が並べられ、謎解きを主眼とするミステリとして読もうにも、どこに解かれるべき一番の謎があるのかもはっきりとつかむことができない。ところが終盤に至り、断片はたちまち一枚の絵のごとく像を結び、真相となる忘れがたいドラマを鮮《あざ》やかに浮かび上がらせる。のちにプロフィールを拝見すると、この当時、早稲田大学在学中でワセダミステリクラブに所属されていたとのこと。ひと一倍ミステリの読み込みと創作の熱量は持ち合わせていたのかもしれないが、そうだとしてもこの出来栄えには目を見張るものがある。

この「商人の空誓文」は、東京創元社が主催する未発表の短編推理小説を対象とした「ミステリーズ！新人賞」（二〇二三年に創元ミステリ短編賞としてリニューアル）の第七回に投じられ、桜庭一樹《さくらばかずき》、辻真先《つじまさき》、貫井徳郎《ぬくいとくろう》、三氏の選考により、佳作入選を果たしている（新人賞受賞作は美輪和音《みわかずね》「強欲な羊」、同時佳作入選は深緑野分《ふかみどりのわき》「オーブランの少女」）。なかでも桜庭一樹選考委員からの評価が高く、選評の一部を引くと、「幾つもの層が複雑に折り重なり、こちらの喉笛を刃物で狙うように、挑戦的な目をして騙《だま》してくる。先の展開が読めないまま、鏡の向こうの、さらに向こうの夜の国にぐんぐん連れていかれる、誘拐のような読書だった。恐怖と快感に浸りながらページをめくり、座って読んでいるだけなのに、体力を消耗していき、読後は、世界と人間に対してのちいさな発見を得た。／これこそ、物語を読む醍醐味《だいごみ》だ」（／は筆者による）と、惜しみない賛辞が贈られている。

これほどの逸材に、いち読者としては期待を膨らませずにいられるわけがない。明神しじまは続く表題作（初出〈ミステリーズ！〉vol.59／二〇一三年六月）で、見事その期待に応えてみせる。

月明かりの下、川の深いところへと歩みを進めていたエミリアは、金色に輝く髪を持つ若い旅人に声を掛けられる。エミリアは歌手だったが、いまはある事情で声を失い、口が利けなかった。川岸で焚火《たきび》を囲み、旅人と会話をしているとき、エミリアは『わたしがあなたの名前を当てられるか、賭けてみない？』と提案する。結果はエミリアの勝ち。だが、名前を当てられても旅人フェイは驚かない。どうやら彼は耳にしていたらしい。この近くの町に、どんな賭けにも負けない女がいるという噂《うわさ》を……。

こうして、エミリアが美しい声と引き換えにこの特異な力を手に入れるに至った理由、その取引相手であるワジと名乗るこの世の理に背く願いを叶える者の登場を経て、すべてを見通すフェイにより物語の全容が明らかにされていく。「あれは子どものための歌」というタイトルの真意も忘れがたいこの短編もまた高い評価を受け、本格ミステリ作家クラブ選・編『ベスト本格ミステリ２０１４』（講談社ノベルス／二〇一四年六月）に採録されている。

三話目の「対岸の火事」（初出〈ミステリーズ！〉vol.93／二〇一九年二月）では、「商人の空誓文」に登場したカルマがふたたび話の中心人物として顔を見せる。なぜかここ数年、隣町も含めると何十人もの身寄りのない貧しい子供たちが消えているある町で、《傷の癒し手》の呼び名で評判を呼んでいる開業医コルネリウスがいた。カルマはコルネリウスが高額で行なっている〝特別治療〟の真相を探るため、鉄屑《てつくず》拾いの少年ヘジオラを調査に引き込む。コルネリウスの本名はスキピオといい、謎に包まれた治療法で患者のどんな怪我《けが》もたちまち跡形もなく消してしまえるという。じつはスキピオは、この世の理に背く願いを叶える者、あのワジと契約を交わしていたのだった……。

ここでのカルマはダークヒーローの役回りを務め、ヘジオラとともに、スキピオがワジから授けられた力と特別な治療法とはなにか――に迫っていく。読み手の頭に答えを浮かべさせ、そこからおぞましい真相へとひっくり返してみせる一連の手際が素晴らしい。

四話目の「ふたたび、初めての恋」（単行本に書き下ろしで収録）は、「対岸の火事」で見せた、この世の理に背く力（品物）の絶大だが限定的な効用の解明と、その力の扱い方やルールをめぐる推理の面白さをさらに進化させた一編。港町が舞台の本作ではフェイが探偵役となり、宿屋で起こった詩集と草稿が重要なカギを握る事件について、その現場に残されたワジの創造物である黒い小壜《こびん》を手掛かりに、真相究明に迫る。

収録作のなかでもとくにフェアな作りの本格ミステリになっており、序盤《うかが》でフェイの口から要点となる四つの謎が挙げられ、読み手に真剣勝負を挑む意気込みが窺える。となると当然、推理と考察のために割かれるページが増え、ストーリーの味わいに影響が出そうなものだが、壮大な恋の物語として完成を見るから唸《うな》ってしまう。またタイトルにある〝初めての恋〟は二重の意味になっており、ひとりの娘が人生の転機を迎える物語でもある点にも注目だ。

そして掉尾《ちょうび》を飾る「諸刃の剣」（単行本に書き下ろしで収録）では、フェイは祖国と隣国の開戦阻止という人生最大の難問に挑み、武器商人となったカルマや、因縁《いんねん》の相手ワジと対峙することになる。カギとなるのは不思議な力を持つ鏡。これまでの収録作が伏線として機能し、連作ならではの大団円が読者を待っている。

本書はファンタジイの要素を融合したミステリ連作集という、うたい文句だけでは語り切れない、ひとの渇望に付け入ることで人生を狂わせる「この世の理に背く力」に推理とロジックで対抗する「正しき理の力」を奥行き深く大きな背景で描いた、知的かつ誠実で豊かな物語なのである。

さて、本稿をお読みになって気付かれた方もいるかもしれないが、「商人の空誓文」での受賞と掲載からキャリアが始まり、二〇二二年一月に単行本化されるまで、じつに十年以上の時間が経過している。さらにこのたびの文庫化を迎えるに至っても、明神しじまの活動は途絶えたままである。本書を読んで大いに魅了され、次なる一冊に手を伸ばそうと考えた方も少なくないはずだ。

だが、ご安心いただきたい。本書の「あとがき」には、創作への意欲が少しも枯れていないことが前向きに明記されており、編集部からは新たな作品発表の準備が着々と進められていると伺っている。ミステリシーンに朗々と響き渡る、このジャンルに親しみ、愛着を持ったたくさんの読者のための歌を、明神しじまなら必ずや聴かせてくれるに違いない。大きく期待を膨らませながら、その日を待つとしよう。

初出一覧

「商人《あきんど》の空誓文《からせいもん》」〈ミステリーズ！〉vol. 44（二〇一〇年十二月）
「あれは子どものための歌」〈ミステリーズ！〉vol. 59（二〇一三年六月）
「対岸の火事」〈ミステリーズ！〉vol. 93（二〇一九年二月）
「ふたたび、初めての恋」単行本書き下ろし
「諸刃の剣」単行本書き下ろし

本書は二〇二二年、小社より刊行された作品の文庫化です。

著者紹介　1989年東京都生まれ。早稲田大学卒。在学中はワセダミステリクラブに所属。2010年「商人の空誓文」が第7回ミステリーズ！新人賞佳作となる。2022年、佳作を含む連作短編集『あれは子どものための歌』でデビュー。

あれは子どものための歌

2025年4月11日　初版

著　者　明《みよう》神《じん》しじま

発行所（株）東京創元社
代表者　渋谷健太郎

162-0814 東京都新宿区新小川町1-5
電　話　03・3268・8231-営業部
03・3268・8201-代　表
URL　https://www.tsogen.co.jp
組　版　フォレスト
暁印刷・本間製本

ISBN978-4-488-43821-0　C0193